학교 강의실 엿보기 ❶
시가 여는 마음의 풍경

김 천 봉 번역·엮음

학교 강의실 엿보기 **❶**

시가 여는 마음의 풍경

김 천 봉 번역·엮음

뿌리출판사

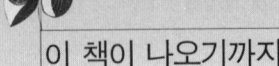

이 책이 나오기까지

　벌써 6년 전에 이런 책을 내고 싶다는 생각을 했다. 그것은 고려대학교에서 〈교양영어〉를 가르치는 과정에서 아주 우연히 생겨난 것이었다. 교재가 딱딱해서인지 선생이 재미없어서인지 무슨 얘기를 해도 시큰둥하고 질문을 해도 영 대답 없는 아이들을 보며 내가 생각해 낸 것이 '시의 번역과 감상 숙제'였다.

　각 자 마음에 드는 시 한 편을 골라 번역하고 간단한 느낌과 감상을 적어서 제출하라. 외국 시는 우리말로 우리 시는 영어로 번역하고, 감상은 우리말 또는 영어로 하되 시의 내용을 분석하지 말고 자신의 구체적인 경험을 쓰도록 해라.

　정말 우연히 시작했지만, 학생들에게나 나에게나 수업에나 결과는 대만족이었다. 시큰둥했던 그들이 글을 통해 서서히 속내를 드러내기 시작했다. 그리고 나는 그들의 글 중에서 재미있거나 가슴 뭉클한 경험들을 '익명으로' 수업 시간에 읽어주며 공개 대화를 시도했다. 남의 경험을 엿보고 엿듣는 재미가 쏠쏠했는지, 나와 학생들, 그들 간의 관계, 그리고 수업 분위기도 절로 좋아지고 정이 넘치게 되었다. 그렇게 나는 한동안 봄이면 꽃과 나비를, 가을이면 낙엽, 사랑, 외로움을 핑계 삼아 아이들에게 똑같은 숙제를 냈고, 그들이 뽑은 시와 소중한 경험들을 『우리들의 詩』로 엮어 일부 학생들과 공유하기도 했다.

　그리고 지난 5~6년 동안 숭실대학교 영문과 학생들을 대상으로 〈영시개론〉, 〈영미 명작의 이해〉, 〈언어와 문학〉, 〈영미 수필〉, 〈영한 번역 연구〉 등의 과목을 가르치는 과정에서 아이들에게 받은 시 감상을 한 권의 책으로 엮게 되었다. 이 『시가 여는 마음의 풍경』의 일부는 이미 교재나 부교재로, 아니면 글감으로 학생들에게 선보인 바 있으며, 이번 모음집은 그간 크게 두 가지 주제, "나, 인간, 세계"와 "나, 자연, 환경"에 대하여 학생들과 나눈 이야기와 글을 보충하고 보완하여 엮은 것이다.

시를 어떻게 읽을 것인가? 실로 다양한 방법이 있을 것이다. 나는 이 책을 통해 시는 보통 '이들처럼 읽는다'는 것을 보여주고 싶었다. 혹여 시 전문가들은 이 아이들의 '아마추어리즘' 또는 그들의 '유치한 경험담'에 코웃음을 칠지도 모르겠다. 하지만 시는 이 아마추어 일반 독자들을 위해 태어나며 바로 그들의 소유물이라고 할 수 있다. 시 한 편이 그들을 즐겁고 행복하게 만들며 가슴 저리고 아프고 슬프게도 한다. 이 아이들이 그렇다고 말하고 있다. 시구 하나하나가 자신의 경험 한조각한조각인 양, 그들은 시에서 과거의 추억과, 현재의 불만과 행복, 그리고 미래의 희망과 꿈을 본다.

옛날, 초중고 시절, 내 고향, 내 친구, 내 어머니와 아버지, 추억과 자연의 소중함을 떠올린다. 절로 애틋한 그리움에 젖어드는 그들의 글들을 나 혼자 보고 그냥 버리기에는 너무도 소중하고 귀중하고 값진 경험들이었다. 그래서 번역을 다시 시작하고 그들의 이야기에 내 자신의 경험과 생각과 느낌도 더하였다. 내 자신의 부끄럽고 창피한 일들, 추한 모습, 숨겨온 비밀을 있는 그대로 드러내면서도, 마냥 즐겁고 행복하기만 했던 것은 왜일까? 그저 내 자신도 그 아이들 중 한 사람이 되었기에 그랬다고만 해 두자. 그리고 이 경험들을 읽을 독자도 그 중 한 사람이 되기를 바란다고만.

적당한 우리말을 찾아 재차 삼차 번역을 보완했으나 분명 오역이 있을 것으로 생각된다. 이 오역은 모두 최종 번역자인 내 책임이며, 독자의 너그러운 양해와 더불어 다정한 참여를 통해 수정할 기회를 얻기를 바란다. 그리고 내용에 따라 '이야기, 생각, 상상, 모작(模作)' 등으로 구분한 감상들에서 특별히 저자를 밝히지 않은 글들은, 정확한 저자를 확인할 길이 없어서 '물음표(?)'로 표기한 두 편을 제외하고는, 모두 내 글임을 밝힌다.

지금은 졸업하여 직장에서 열심히 땀 흘리고 있을 아이들, 시집 장가가서 아이 낳고 아기자기 재밌게 살고 있을 아이들, 그리고 아직 학교에 남아있는 아이들이 이 책에서 자기 이름과 자기가 쓴 글을 발견하고는 잠시나마 잔잔히 신선한 충격에 휩싸이고, 다시 과거를 회상하며 즐거워하면 좋겠다. 그들 모두에게 더 멋진 미래가 기다리고 있기를, 늘 건강하고 행복하기를 기원한다. 그들이 정말 고맙다. 기억할지 모르나, 이렇게 나는 그들과의 '약속'을 이행하였다. 머지않아 그들과 다시 만나 소주 한 잔에 "건배"부를 날을 꿈꿔본다.

2006년 가을에 **김 천 봉**

목 차

제2부 나, 자연, 환경 203

제 1 부

나, 인간, 세계

I. 시 먹는 법

예의 차리지 말라.

깨물어라.

손가락으로 그걸 집어 들어 핥아라

네 턱밑으로 흘러내릴 즙을.

그건 늘 가까이 익어 있다, 언제든 네가 있는 곳에.

- 이브 메리엄의 「시 먹는 법」에서.

How to Eat a Poem

- Eve Merriam

Don't be polite.

Bite it.

Pick it up with your fingers and lick the juice that

may run down your chin

It is ready and ripe now, whenever you are.

You do not need a knife or fork or spoon

or plate or napkin or tablecloth.

For there is no core

or stem

or rind

or pit

or seed

or skin

to throw away.

시 먹는 법

- 이브 메리엄

예의 차리지 말라.
깨물어라.
손가락으로 그걸 집어 들어 핥아라
네 턱밑으로 흘러내릴 즙을.
그건 늘 가까이 익어 있다, 언제든 네가 있는 곳에.

네게 필요한 것은 아무 것도 없다 칼도 포크도 스푼도
접시도 냅킨도 식탁보도.

거기에는 버려야 할
속도
꼭지도
껍질도
씨도
씨앗도
껍데기도 없다.

이야기 하나:
"또아리"

(박지혜)

이제는 '추억'이라고 낯간지럽게 부를 수 있는 옛 일이 떠오른다.

내가 다닌 고등학교에는 사람이 좋아 시가 좋아서 모인 선생님 네 분의 시 모임이 있었다. 모두가 65년 생 뱀띠라 '또아리를 튼다'는 말에서 『또아리』라는 시집을 엮어냈고, 시모음집은 1998년 당시 이미 4집까지 나와 있었다. 『또아리』는 내게 그분들의 성향과 사상을, 그리고 심정과 마음을 엿보는 기회를 마련해주었던지라 나는 매년 출판 일을 남몰래 기다리곤 했다. 열일곱 여고생의 혼을 쏙 빼 놓았던 나의 국어 선생님….

네 번째 시집이 출간되어 내 손에 들어오던 날 나는 교무실 한 가운데서 철없이 울음을 터뜨리고 말았다. 사랑하는 분에 대한 사랑의 마음이 담긴 선생님의 시를 본 순간이었다. (당시 선생님은 총각이셨다.^^) '눈앞이 깜깜해진다'는 말을 실감하는 순간이었다. 머릿속은 멍하고 그저 눈물만 나왔다. 가슴이 아팠다. 그냥 가슴이 아팠다.

선생님께서는 그 해 아홉 살 연하의 (얼굴도 안 보고 데려간다는 딸 셋 집안의 막내딸이던) 아리따운 그 시의 주인공과 결혼하셨다. 사모님은 6년 전에 우리 학교를 졸업한 나의 선배이자 선생님의 제자였다. (이런, 내가 조금만 일찍 태어났어도…ㅜㅜ)

두 분의 사랑이 평탄치만은 않았다는 사연을 들어 알고 있었기 때문이었을까. 선생님의 시는 어떤 이미지와 비유를 사용했는지, 운율은 어떻게 살렸는지를 요모조모 따져보고 분석할 필요도 없이 마치 내가 선생님인 냥 모든 걸 가슴으로 느낄 수 있었다. 아마 머리가 아닌 마음으로 접했기 때문

이었으리라.

  지금 시를 쓰는 또 한 사람을 보고 있다. 그 아이는 음악을 아끼고 책을 좋아한다. 그 아이는 노랫말을 짓고는 한다. 또 시를 쓰고는 한다.

  나는 늘 그 아이의 시를 보고 싶다. 그 아이의 생각, 감정, 느낌… 남들이 알 수 없는 내면 깊은 곳을 나만 아는, 아니 훔쳐보는 특권을 즐기는 것이리라. 나는 그 아이의 시를 보는 게 싫다. 그 아이의 상실, 아픔, 고통… 어렴풋이나마 알게 되어도 결국 내가 어찌하지 못하는 게 꽤나 힘들기 때문이다.

  나는 문학을 공부하는 사람이지만 문학적 지식도 없을 뿐만 아니라 감성도 풍부하지 못하고 아쉽게도 감정을 뚜렷이 표현할 논리적인 사고력도 갖추지 못했다. 그래서 '시를 잘 읽는 방법' 같은 것은 모른다. 다만 가슴으로 다가서야 한다는 것, 머리의 이해가 아닌 마음의 감흥(동요)이 기본이 되어야 한다고 생각할 따름이다. 나는 시에 대해 아무 것도 모르지만 계속 시를 읽을 테다. 시를 곱씹으며 그분의 사랑을 듬뿍 받아 보기도 하고 시를 되뇌며 그 아이의 어려운 마음도 헤아려 보려 할 것이다. 시는 너와 내가 하나 되는 유일한 통로인 듯싶다.

이야기 둘

"옥수수"

초등학생시절 방학이나 명절 때면 꼭 시골 외할머니 댁에 놀러 갔었다. 농사를 지으시는 할머니 덕에 시골에 가면 구경할 것도 많았다. 밭에 나가면 시장에서나 볼 수 있는 과일이나 채소 등이 자라는 모습을 직접 볼 수 있었다.

어느 날 할머니가 옥수수를 따오셨다. 하모니카처럼 생긴 속만 보았던 내게 털 달린 옥수수가 얼마나 신기했는지 모른다. 할머니가 옥수수껍질과 수염을 벗겨낸 후에 옥수수를 쪄주려고 옷 벗은 옥수수를 소쿠리에 담아 부엌으로 들어가셨다. 그 사이에 나는 할머니를 도와드리려고 옥수수껍질과 수염을 모아 앞마당에 갖다 버렸다.

얼마 지나지 않아 할머니가 맛있게 익은 옥수수를 들고 나오셨다. 옥수수를 맛있게 먹고 있었는데, 갑자기 할머니가 마당에 버려진 옥수수껍질과 수염을 보시고는 그게 약으로 쓰일 수 있다고 말씀하시면서 마당으로 내려가 다시 주워 모으는 것이었다. 할머니는 옥수수를 먹고 나면 남는 옥수수심도 효자손이나 다른 용도로 쓰인다면서 버리지 말라고 말씀하셨다.

모두가 마음을 약간 비비꼬아 '참 대단한 할머니'라고 놀리지 않을까? 난 그저 옥수수는 하나도 버릴 게 없다던 할머니가 눈물 나게 그리울 뿐이다. 그 분의 삶 자체가 시였을지도 모른다고 생각하면서….

상상 하나:

"홍시"

동무들과 해지는 줄 모르고 공놀이 흙놀이 하다가
집으로 들어온 개구쟁이 손자,
할머니 방으로 쏜살같이 들어가,
"할머니, 먹을 거 없어? 배고파 죽겠어!"
이제나저제나 온 종일 귀염둥이 손자 돌아오기만 기다리신 할머니는
"어머님, 얘들 몰래 드세요"
며느리가 갖다 준 홍시 접시를 손자 앞에 턱!
"옛~다."
"야, 신난다."
손자는 무거운 잠바와 겉옷을 훌러덩 훌러덩 벗어 던지고
하얀 내복 차림으로 이따금 즐거운 곁눈질로 할머니께 미소 던지며
홍시처럼 발그레한 볼이 터질새라
그녀가 건네준 빨간 홍시를 게걸스럽게도 먹는다.
홍시 살들이 입 주변에 범벅
감물이 턱을 타고 내려 하얀 옷 여기저기도 뒤범벅.
할머니는 옆에서,
"어이쿠, 내 강아지. 얹힐라, 천천히 먹어라, 천천히"
엉덩이를 토닥토닥…
궁시렁 궁시렁 밥상 들고 들어오시는 엄마,
"아이고, 어머니 드시라니까는…"
그래도 마냥 좋아 즐거이 웃고 계시는 할머니.
"감물 들면 안 져 이놈아!"
아들 머리에 꿀밤을 먹이고는
흰옷 여기저기 묻은 빨간 감 파편들을 서둘러 털어 낸다.
아이는 할머니 보며 피-식, 엄마의 나무람에 아랑곳없이,
밥상에는 눈길도 안 주고,
그 작은 손으로 어른 주먹만 한
홍시를 다시 집어 든다.

The Poet

- Jane Hirshfield

She is working now, in a room
not unlike this one,
the one where I write, or you read.
Her table is covered with paper.
The light of the lamp would be
tempered by a shade, where the bulb's
single harshness might dissolve,
but it is not, she has taken it off.
Her poems? I will never know them,
though they are the ones I most need.
Even the alphabet she writes in
I cannot decipher. Her chair—
Let us imagine whether it is leather
or canvas, vinyl or wicker. Let her
have a chair, her shadeless lamp,
the table. Let one or two she loves
be in the next room. Let the door
be closed, the sleeping ones healthy.
Let her have time, and silence,
enough paper to make mistakes and go on.

24 시가 여는 마음의 풍경

시 인

- 제인 허쉬필드

그녀는 지금 작업 중이다,
내가 글을 쓰고, 당신이 책을 읽는
이 방과 다름없는 어느 방에서.
그녀의 책상은 종이로 덮여있다.
갓을 씌우면 램프 불빛이
누그러져, 전구만의
난한 빛도 줄어들 테지만,
그렇지 않다, 그녀가 그걸 벗겨버렸다.
그녀의 시들? 결코 알지 못하리라,
그것들이 내게 절실히 필요해도.
그녀가 써넣은 철자조차
해독할 수 없다. 그녀의 의자—
그게 가죽인지 범포인지, 비닐인지
버들인지 상상해보자. 그녀에게
의자, 갓 없는 램프, 책상을
주자. 그녀가 사랑하는 한둘이
옆방에 있다고 하자. 방문은
닫고, 잠든 이들에게는 건강을.
그녀에게 시간과 고요,
실수해도 계속하게 넉넉히 종이를 주자.

이야기 하나:

"사생대회"

"앗!"

이 시를 읽고 난 후 나도 모르게 내뱉은 말이었다. 나도 모르게 입가에 잔잔한 미소가 번지면서 나의 고등학교 시절의 기억이 아련히 떠올랐다.

나는 어릴 때부터 미술 과목을 지독히 싫어했다. 그래서 미술 시간이 내게는 고문의 시간이었다. 하지만 고등학교에 올라가서 만난 미술 선생님은 그런 내게 잊지 못할 경험을 선물해주셨다. 사생대회 날이었던 것으로 기억하는데, 아이들은 모두 스케치를 하고 물감으로 예쁘게 옷을 입히고 있었다. 하지만 나는 하얀 도화지를 내려다보며 한숨만 푹푹 내쉬고 있었다. '으휴, 저 나무는 어떻게 그리나? 저 건물은 왜 저렇게 복잡하게 생긴 거야! 으아아아악~ 나도 모르겠다…' 이렇게 자포자기하고 있을 때, 앗! 저기 미술 선생님이 이쪽으로 다가오시는 게 아닌가! 선생님은 천천히 아이들의 그림들을 둘러보시며 한 걸음 두 걸음 내가 있는 쪽으로 다가오고 계셨다. 나의 심장은 콩닥 콩닥, '제발 내 앞으로 오지 마세요. 으으윽. 여태 그림도 안 그리고 뭐했냐고 혼나겠다.' 이렇게 잔뜩 긴장하여 간이 콩알만 해져 있었다.

그런데 미술 선생님이 내 얼굴을 한 번 쭉 살피시더니 이렇게 말하셨다.

"얘야, 자, 일단 연필부터 손에 들어봐. 그리고 저기 있는 나무들 중에서 니가 가장 그리고 싶은 걸 여기 도화지에 담는 거야. 처음부터 복잡하고 화려하게 그리지 않아도 돼. 그냥 니 눈에 보이는 대로 연필 가는 대로만 그리는 거야. 알겠지? 자, 연필부터 손에 쥐어봐!"

물론, 그날 사생대회에서 아무 상도 못 받았지만 그 이후로 나는 미술 시간에 더 이상 공포에 떨지 않을 수 있었다. 그리고 지금 미술 시간을 공포로 여기는 내 후배들에게 한마디 하고 싶다. "일단, 연필부터 손에 쥐어봐!"

"여백의 미"

(강정화)

　시인이라… '시인' 하면 제일 먼저 떠오르는 이미지가 있다. 덥수룩한 수염에 헐렁헐렁한 개량 한복 같은 후줄그레한 옷을 걸친 모습이 바로 그것인데, 내게 이런 모습은 친근하고 다정하기보다는 낯설고 특이해 보인다.

　무언가 보통 사람과는 다른 상상의 세계에서 살고 있는 사람. 그런 그들만의 세계에서 그들만의 언어로 창조하는 문학이 '시'이고 그런 행위를 하는 사람이 '시인'이 아닐는지…. 굳이 모든 내용을 언어로 다 풀어내는 게아니라 극도로 절제된 상태에서 동양화의 '여백의 미'처럼 하얀 배경을 그대로 남겨두듯이 여운을 남긴다. 여운을 배경삼아 툭툭 던져내는 한 마디 한 마디, 그 속에는 무언가 심오한 것 같으면서도 정작 의미를 알 수 없는, 의미를 파악하려 할수록 더 알 수 없는 미궁에 빠져드는 그런 무언가 있

다. 그렇기에 난 늘 그렇듯이 시를 몇 번 읽어보고 내 나름의 감을 잡아 그저 내 멋대로 내 맘대로 해석하고 생각해 보곤 한다. '모든 사람들이 모두 똑같은 정신세계를 가지고 있을 수는 없는 노릇일 테니, 시를 읽고 자기만의 세계에 그 시를 한 장 펼쳐놓고 퍼즐처럼 조각나 있는 자기의 경험을 하나씩 짜맞춰가면서 느끼고 생각해보겠지?' 나도 내 머릿속에 들어있는 수만 가지 조각의 퍼즐로 이루어진 데이터를 검색하며 시의 내용을 되뇌이고 또 되뇌어 본다. 지금도 역시 검색 중….

"우리 엄마와 시"

(이윤경)

　이 시를 읽고 이런 장면이 떠올랐다. 평범한 한 주부가 아이들과 남편이 잠든 사이에 갓도 씌우지 않은 뜨거운 램프 앞에서 고뇌하고 있는 모습. 탁자 옆엔 고뇌의 흔적인 양 구겨진 종이들이 널려있고 방안에서 들리는 소리는 시계소리뿐이다. 평범한 이 주부는 밤만 되면 시인으로 돌변한다.

　이 시에 나오는 시인은 내가 평소에 생각해왔던 시인과는 굉장히 거리가 멀다. 내가 생각해온 시인이란 지하철이나 길에서 만나는 지극히 평범한 사람이 아니라 뭔가 특별하고 항상 고뇌에 차있는 우리와는 다른 사람이다. 그런데 그 시인이 주부라니! 충격이었다. 나는 우선 주부인 우리 엄마와 시를 생각해봤다. 우리 엄마 와 시. 먼저 웃음부터 나왔다. 시보다는 엄마와 TV드라마가 더 잘 어울리는 듯 했기에.

　이 시를 읽고 생각한 건 시인은 특별한 사람이 아니라는 것과 이 시처럼 대한민국 주부들에겐 뭔가 쓸 수 있는 조용한 시간과 공간이 부족하다는 것이다. 나도 서울생활 하면서 경험해보았지만 가사노동에는 엄청난 에너지와 시간이 소요된다. 설거지, 빨래, 청소 등등. 그녀들에겐 쉴 시간조차 부족하다. 그녀들뿐만 아니라 우리들에게도 조용히 생각할 시간과 공간이 부족하다. 그렇다고 우리에게 시간이 없어서 시인이 될 수 없다는 말은 아니다. 시간이 없다면 만들어야 한다. 우선 가장 손쉬운 방법이 밥 먹듯이 보는 TV를 끄는 것이다. 시끄러운 TV를 보다 껐을 때 뭔가 모를 공허함과 머릿속이 텅 비어버린 듯한 느낌을 받은 적이 있다. 한마디로 뒤끝이 별로 좋지가 않다. 그 시간만큼은 내 머리는 아무 생각도 할 수 없다. TV를 끄고 펜을 들어보자. 그 순간부터 우리는 시인이다. 시인이 별것이랴. 넉넉한 종이와 펜 그리고 생각이 있으면 시인이지….

상상 둘:

"철없는 웃음"

기억나는 시인이 있다.
그 분을 생각할 때면 언제나
그 '순진한 웃음'이 생각난다.

70이 다 된 노인네의 얼굴에
그런 '철없는' 웃음이 피어날 수 있다는 사실,
부럽기만 하다.

그는 제 마음을 숨김없이 드러내고
학생들의 비웃음을 산다.
그리고 즐거워하신다.

실험인가? 아니다,
그는 갈매기처럼 자유로운 분,
호박꽃처럼 순박하고
다정스레 예쁜 사람이다.

그분도 종이, 연필만 있으면
언제든 웃을 수 있을 거다.
거기다 담배 몇 보루면,
아마 눈물이라도 쏟으리.

그가 술을 좋아할까?
소주 한 잔 들어가면
나 같은 놈도 능히 갈매기, 호박꽃으로 만들 이.
그런 사람, 그 시인이 그립다.
그가 보고 싶다.

Reply to the Question:
"How Can You Become a Poet?"

- Eve Merriam

take the leaf of a tree

trace its exact shape

the outside edges

and inner lines

memorize the way it is fastened to the twig

(and how the twig arches from the branch)

how it springs forth in April

how it is panoplied in July

by late August

crumple it in your hand

so that you smell its end-of-summer sadness

chew its woody stem

listen to its autumn rattle

watch it as it atomizes in the November air

then in winter

when there is no leaf left

invent one

"어떻게 시인이 될 수 있나요?"
라는 질문에 대한 대답

- 이브 메리엄

나무의 잎을 따라
그것의 정확한 생김새를 쫓아가라
바깥 쪽 끄트머리와
안쪽 선들
그게 잔가지에 붙들린 방식을 기억하라
(그리고 그 잔가지가 큰 가지에서 아치를 그린 방식도)
사월에 잎이 움터 나오는 모양
칠월의 멋진 차림을
늦은 팔월 무렵에는
그걸 손에 쥐고 구겨 보라
그럼 여름-끝 슬픔의 냄새가 나리
그것의 목질 잎자루를 씹어 보라
그것의 가을 달가닥 소리를 들어 보라
그게 십일 월 창공에서 분무(噴霧)되는 장면을 지켜보라
그리고 겨울
잎 하나 남아있지 않을 때
하나를 창조해 보라

"우리 아버지"

(고은별)

어릴 적 우리 집은 농사를 지었기에 봄부터 늦가을까지 바쁜 일상 속에서 쉴 틈이 없었다. 물론 부모님께서 우리 뒷바라지 때문에 고생을 많이 하셨는데 모내기며 농약 뿌리는 것, 벼가 말라 죽지 않게 항상 논에 물을 대주는 일이며 어느 것 하나 신경 쓰지 않아도 될 일이 없었다. 당시 오빠랑 나는 초등학생이었고 학교 수업이 끝나 집으로 돌아오면 아빠 따라 논이며 밭에 나가 저녁때까지 꼬마 일꾼이 되어야만 했다. 일하는 게 싫어서 빈둥대기도 하고 얼굴 찡그리며 건성으로 일하기도 했다. 어린 우리에게 일시키는 게 미안하셨는지 고추 팔고 담배 팔면 용돈 많이 주겠다며 달래셨던 우리 아버지… 나의 어린 시절은 이랬다.

봄이 되면 나무에 새싹이 나고 다음에는 꽃이 피고 열매가 맺히듯이, 고통과 슬픔 같은 비바람이 지나간 다음에 햇빛이 비치듯이, 어느덧 나도 이렇게 성숙해졌다. 어릴 적에 좀 더 철이 들어 아버지 얼굴에 미소를 더해드렸었다면 하는 후회감이 밀려든다. 난 왜 그때 웃으면서 도와드리겠다고 따라나서지 못했을까? 내가 정신적으로 성숙해지는 시간이 너무 길었나보다. 그때 그 시절, 아버지를 도와 흘렸던 땀방울의 기억이 이제는 이렇게 그립고도 가슴 아픈 추억이 되어버릴 줄이야.

이야기 둘:

"피카츄, 맛있지?"

(김주영)

부모님은 맞벌이를 하시고 나는 외동딸이다. 그래서 매번 저녁은 거의 혼자 해결한다. 학교 수업이 끝나고 7시 무렵에 집에 들어가면 어둡고 냉랭한 공기만이 나를 반긴다. 불을 켜서 냉랭한 집에 온기를 불어넣는 일은 늘 내 몫이다. 한 일이 년은 외롭고 쓸쓸해서 친구를 불러 같이 집에 들어가곤 했지만 지금은 이 외로움도 면역이 되어 아무렇지도 않다. 그래도 정말 적응이 안 되는 것은 혼자 밥상머리에 앉아 저녁 먹는 일이다. 괴테의 '눈물과 더불어 빵을 먹어보지 않는 자는 인생의 참된 맛을 모른다'는 말보다도 더 마음을 울리는 말은 '혼자 밥상머리에 앉아 식은 밥을 먹어보지 않은 자는 인생의 참된 맛을 몰라'이다. 중학교 때, 식탁에서 먹지 않고 밥상을 차려 거실로 들고 나와 맞은편에 피카츄를 앉혀놓고 밥을 먹은 적도 있다. "피카츄, 맛있지? 무말랭이무침 이번에 너무 잘 된 거 같아." 이렇게 내공을 쌓다 보면 벽에 밥상을 붙이고 벽에게 반찬을 건네며 먹는 일도 생길지 모르겠다. 그나마 다행인 것은 얼마 전에 외할머니가 상경하셔서 밥을 같이 먹을 수 있는 상대가 생겼다는 것이다. 콩밥에 김치, 미역국, 무말랭이가 전부인 식탁이지만 할머니랑 시시콜콜한 얘기 한 소쿰씩 밥이랑 같이 떠먹으면 세상 어느 만찬도 부럽지 않다. 언젠가는 엄마랑 아빠랑 나랑, 내가 차린 저녁 식사를 함께 먹을 날도 오겠지? 그리고 더 훗날은 곰 같은 남편과 토깽이 같은 자식들과 함께 곰 같은 남편이 차린 저녁을 매일 먹는 날도 오리라.

Point of View

- Shel Silverstein

Thanksgiving dinner's sad and thankless
Christmas dinner's dark and blue
When you stop and try to see it
From the turkey's point of view.

Sunday dinner isn't sunny
Easter feasts are just bad luck
When you see it from the viewpoint
Of a chicken or a duck.

Oh how I once loved tuna salad
Pork and lobsters, lamb chops too
Till I stopped and looked at dinner
From the dinner's point of view.

관 점

- 셸 실버스타인

추수감사절 만찬은 슬프고 감사할 줄 모른다
크리스마스 만찬도 어둡고 우울하다
잠깐 멈추어 그걸
칠면조의 관점에서 볼 때.

일요일 오찬은 밝지 않다
부활절 향연도 불운할 뿐
잠깐 멈추어 그걸
닭이나 오리의 관점에서 볼 때.

아 예전 나는 얼마나 참치 샐러드
돼지고기와 랍스터, 양고기를 좋아했던가
잠깐 멈추어 식사를
식사의 관점에서 보기까지.

이야기 하나:

"카드 내놔!"

(권민선)

방에서 숙제를 하고 있는데 엄마가 갑자기 무섭게 다가와서 카드 내놓으라고 소리치시는 것이었다. 카드 내놓으라는 말은 내게는 사형선고나 다름없어서 일단 고개를 숙인 채 '왜?' 라고 대답했다.

나는 교통카드용으로 엄마의 신용카드를 가지고 다닌다. 처음에는 오로지 교통카드 목적으로만 가지고 다녔는데, 점점 교통카드가 아니라 신용카드라는 느낌이 들어 배가 두둑해지고 있었다. 돌아다니다 너무나도 사고 싶은 게 있을 때나 용돈이 다 떨어져 부득이한 경우에 엄마의 카드 덕을 톡톡히 보고 있다. 그래서 나도 늘 월말이 두렵다. 카드명세서가 나오면 바로 엄마와의 싸움이 시작되기 때문이다. 엄마는 무조건 카드 내놓으라고 소리치고, 나는 내 나름대로 쓸 수밖에 없었던 상황과 이유를 설명한다. 그러다가 도저히 설명할 수 없는 상황에 봉착하면 '나도 사고 싶어 샀다' 고 소리치면서 싸움이 시작되는 것이다. 그럴 때면 내 눈에서는 금세 서러움의 눈물이 줄줄 흘러내리고 야속한 엄마가 미워 내 방 문을 꼭 닫아걸고 아예 바깥으로 나가지 않는다. 하루 이틀 냉전이 계속된다. 그렇게 친구 같은 엄마와 딸의 관계는 너무도 잦은 싸움을 부른다.

방안에 틀어박혀 있으면 슬그머니 고개를 들이밀고 밥 먹으라는 엄마의 소리가 들린다. 그러면 나는 단지 너무 배가 고파 못이기는 척하고 나가 그어떤 말도 하지 않은 채 밥만 열심히 먹는다. 그러면 엄마는 시무룩해있는 내게 사고 싶은 것이 있으면 사도된다고 다정스레 말을 건넨다. 하지만 난 안다. 이렇게 말하고도 월말이 되면 또 내게 당장 카드 내놓으라고 소리칠 엄마를.

생각하나:
"약육강식의 법칙"

(김은지)

나는 가끔 이런 생각을 한다. TV에서 요리나 맛집 프로그램을 볼 때 어떤 고기가 좋은 고기인지 어떻게 조리해 먹어야 맛있는지 등을 알려주곤 한다. 세상에 약육강식의 법칙이 지배한다지만 닭이나 돼지, 소들이 과연 이 약육강식의 법칙의 연장선상에서 인간에게 먹히는 걸까(?) 하는 생각이 들 때가 있다. 우리는 작은 벌레나 곤충을 아무렇지 않게 무시하고 죽이지만 지구를 기준으로 보면 인간도 한낱 벌레 같은 존재에 지나지 않는다. 그런데도 지구에 기생하는 동물 중 하나인 인간이 다른 동물들과 지구를 괴롭히고 자신들의 편의와 만족을 위한 수단으로 이용하고 있다. 이런 관점에서 보면 인간은 참으로 괘씸한 동물이 아닐 수 없다.

인간에게 가장 무서운 것은 사자도 호랑이도 아닌 같은 인간이다. 인류가 진보할수록 범죄율도 높아지고 언제부턴가 '사람조심' 이라는 말이 장난삼아 하는 말이 아닌 상황으로 변했다. 같은 인간끼리도 못할 짓을 저지르는데 인간보다 하등하게 여겨지는 짐승이나 벌레들에게는 어떠한가? 그런 동물들도 생각을 한다면 그들에게 우리 인간은 악마보다 끔찍한 존재일지 모른다.

물론, 나도 인간이고 돼지고기와 쇠고기, 생선을 좋아하고 아무 생각 없이 잘 먹는다. 다만 무분별하게 밀렵을 자행하거나 이유 없이 동물을 죽이고 괴롭히는 사람들을 보면 나도 모르게 화가 나고 그들도 한번쯤은 이런 생각을 하고 살았으면 하고 바랄 따름이다(특히 고양이 머리에 못 박는 할일 없는 사람들). 지구에 살고 있는 인간이 좀 더 인간적이기 위해서 필요한 생각인 것 같다.

"광고"

이 시를 읽다보니 불현듯 "생각이 바뀌면 세상이 바뀐다"는 문구가 떠오른다. CF 광고 문구였던가? 잘 기억이 나지 않는다. 다만 이 문구가 유행을 타고 있을 당시 수업 시간에 틈나는 대로 학생들의 경직된 생각과 생활 태도를 바꿔보려는 심사로 이 문구를 무던히도 써먹은 기억이 새롭다. 그 말이 상품 광고였다면 분명 물건을 팔기 위한 일종의 '마술 주문'으로, 순전히 상술에서 나온 전략적 문구였을 텐데….

요즘 광고 중에서도 떠오르는 문구 하나가 생각난다: "나는 이기적이다"라는 말이다. 신세대, X-세대, N-세대… 그들의 마음을 두드리는 마술 주문이다. 무엇보다도 소비자인 청소년들의 '개성'을 겨냥하고, 그와 더불어 제품의 독특함을 돋보이게 하려고 그런 말을 만들었을 게다. 대통령이 앞장서서 '신지식인'을 강조하고 그 말을 유행시키고 있는 마당에, 어찌 보면 이만큼 좋은 말도 없다 싶으면서도 이 말을 들을 때마다 혹은 생각할 때마다 "정말 무서운 세상이구나!" 하는 느낌이 만만찮게 대드는 이유는 무얼까?

오래 전에 『세상은 넓고 할 일은 많다』라는 책이 한참동안 베스트, 스테디셀러로 각광을 받은 적이 있다. 그 작가는 국내에서 존경받는 재벌 총수로서, 책제목에 어울리게 '세계 경영'이라는 기치를 내걸고 정말 자~알 나가고 있었다. 그러다가 충격적인 사건이 터지고 그 사람은 꼭꼭 숨어 버렸다. 그 사람 마음이야 알 수 없고 그 사람으로 인해 내가 직접적인 피해를 본 것도 아니지만 그 한 사람 때문에 고단한 삶을 감내해야 했던 수많은 사람들을 생각할 때, 마음속에 맺힌 울화는 단지 그들만의 것은 아니라고 말해주고 싶다. 지구 어디에서 무얼 하며 살다 왔는지는 모르지만 이제 그가 나타났다. 다른 사람은 어찌 생각했는지 모르지만 티브이 화면에 나타난 그의 얼굴에서 나는 '편하게 자~알 살다 왔습니다'는 거만한 보고를 보았다.

그 사람과 비슷한 사람들이 대한민국에는 아주 많다. 매일 신문지면을 장식하고 티브이 화면을 가득 채운다. 그런 사람들이 나올 때마다 나름대로 욕도 하고 손가락질도 했던 보통 사람들, 이제는 하도 어이가 없고 기가 막혀서 말조차 안 나온 지 오래다. 온통 '도둑놈 천지, 그것도 대도 천지!' 인 요즘시대에 좀도둑은  전혀 도둑 축에도 못 끼는 것 같다.

　이런 디스토피아적인 상황에 직면할수록 사람들은 늘 '유토피아'를 꿈꾸어 왔다. 광고 문구든 정치적 발언이든 사방 곳곳에 "정치"가 팽배해 있는 이 세상, 이 나라에서 그 유토피아는 과연 어디에 있을까? '비정치적인 세계, 비정치적인 삶의 모습'에 있는 것은 아닐까? 그것은 무엇을 뜻하는가? 내가 아는 유일한 답은 "양심에 거리낌 없이 솔직하게 사는 삶의 풍경," 옛 시인의 말대로 "하늘을 우러러 한 점 부끄럼 없는 삶"을 실천하는 길이다.

　실버스타인의 「관점」이라는 시는 티브이에 출현하여 대략 '돼지고기와 마찬가지로, 채소도 생명체인데 생명의 소중함을 생각하면 그것도 먹지 말아야 하는 것 아니냐?'는 육식옹호자의 공격에 "나는 당근을 먹을 때 '당근아 미안하다'라고 말하고 먹는다"라는 식으로 어설프게 채식을 '주장하는' 채식주의자보다는 아무 말 없이 끼니마다 채식을 '실천하는' 스님을 떠올리게 만드는 시인 것 같다.

Where the Sidewalk Ends

- Shel Silverstein

There is a place where the sidewalk ends
And before the street begins,
And there the grass grows soft and white,
And there the sun burns crimson bright,
And there the moon-bird rests from his flight
To cool in the peppermint wind.

Let us leave this place where the smoke blows black
And the dark street winds and bends.
Past the pits where the asphalt flowers grow
We shall walk with a walk that is measured and slow,
And watch where the chalk-white arrows go
To the place where the sidewalk ends.

Yes we'll walk with a walk that is measured and slow,
And we'll go where the chalk-white arrows go,
For the children, they mark, and the children, they know
The place where the sidewalk ends.

인도가 끝나는 곳

- 셸 실버스타인

인도가 끝나고 차도가
시작되기 전의 장소가 있다.
거기에는 보드레 하얀 풀이 자라고,
거기에서는 심홍색 밝은 해가 불타고,
거기에서는 달-새가 비행을 멈추고
박하 향 바람에 열 식히며 쉰다.

이 곳을 떠나자 연기 까맣게 피어오르고
검은 거리 구불구불 휘어진 곳을.
아스팔트 꽃들이 자라는 구덩이들을 지나
보조 맞춰 느린 걸음으로 걸어가
하얀 분필 화살표가 가리키는
인도가 끝나는 곳을 바라보자.

그래 우리는 보조 맞춰 느린 걸음으로 걸어가
하얀 분필 화살표가 가리키는 곳으로 가리,
아이들, 그들은 표시하고, 아이들, 그들은
인도가 끝나는 곳을 알고 있으니.

이야기 하나: "나도 그런 적이 있었지"

(황지민)

나도 그런 적이 있었지. 학교 수업이 끝나면 동네 공터에서 친구들과 모여 술래잡기, 얼음 땡, 무궁화 꽃이 피었습니다, 한발 뛰기, 고무 줄 놀이를 하며 놀던 적이⋯ 나도 그런 적이 있었지. 우리 동네 작은 놀이터는 디즈니랜드였고 비 오는 날 물이 고인 작은 웅덩이는 보라 해변이었던 적이⋯ 나도 그런 적이 있었지. 비가 그치면 걸쭉해진 진흙으로 두꺼비집을 만들거나 성을 쌓았던 적이⋯ 나도 그런 적이 있었지. 어느 여름날 꽃으로 귀걸이를 만들거나 꽃반지를 만들던 적이⋯하루 이상 끼고 있기는 무리였지만⋯.

그땐 모든 게 놀이 감이 되었지. 동네 친구들만 모이면 그 외에는 아무것도 필요치 않았어. 우린 마냥 즐겁기만 했었어. 해가 뉘엿뉘엿 지는 저녁이 되면 저마다 저녁 먹으라는 엄마들의 목소리에 내일 다시 모이자고 약속하며 아쉽게 집으로 들어가곤 했지.

이 시를 읽어보니 그때가 생각난다. 지금 밖에서 아이들이 노는 소리가 들린다. 나도 저 아이들 같은 때가 있었는데⋯ 갑자기 저들이 너무 부러워졌다. 그리고 잠시 눈을 감고 내 어린 시절과 비슷한 공기를 마실 수 있었다. 그때 그 친구들은 지금 다 어디로 가버렸을까. 가끔 연락되던 한 친구도 몇 년 전부터 깜깜 무소식이다. 보고 싶은 동네 친구들⋯ 그들도 가끔씩 그때를 떠올리겠지. 그리고 나처럼 그리워하겠지.

시인도 그런 어린 시절을 그리워하는 것 같다. 그리고 아이들만이 알고 있는 인도가 끝나는 그곳으로 독자를 데려 가고 싶어 하는 것 같다. 그래서 난 시인을 따라 인도가 끝나는 그곳으로 가보려 한다. 그곳으로 가는 일은 그리 어려운 일은 아닐 것 같다. 왜냐하면 그곳은 모든 이의 마음속에 간직되어 있기에. 잠시 동안 아주 잠시 동안만 숨을 가다듬고 그곳으로 가보자. 그곳에 맑은 눈을 하고 있는 우리들이 있을 테니. 그곳엔 저녁 먹으라며 창문을 열고 소리치는 우리의 엄마가 있을 테니까.

이야기 둘:
"기지"

(최용혁)

여유. 이 말의 의미를 제대로 느껴 본 지도 정말 오래된 것 같다. 항상 무언가에 쫓기고 있는 듯, 누군가에게 감시받고 있는 듯이 조급하고 각박하게 살고 있다. 초등학교 때였나? 동네 뒷산에 친구들과 일명 '기지'를 만든다고 한바탕 난리를 피운 일이 기억난다. 동네 뒷산 중턱의 약간 후미진 공터에 자그마한 돌로 담을 쌓고 그 안에 구슬이며 딱지며 우리의 놀이 감을 갖다 놨다. 그곳엔 잔소리하는 엄마도 귀찮게 하는 동생도 없었다. 우린 누가 먼저랄 것도 없이 학교 끝나면 그곳에 모여 우리만의 '여유'를 즐기곤 했다. 어릴 땐 늘 그렇듯 금방 지루해져 오래 가진 않았지만…. 그땐 몰랐는데 지금 생각해보니 그곳이 우리가 만든 우리만 아는 인도가 끝나는 곳이 아니었나 싶다. 일상에서 벗어나 여유를 즐길 수 있는 공간….

지금은 어떤가? 가끔 여유를 느끼고 싶어 공원이나 교외로 나가고는 하지만 보이는 건 사람뿐이다. 나처럼 일상을 벗어나고픈 사람들이 모여 또 다른 일상을 만드는 것이리라. 천천히 여유를 즐기며 걷다오면 좋으련만 나도 모르게 어느새 불평불만과 짜증이 쌓이고 만다. 어떤 이는 인터넷을 하면서 여유를 찾는다고 한다. 말 좋은 허울뿐이다. 요즘 유행하는 '싸이월드'만 보더라도 계속 업데이트해야 하고 답 글도 달아줘야 하고 인간관계도 신경 써야 한다. 다른 이는 어떨지 모르나, 여유는커녕 스트레스만 더 받는다. 그리 되면 더 이상 취미가 아니다. 보드리야드가 말하는 '시뮬라시옹' 같은 현실에서 파생된 또 다른 현실일 뿐이다.

지금 시대에 인도가 끝나는 곳이 있을까? 있다고 해도 그리 낭만적인 장소는 아니리라. 정치인들은 제 밥그릇 챙기느라 바쁠 테고, 기업은 황금 같은 기회로 생각할 테고, 엄마들은 남보다 먼저 제 자식을 들여보내려고 애쓸 테고, 구직자들은 일자리를 찾아 그곳으로 가리라. 어릴 적 학교 앞에서 먹던 떡볶이 한 접시의 여유가 그립다.

이야기 셋:
"20대 여성 수락산에서 시체로 발견!"

(최윤희)

인도가 끝나는 곳에는 무엇이 있을까? 그곳에는 죽음이 버젓이 우리를 기다리고 있을 것이다.

나는 산을 참 좋아한다. 왜 좋아하느냐고 묻는대도 딱히 대답할 이유거리도 없다. 그냥 좋다. 한번은 수락산을 올라갔다. 가본 사람은 잘 알겠지만 수락산은 큰 바위와 돌들이 많아 오르는 길이 터프하나 그다지 높지 않기에 큰 어려움 없이 산행을 즐길 수 있는 산이다. 혼자서 지리산 천왕봉을 두 번이나 오른 경험이 있는 나는 역시 두 번째로 오르는 수락산이 별로 산처럼 느껴지지 않아 아주 자만했었다. 아무런 비상식량을 준비하지 않은 채 딸랑 휴대폰과 교통카드만 들고서….

오후 두 시경에 오르기 시작하여, 초여름을 만끽하면서 비지땀을 뻘뻘 흘리고 나니 아까 먹은 점심이 소화가 다 되었는지 슬슬 배가 고파온다. 이

렇게 저렇게 정상에 올라 시원한 바람에 한숨 돌렸다가 얼마 남지 않은 해를 보고 하산을 준비한다. 근데 이상하다. 올라갈 때는 제법 사람이 많았는데 내려가다 보니 도무지 사람이 보이지 않는다. 그래도 어설프게 표기된 이정표를 따라서 하산을 재촉한다. 그렇게 얼마쯤 내려갔을까. '어라~ 을 씨년스레 말라붙은 계곡이네, 지난번엔 못 본 것 같은데…' 계곡을 건너 조금 가다보니 길이 점점 희미해지고 좁아진다. 아주 드문드문 있던 이정표도 더 이상 보이지 않는다. 그 산에서 인도가 끝나는 곳, 내가 도착한 곳은 어마어마하게 크고 무시무시한 절벽이었다. '아뿔싸! 길을 잘못 들어섰다.' 하지만 이미 때는 늦었다. 날은 저물어 어두워지기 시작하고 까마귀는 사람 냄새에 맞난 저녁 반찬이라도 만난 듯이 좋아라고 '까악까악' 울어댄다. 그런데도 나는 배가 고파 더 이상 움직일 힘도 없다. 갑자기 밀려드는 공포심에 "거기 누구 없어요? 살려주세요!"를 젖 먹던 힘을 다해 몇 번이나 외쳐댄다. 그래도 아무 반응이 없자 119에 구조 요청을 하려고 휴대폰을 꺼낸다. 그런데 이런 썩을 일이! 휴대폰이 터지지 않는다. 미칠 것만 같다.

다 큰 처녀가 "엄마!, 엄마!"를 연신 외치며 통곡하듯 엉엉 울었다. 순간 내가 아는 모든 사람들이 생각났다. 특히 우리 가족, 그중에서도 우리 엄마가. '20대 여성 수락산에서 시체로 발견!' 내일 아침 뉴스와 신문에 톱기사로 실릴 나의 사망소식에 우리 엄마가 얼마나 슬퍼하실까(?)를 생각하자니 더 하염없이 눈물이 쏟아졌다. '제길, 올라가는 이정표는 눈에 띄게 잘도 표시해 뒀더만 내려가는 길은 누구하나 신경 쓰는 사람이 없네. 우씨~' 죽을 때 죽더라도 정상에서 죽어야겠다는 생각에, (그래야 내일 아침 제일 먼저 정상에 오른 사람한테 발견되기도 쉬울 테니까) 길을 헤집으며 무작정 다시 올라갔다. '인간은 두발로 걷는 직립 보행하는 동물?' 쳇, 생사의 갈림길에 있을 때는 그런 것은 다 필요 없다. 내 두 팔은 다리가 되어 네 다리로 살기 위해 발버둥 치고 있었다. 오늘은 어제 죽은 이가 그토록 갈망했던 날이라고 했던가. 오늘 죽을지도 모르는 나는 내일 떠오르는 태양을 다시 볼 수 있기를 바라고 있었던 것이다. 정말로 간절하게… 다행히도, 나는 아직까지 매일 매일 떠오르는 태양을 보면서 감사히 살고 있다. 하지만 내게 있어서 그 수락산 속 인도가 끝나는 곳은 꿈에라도 다신 가보고 싶지 않다. 그래도 난 여전히 산을 좋아한다. 나도 정말 미쳤지.

이야기 넷:
"페퍼민트, 인도, 행복을 기다림"

(조성민)

페퍼민트

달콤, 싸한 향 때문에 입으로 넣어버리는 박하사탕, 어릴 때는 못 먹었다. 목이 싸한 것이 아픈 것 같기도 하고 특이한 맛에 그냥 뱉어버렸다. '요플레'도 그 특이한 냄새 때문에 못 먹었고(그때는 '토한 냄새' 같았다), 버섯도 생긴 게 마음에 안 들어 입도 대지 않았다. 라면은 꼭 '너구리'만 먹고 다른 라면을 끓였을 때는 땡깡을 부려 여러 사람을 힘들게 했다. 조개를 먹으면 토하고 일주일은 앓아누웠다. 그렇게 어이없이 까다로웠던 성미 때문인지 키는 정상 치수에 도달하지 못했고 여기저기 아픈 구석도 많다. 오랜 친구가 좋고 항상 먹던 김치가 좋다. 그리고 항상 만나던 그가 좋고 좋아하는 소설 보기를 또 좋아한다.

그랬던 내가 마른데다 고개가 아프도록 올려다봐야 하고 첫인상도 좋지 않던 남자애를 좋아했었다. 처음에는 벌레같이 마음에 들지 않았고 웃을 때 드러나는 잇몸이 싫었다. 하지만 한 번 두 번 계속 만나면서 정이 들고 웃을 때 보이는 잇몸마저 시원스러웠다. 그리고 긴 손가락이 너무 예뻐 깨물다가 매일 혼났고, 무엇보다도 그 애한테서 나는 냄새가 좋았다. 그렇게 나는 익숙해졌다. 싸한 박하 향이 싫었는데, 이제는 시원한 것이 입가심하기에는 딱 좋은 박하사탕처럼 그렇게 좋아졌다. 그런데 그 애는 그런 박하사탕이 지겨워졌고 다신 먹지 않았다. 그렇게 나는 어쩔 수 없이 박하사탕을 버릴 수밖에 없었다.

이 시의 화자는 박하 향이 나는 시원한 곳, 길이 끝나는 곳, 그곳을 바라

보려고 한다. 호기심, 설렘으로 느끼는 무엇이라면 과연 그곳이 바라볼 만한 곳일까(?) 하는 게 처음 든 생각이었다. 톡 쏘는 매력으로 다가서지만 끝을 보지 못하고 돌아설 길이라면 그 길은 길이 아니다. 나는 무엇을 바라면서 살고 있는지 되돌아본다. 내가 가는 길이 단순히 톡 쏘는 박하사탕이라면 빨리 뱉어버리고, 그 뒷맛만을 음미하는 게 최선이리라. 사람들은 왜 사는지에 대해 의문을 던지고 정의 내리기를 좋아한다. 어차피 한 번 사는 생 즐기는 것이라고, 종교적인 논리로, 어쩔 수 없이 산다고도 말한다. 누구나 어두운 길을 가는 지금 너의 생각, 길이 틀렸다고 말할 수는 없다. 그렇다고 향기롭고, 잘 정리된 길이 꼭 진리의 길은 아니리라. 내가 믿는 그것을 위해 방해물이 있어도 헤쳐 나가는 그 노력이 길의 끝을 감히 내다볼 수 있는 힘이 아닐까. 자기가 바라는 그 무엇을 위해 길이 아닌 곳에 길을 만들어 가는 인생, 그게 이 시에서 말하는 "인도"이리라.

인도

23살이 다 되어가는 지금 내 또래의 많은 이가 취업난 때문에, 그래서 더욱 어두워지는 길 때문에 걱정하고 있다. 물론 나도 그 중 하나이고, 내세울 것 하나 없는 나는 그간 일궈놓은 길을 돌아본다. 실수투성이고 제대로 노력해본 적도 없는 내가 무엇을 알겠느냐 마는 생이라는 게 그러한 것 같다. 먼지같이 작은 나이지만 내가 존재하지 않으면 우주가 없듯이 나의 존재를 중심으로 여기며 사는 것, 그게 진정한 길이 아닐까. 그래서 밑도 끝도 없지만 나의 미래를 기대해 본다.

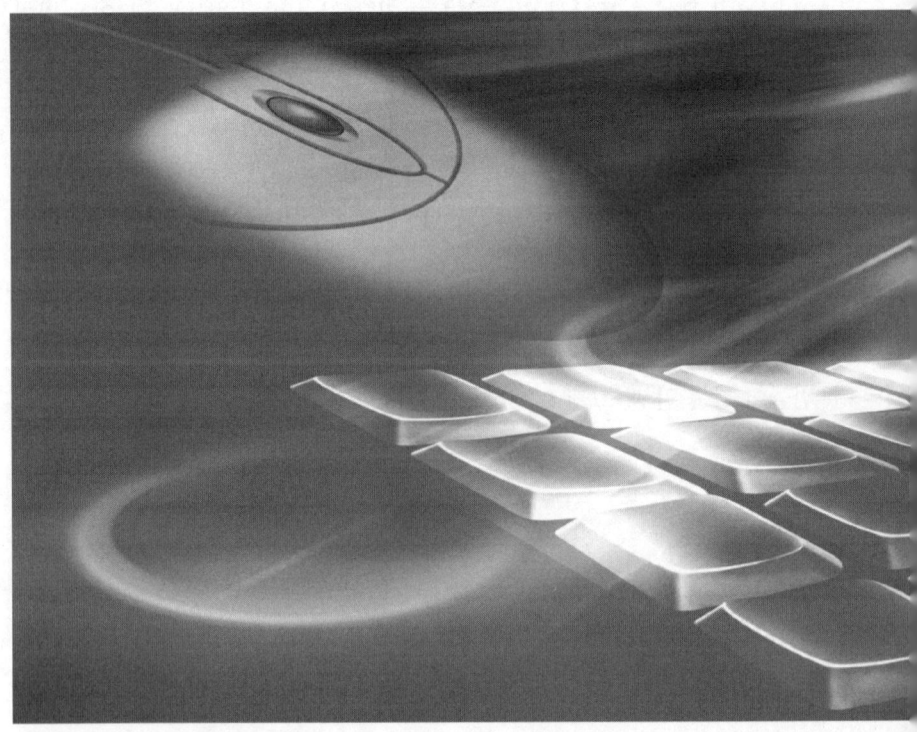

행복을 기다림

나는 무엇을 기다린다.

무엇을 기다리는지 확신할 수는 없지만 아무튼 무엇을 기다린다. 반복되는 일상에서 새롭고 가슴 뛰는 사건이 일어나기를 기다리고, 지금까지 만나온 시시한 사람들과는 한 차원 다른 멋진 남자를 기다린다. 20살 남짓 살아오면서 늘 1, 2번을 다투었던 나의 작은 키가 예상치 못하게 십 센티나 자라는 혁명을 기다린다. 생전 한번 먹어보지도 못한 랍스터 같은 고급요리를 우아하게 먹으면서 예술계를 비판하고, 귀에 낀 작고 반짝이는 귀고리가 탐스러워 보이고, 내가 쓴 글이 학계에서 인정을 받는 그야말로 우아

함 넘치는 여유로운 삶을 기다리거나, 아니면 세계 방방곡곡을 다니며 연극을 하는 자유로운 삶을 꿈꿔보고 상상해본다. 그렇게 나는 행복을 기다리고 상상해본다. 하지만 진정한 행복은 그런 게 아니라는 것쯤은 나도 잘 알고 있다. 나른한 오후, 재미도 없고 일상에 지쳤을 때쯤에 내가 좋아하는 따뜻한 날씨가 찾아오고, 입지 않았던 옷에서 만원 한 장을 찾아내고, 내가 좋아하는 사람들에게서 안부 메일이 오고, 좋아하는 노래가 버스 안에서 흘러나올 때, 단순한 것 같지만 그러한 일상에의 감격이 살아가는 의욕이 아닐까 생각해본다. 내가 경험할 수 없는 빛나는 삶들, 그걸 상상하고 기다릴 수 있기 때문에 우리가 행복한 게 아닐까?

"단편소설 「길」 중에서"

(김지우)

밖에서 비가 줄기차게 내리고 있다. 이런! 4월에 장대비라니. 우산을 챙길 새도 없이 택시를 잡아타고 "아저씨 광화문이요. 빨리 좀 가주시겠어요? 제가 좀 늦었거든요."

p.m. 6시 45분.

'시낭송이 있는 밤' 행사의 엔딩을 장식하라는 후배의 전화가 걸려왔을 때 나는 거절했었다. 무엇을 준비해야 하나 고민하기도 싫어지는 무기력한 4월이다. 전화를 끊고 잠깐 눈을 붙이려고 라디오를 켰다. 나는 라디오 소리가 점점 멀어지면서 스르륵 잠드는 것을 좋아한다.(치지직, 치지직)

"안녕하세요? 배철수의 음악캠프 오늘 첫 곡은 프랭크 시나트라의 '마이웨이(My way)'로 시작합니다." … And now the end is near~ ♬?

급히 수화기를 들고 후배에게 전화를 걸었다.

"지현아, 내가 엔딩을 맡을게, 내가!!" "어, 진짜야? 고마워 언니~ 내가 밥 쏠게" "밥은 됐구, 근데 말이야, 조건이 하나 있는데. 'My Way'라는 곡을 좀 넣어주었으면 좋겠다, 되겠지?" "그거야 어렵지 않지, 구하기도 쉬운 곡이네 뭐." "아, 아니. 딴 사람이 부른 거 말고 프랭크 시나트라가 부른 걸로 말야. 잔잔히 깔아 줬으면 해, 내가 낭송하는 동안."

"왜 꼭 그 곡이여야 되는데? 시는 벌써 다 써놓은 거야?" "우선 끊자. 지금 시구가 막 떠오르려고 하거든. 일단 적어 봐야겠어." "아, 알았어. 다 쓰면 전화 좀 넣어줘. 음악은 상준이 시켜 준비해 놓을게."

영어통역과 이 교수님 퇴임식에 참석 했을 때가 아마 재 작년 이맘 때쯤이었을 것이다. 제자들과 교수단의 박수를 받으며 단상으로 올라가시던 이 교수님의 뒷모습이 어렴풋이 기억난다. 빨간 카페트를 한발 한발 내 딛을 때마다 커져오던 구두자국 소리. 연설사를 한 줄 한 줄 읽어 내려가실 때마다 메어 오는 목을 가다듬으며 애써 웃으셨지. 모든 감정이 일시에 몰려왔다 몰려가는 듯, 이 교수님의 눈은 한곳만 바라보며 멍해 있었다. 그런데 단상을 내려오실 때 들려오던 시나트라의 낮고 잔잔한 음색은 아직도 그대로 인 것 같다, 2년이나 지났는데.

p.m. 10시 15분 전.

핀조명에 눈이 시큰거린다. 흠흠, 내 숨소리가 귓전을 때린다. 시나트라의 목소리가 아득히 들려오고 지그시 눈을 감는다. 이제 시를 씹어본다.

(And now the end is near and so I face the final curtain)
길이 끝나는 곳이 있다.
(My friend, I' ll say it clear)
길이 시작되기 전
(I' ll state my case of which I' m certain)
(I' ve lived a life that' s full)
거기엔 잡초가 보드랍고도 순수하게
(I travelled each and every highway)
거기엔 태양이 시뻘겋게 타오르고
(And more, much more than this)
거기엔 달새가 잠시 휴식을 취하고 있다.
(I did it my way)
박하향 바람에 온기를 식히려고
(Regrets, I' ve had a few)
연기가 어두움을 내뿜는 이곳을 떠나게 해주오.
(But then again too few to mention)
(I did what I had to do)
어두운 거리가 휘감기어 굽이친다.
(And saw it through without exemption)
(I planned each chartered course)
아스팔트 꽃이 자라는 모래밭을 지나
(Each careful step along the byway)

(And more, much more than this)

우리는 헤아려 볼 수 있게 낮은 보폭으로 걸어보다가

(I did it, my way)

(Yes, there were times I'm sure you knew)

순백색 화살이 가는 곳을 지켜본다.

(When I bit off more than I could chew)

(But through it all when there was doubt)

(I ate it up and spit it out)

(I faces it all and I stood tall)

(And did it my way)

길이 끝나는 곳을 향해서.

(I've loved, I've laughed and cried)

(I've had my fill, my share of losing)

헤아려 볼 수 있게 낮은 보폭으로 걸어

(And now as tears subside I find it all so amusing)

(To think I did all that and may I say not in a shy way)

순백색 화살이 가는 곳을 향할 것이다.

(Oh, no, oh no not me)

아이들을 위해 순백색 화살은 흔적을 남기고 아이들은 알게 된다.

(I did it my way)

(For what is a man, what has he got)

길이 끝나는 곳을…

(If not himself then he has naught)

(To say the things he truly feels)

(And not the words of one who kneels)

(The record shows I took all the blows and did it my way)

(Yes, it was my way)

—끝—

  '길'이 나오는 시를 읽었다고 '길'이 나오는 노래를 떠올리다니 나도 참 유치하기 짝이 없다. 하지만 이 시를 읽는 내내 잔잔히 '프랭크 시나트라'의 'My Way'가 귓가에 맴돌았다. 그리고 써내려간 나만의 단편 소설(?), 너무나 자연스럽게 써진 글이다. 저 글에 나오는 지현이라는 사람은 물론 가공인물이다. 하지만 진짜로 내 친구 중에 '지현'이라는 이름을 가진 아이가 한 명 있다. 글을 쓰면서 그 친구의 이름이 번쩍 떠올라 한 번 써보았다. 시를 읽다가 친구 얼굴이 떠오른 건 이번이 처음인 것 같다. 읽는 내내 '왜 시인은 이 시 3행에 white라는 단어를 사용했을까?' 의아해 하며, '아아, 7행의 black과 대조되는 시어일 것이다'라고 중, 고교 국어시간에 배운 얄팍한 시 감상법만으로 이 시에 접근하려 했다면 프랭크 시나트라 특유의 풍부한 낮은음색도, 내 친구의 지친 얼굴도 떠오르지 않았을 것이다.

  따스한 봄, 3월에 홀로 외롭고 힘들게 시험 준비를 하느라 황사바람조차 얼굴에 대어볼 수 없는 나의 친구 지현이에게 이 시를 들려주고 싶다. 그리고 말해주고 싶다. 지금 걷고 있는 너의 길에 분명 끝은 있을 것이라고….

II. 나, 인간, 세계

나뭇잎은 시달려야 윤이 난다
비 바람 눈 안개 파도 우박 서리 햇볕
그 중에 제일 성가시게 구는 것은 바람
그러나 동백꽃나무는
그렇게 시달려야 고독이 풀린다
이파리에 윤기 도는 살찐 빛은
바람이 만져 준 자국이다
동백꽃은 그래서 아름답다
오늘같이 바람 부는 날 동백꽃은
혼자서 희희낙락하다
시달리며 살아남은 것들은
눈부시게 아름답다

- 이생진. 「동백꽃 피거든 홍도로 오라」의 전문.

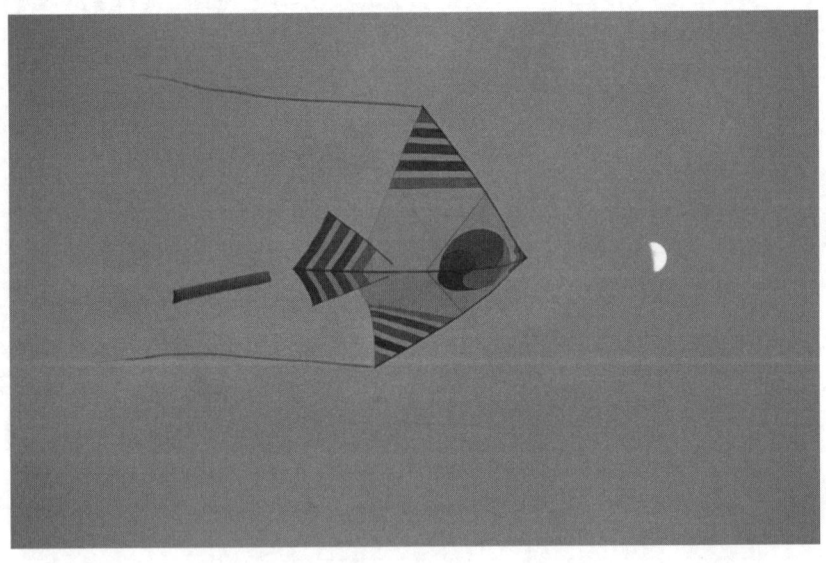

1. 출생과 시작

난 커서 재채기가 될 거야,
그래서 나의 적들에게 병균을 뿌려줄 거야.

난 커서 두꺼비가 될 거야,
그래서 바보 같은 질문들을 한길에 와르르 토해낼 거야.

난 커서 아이가 될 거야,
하루 종-일 놀아서 그들을 미치게 만들 거야.

- 데니스 리, 「넌 뭐가 되고 싶니?」에서.

The Baby

- George MacDonald

Where did you come from baby dear?
Out of the everywhere into here.

Where did you get those eyes so blue?
Out of the sky as I came through.

What makes the light in them sparkle and spin?
Some of the starry spikes left in.

Where did you get that little tear?
I found it waiting when I got here.

What makes your forehead so smooth and high?
A soft hand stroked it as I went by.

What makes your cheek like a warm white rose?
I saw something better than any one knows.

Whence that three-cornered smile of bliss?
Three angels gave me at once a kiss.

Where did you get this pearly ear?
God spoke, and it came out to hear.

Where did you get those arms and hands?
Love made itself into bonds and bands.

Feet, whence did you come, you darling things?
From the same box as the cherub's wings.

How did they all just come to be you?
God thought about me, and so I grew.

How did you come to us, you dear?
God thought about you, and so I am here.

아 기

- 조지 맥도널드

귀여운 아가, 넌 어디서 왔니?
곳곳에서 여기로 왔죠.

그리 파란 눈을 어디서 얻었니?
내가 지나온 하늘에서죠.

어쩜 눈이 그리 반짝이며 빙빙 도니?
별 빛살 몇 개가 남아 있어서죠.

그 작은 눈물은 어디서 났니?
여기 도착했을 때 기다리고 있던걸요.

어쩜 네 이마는 그리 보드랍고 훤칠하니?
지나오는데 어느 보드란 손이 쓰다듬었어요.

어쩜 네 볼은 그리 따스한 백장미 같니?
아무도 모르는 멋진 걸 보았으니까요.

그 세모꼴 행복한 미소는 어디서 났지?
세 천사가 내게 동시에 키스했어요.

이 진주 같은 귀는 어디서 났지?
하느님이 말하셨고, 그걸 들으려고 나왔지요.

그 팔과 손은 어디서 얻었지?
사랑이 묶고 감싸라고 만들어 줬어요.

발아, 너희는 어디서 왔니, 요 귀여운 것들아?
지천사(智天使)의 날개와 똑같은 상자에서요.

어찌 그것들 모두가 모여 네가 된 거지?
하느님이 절 생각하셨고, 그리 자란 거죠.

어찌 넌 우리한테 왔니, 이쁜 아가?
하느님이 당신들을 생각하셔서, 여기 있는 거예요.

이야기 하나:

"득원이"

(박영옥)

　나에게는 '득원'이라는 지금 2살 된 사촌 동생이 있다. 내가 특별히 예뻐하는 동생인데, 왜냐하면 태어나자마자 우리 집에 와서 1년 동안 우리 가족과 함께 살았기 때문이다. 아이의 엄마, 아빠가 맞벌이를 해서 득원이를 봐줄 여유가 없었고 할 수 없이 우리 엄마가 봐주기로 한 것이었다. 그 1년 동안 아이를 봐주면서 가족 모두가 얼마나 힘들었는지…. 엄마는 밤마다 아이에게 우유를 타 먹이느라 잠도 제대로 못 주무시고, 다른 가족도 어머니를 도와 득원이를 돌보아야 할 때가 많아서 여러 모로 힘이 들었다. 게다가, 때때로 엄마 대신 득원이를 유모차에 태우고 동네 산책을 나가면 '애엄마'로 오해받기 일쑤였다. 아직 시집도 안간 처녀가 "애기가 엄마를 쏙 빼닮았네요~~" 이런 소리를 한두 번 들은 게 아니었다. 나중에는 설명하기 귀찮아서 "아 그래요? 저 닮아서 예쁘죠?" 하고 말을 받아 넘기기도 하였다. 어쨌든 아기 하나 돌보는 일이 얼마나 손이 많이 가고 정성이 필요한지 그때 깨달았다. 그렇지만 득원이가 있는 동안 우리 집에는 웃음이 끊일 날이 없었다. 옹알이를 하고 뒤집고 기고 갖은 재롱을 부릴 때면 정말 깨물어주고 싶다는 표현이 모자랄 만큼 예쁘고 귀여웠다. 그리고 득원이를 보면서 아기는 정말로 순수하구나, 나도 어릴 땐 저렇게 순수했겠지, 내가 살면서 때가 많이 묻었구나… 이런 생각을 많이 했었다.
　지금도 우리 가족은 항상 득원이가 보고 싶어서 안달이다. 그 녀석도 키워준 우리에게 정이 들었는지 오래간만에 봐도 활짝 웃으며 "눈나~~~" 하면서 한걸음에 달려와 안긴다. 이런 얘기를 하니까 또 보고 싶다.

이야기 둘:
"엄마, 하느님이 오줌 싸면 비오는 거야?"

　지금은 너무 커버렸지만 4 살배기 때의 조카가 생각난다. 자기를 '공주' 로 부르지 않으면 금방 삐쳐 말도 안 듣던 예린이… 아이를 바라보는 어른 의 시선에는 늘 '부러움'이 묻어 있다. 왜일까? 아마 자신이 갖지 못한 것 또는 잃어버린 것을 아이가 가지고 있기 때문이리라.

　난 아이들의 맑고 깨끗한 눈이 늘 부럽다. 내 눈이 그만큼 퇴색하고 병들 어 있기 때문일 거다. 아이의 톡톡 튀는 말들이 또 부럽다. 말을 많이 알수 록 앞뒤를 따지고 그러다 보면 거짓말만 늘어난다는 걸 알기 때문일 거다. 그들의 사투리는 정겹기 그지없다. 나는 사투리를 쓰면 비밀이라도 탄로 난 듯 지레 얼굴을 붉히고 창피해 하는데 그들은 그런 창피함이 있는지조 차 모르기 때문일 거다.

　벌써 이십 년이 가까이 되었지만 예전 어느 방학 때 갔던 보길도의 '예송 리 바닷가'가 문득 떠오른다. 서너 살쯤 먹어 보이는 아이가 엄마 손을 잡 고 가다가 난데없이 "엄마, 하느님이 오줌 싸면 비오는 거야?" 하고 묻고, 엄마가 "응" 하던 그 소리와 그 장면이….

　이렇게 솔직하고 깨끗한 아이들이 커서 나 같이 때 묻고 거짓말 잘하는 어른이 되리라 생각하면 가끔은 우울해질 때가 있다. 하지만 정지할 수 있 을까? 중요한 것은 이렇게 우울해지지 않도록, 그들의 깨끗함과 솔직함에 때가 덜 묻도록 이끌어야하는 어른의 양심과 노력은 아닐지….

"옹알옹알"

(한항아)

아기에게는 무언가 신비로운 게 있다. 신비롭다는 것 자체만으로 그들은 우리의 시선과 마음을 온통 사로잡을 수 있다. 옹알옹알 거리는 모습은 마치 우리에게 주술을 거는 냥 그들만의 세계와 언어로 우리와 의사소통을 시도한다. 조금씩 인간의 언어를 배우면서 차츰차츰 그들이 있었던 세계의 언어와 맑은 정신에서 멀어지면서 지금 우리와 같은 어리석은 인간이 된다. 안타깝다.

아이들을 보면 우리 스스로 돌아가고 싶은 회귀 본능이 일어난다. 아기들 앞에서 스스로 아기가 되는 것이다. 아니, 아기가 되고 싶은 본능을 은근히 들춰낸다. 듣기 부담스러운 목소리를 내고 징글징글한 행동으로 아기들에게 재롱을 떨고 있는 자신을 바라본 적이 분명 있으리라. 아기들은 우리들의 재롱과 몸짓들을 다 해맑게 웃으며 받아준다, 말 한마디 없이. 그냥 밝고 맑은 미소와 웃음으로 우리에게 수줍은 대답을 한다. 아기들은 가끔 자기만의 세계에서 꿈을 꾼다. 혼자 즐겁게 시간들과 놀고 자신을 표현한다. 이 알 수 없는 행동, 우리 모두에게는 낯설다. 그냥 있는 그 자체로 받아들이면 좋으련만 슬프게도, 우리가 아기들의 세계를 짓밟고 있는 것은 아닌가 하는 생각이 든다. 아기들을 억압하여 우리 세계로 끌어들이려고 한다. 그렇게 흡수주입된 것이 자연스레 스며들어 전에 있던 본질까지 사라질 위험에 빠진다. 아기들도 알고 있으면서 희생한다. 그들의 본질을 희생하면서까지 점점 우리가 되는 것이다. 그 첫 신호탄으로, 어머니의 뱃속에서 나오면서 커다란 울음소리로 희생의 의지를 보여준다.

옹알옹알… 오옹옹… 아아앙알알옹알….

무언가 내게 말하고 있다. 아가는 어쩌면 우리에게 커다란 진리를 알려주려고 하는지 모른다. 보이지도 느끼지도 못하는 그런 진리를 너무도 쉽게 옹알옹알… 풀어서 해석해주고 있지만 안타깝게도 우리는 알아듣지 못하고 그저 지나치고 만다. 그 옹알거림을… 기회가 되면 아기들의 말에 귀 기울여 봐야겠다. 내가 알지 못하는 부분을 아가는 분명히 알고 있으리라. 마음으로 대화를 시도해봐야겠다. 벌써부터 설렌다.

생각 둘:

"아이 어른, 어른 아이"

(송형진)

「아기」라는 시는 누군가가 아기에게 묻고 아이가 답하는 문답형식이다. 그런데 묻는 사람은 자꾸 어이없는 질문을 해댄다. 어떻게 그렇게 생겼느냐? 어떻게 만들어 졌느냐? 어떻게 여기에 왔느냐? 아기는 귀찮다는 듯이 애매모호하게 답한다. 마치 어른과 아이가 뒤바뀐 듯하다. 묻는 자는 어린 애 같은 질문을 하고 아기는 철학자 인양 마치 성인이 제자에게 가르치듯이 말을 한다.

살면서 자기 나이에 걸맞지 않은 정신연령의 사람을 많이 보게 된다. 이 아기처럼 나이에 비해 너무 성숙한 사람이 있는가 하면은 자기 나이를 잊고 어린애같이 사는 사람도 있다. 왜 이럴까? 나는 정신연령이 살면서 받은 상처에 비례한다고 생각한다. 『어린 왕자』에서 왕자가 키운 장미가 생각난다. 바람으로부터 보호한다고 유리 종을 씌운 장미는 결코 강해질 수가 없다. 유리 종을 벗겨내는 순간 약한 바람에도 쉽게 꺾이기 마련이다. 반면에 처음부터 바람에 맞서게 되는 장미는 꺾일 듯 꺾일 듯 위태로워 보이나 다시 굳게 서기 마련이다. 사람도 마찬가지다. 언제나 죽기 전까지만 힘들기 마련이다. 죽고 사는 것은 결국 당사자가 강하냐 약하냐에 달려있다. 살면서 이리저리 데이고 상처받으며 자란 사람은 아프긴 하지만 현실에 적응하는 법을 잘 안다. 반면에 곱게 자란 사람은 막상 벽에 부딪히면 어린애 같은 나약함을 보인다. 전혀 도움이 되지 않는 불평불만만 늘어놓으면서 후회하고 당면 문제를 해결하려고 노력하기보다는 포기하고 회피한다.

안타깝게도, 우리의 현실은 적자생존의 원칙이 지배하고 있다. 강한 자가, 노력하는 자가 승리한다. 모두가 행복하면 좋겠지만 그건 유토피아다. 이런 세계에서 살아남기 위해서는 어서 우리를 감싸고 있는 유리 종을 벗어야 한다. 어차피 언젠가는 바람에 맞서야 한다. 그걸 잘 넘기느냐 못 넘기느냐는 우리에게 달려 있다. 우리는 더 이상 보호만 받는 존재가 아니다.

What Will You Be?

- Dennis Lee

They never stop asking me
"What will you be?—
A doctor, a dancer,
A diver at sea?"

They never stop bugging me:
"What will you be?"
As if they expect me to
Stop being me.

When I grow up I'm going to be a Sneeze,
And sprinkle Germs on all my Enemies.

When I grow up I'm going to be a Toad,
And dump on Silly Questions in the road.

When I grow up, I'm going to be a Child.
I'll Play the whole darn day and drive them Wild.

넌 뭐가 되고 싶니?

- 데니스 리

사람들은 내게 쉬지 않고 물어요.
"넌 뭐가 되고 싶니?—
의사? 댄서?
바다 잠수부?"

사람들은 계속 날 귀찮게 해요.
"넌 뭐가 되고 싶니?"
마치 내게 나 아니기를
바라듯이.

난 커서 재채기가 될 거야,
그래서 나의 모든 적들에게 병균을 뿌려줄 거야.

난 커서 두꺼비가 될 거야,
그래서 바보 같은 질문들을 한길에 와르르 토해낼 거야.

난 커서 아이가 될 거야,
하루 종~일 놀아서 그들을 미치게 만들 거야.

"반성문"

(심혜진)

'음, 이 시는 약강오보 격에 화자의 어조는⋯.' 영시를 읽으면 무조건 시를 분석하는 버릇이 들어버린 4학년이 분석이 아니라 감상을 쓰기란 좀처럼 쉬운 일만은 아니다. 하지만 오늘부터는 좀 달라지려고 한다.

수업시간에 선생님이 읽어주신 한 학생의 어린 시절 시를 듣고 나도 문득 옛 시절이 떠올라 오래된 일기장과 노트를 뒤적거리다가 엉뚱한 걸 발견했다. 그걸 읽어보니 어린 시절의 나는 조금은 아이답지 않은 면을 지니고 있었나보다.

그 시절에 나는 반항아나 나쁜 아이는 분명 아니었다. 해마다 반장이나 부반장을 했고 선생님들도 늘 날 신뢰했으며, 이런저런 학교 경시대회가 있으면 부모님은 내가 또 상장을 받아오리라고 생각하셨다. 게다가, 서투른 솜씨지만 반에서 피아노 반주까지 맡아 하다 보니 어린 마음에 조금은 우쭐하며 살았는지 모른다. 그래서 그땐 항상 모두에게 사랑 받으며 살 것으로 생각했나보다. 그런 내가 반성문을 쓰게 된 일은 정말 평생 잊을 수 없는 사건이었다. 나는 내 인생 최초이자 마지막 반성문 한 장을 아직도 가지고 있다.

반성문. 난 잘못한 게 없다고 생각하지만 쓰라고 하니까 반성문을 씁니다. 내가 왜 체육을 하지 않았냐면 선생님이 미웠기 때문입니다. 남의 자존심을 무시하고, 그런 선생님이 미웠습니다. 체육하지 않은 것은 진심으로 반성합니다. 하지만 선생님이 미운 것은 변함없습니다. 태어나서 처음으로 반성문을 쓰게 한 사람을 증오합니다. 하지만 반성합니다.

하, 지금 읽어도 기가 막힌다. 그날 체육 수업을 빠질 만큼 선생님에게 화가 난 이유는 기억나지 않는다. 기억나는 것은 그 체육시간에 나는 학교 건물 뒤편에 쌓아둔 부서진 책상 속에 숨어 있었고, 선생님과 아이들이 날 찾아다니며 외치던 소리뿐이다. 그리고 체육시간이 끝나기 전에 교실로 들어가 두근거리는 가슴을 진정시키며 애써 태연하게 자리에 앉아있었던 내게 수업을 마치고, 아니 한 시간동안이나 나를 찾아 헤매는 일을 마치고 들어오던 친구들이 모두 '이제 넌 선생님한테 죽었다'고 말했다. 당연히 교실로 들어오신 선생님은 내게 수업 마친 후에 남아서 반성문을 쓰라고 말씀하셨고 초등학교 4학년이던 나는 그 끝을 모르는 오기와 분노를 담아 저런 것을 반성문이라고 써서 선생님한테 드린 것이다. 하하, 어린 것이 자존심은 있어가지고…. 다행히 선생님은 저런 걸 읽고도 내게 화를 내기는커녕 과자를 하나 주시면서 이젠 집으로 가도 좋다고만 하셨다. 거기서 선생님이 내게 화를 내고 꾸짖었으면 나는 아마 더 자존심을 내세우며 덤볐을지도 모르겠다. 어이가 없을 정도로 고집을 부리고 선생님에 대한 예의조차 지키지 않았던 11살짜리 아이에게 선생님은 꾸중 대신 사랑을 주셨다. 나라면 그럴 수 있었을까?

우리나라의 한 유명 탤런트가 쓴 『꽃으로도 때리지 마라』라는 책이 있다. 어린 아이들은 순수하다. 하지만 순수한 만큼이나 아주 작은 일로도 상처받기 쉽고 비뚤어지기도 한다. 부디, 나도 꽃으로도 아이들을 때리지 않는 그런 어른이 되었기를 바란다.

이야기 둘:
"로또"

(이원철)

　나는 매주 로또를 한 게임씩 긁는다. 작년에는 나이가 안 되어서 하질 못했지만 올해부터 로또를 긁을 수 있는 나이가 되었기에 1월 첫째 주부터 긁기 시작했다. 작년에는 로또를 구입할 수가 없어서 무슨 숫자를 찍을지 머릿속에 생각만 해두고 있었다. 몇 달간 이런 저런 생각을 해서 나만의 숫자 6개를 결정하고 2005년이 시작되자마자 긁은 것이다. 난 오로지 내가 작년에 정한 숫자 6개만 찍는다. 중간에 하도 당첨이 안 되어 번호를 바꿔볼까 생각도 했지만 그랬다가 원래 내 번호가 당첨될까봐 조마조마해서 바꾸질 않고 있다. 일단 결론부터 말하자면 난 여태까지 로또 5등에 딱 한번 당첨된 것이 전부이다. 10개월 동안이나 한 번호로 긁고 있는데 정말 어이가 없다. 이렇게 당첨이 되지 않는 번호를 찍은 것이 참으로 신기하다. 한 3개월 꾸준히 긁다가 그만둘까도 생각해보았지만 나랑 친한 동네 친구들이 로또광이라 같이 놀다보면 꼭 금, 토요일 중에 로또를 긁으러 가고 말았다. 그럼 안 긁으려고 마음먹었다가도 혹시나 하는 마음에 매주 긁곤 하는 것이었다. 그 친구들은 모두 지금 군대에 가있는데 입대전날에도 로또를 만원어치씩 긁고 갔다. 아무튼 요즘 나는 로또 구입을 살짝 자제하고 있다. 로또를 구입하여 당첨되기를 바라는 것도 꽤 긴장되고 재미있는 일이지만, 로또를 구입하지 않고 내 번호가 당첨되지 않기를 간절히 바라는 것도 꽤나 스릴만점이기 때문이다. 마지막으로 나의 장래 희망은 로또 당첨자가 되는 것이다. Good Luck to me.

이야기 셋:
"면접"

(이윤경)

모 대학 면접을 볼 때의 일이다. 당시 경제학과를 지원한 나는 "장래 희망이 뭐냐?"는 질문에 "세계적인 금융인이 되고 싶다"고 했다. 물론, 진짜로 세계적인 금융인이 되고 싶어서라기보다는 대학 합격을 위해 급조해낸 나의 간절한 대답이었다. 그런데 나의 생활기록부를 보고 있던 교수님이 무표정하게 대뜸 이렇게 묻는 것이었다.

1학년 때는 사업가, 2학년 때는 통역가, 3학년 때는 선생님, 지금은 금융인이라… 학생은 꿈이 수시로 바뀌나 보죠?

헉, 그렇다. 사실 난 매번 꿈이 바뀌었다. 어느 한 가지가 아니라 이것저것 다 해보고 싶었다. 그렇게 매번 바뀐 나의 꿈 덕에 나는 재수를 시작하게 되었다. 그리고 감옥 같은 재수생활을 하는 과정에서 그 많던 꿈들은 단하나로 압축되어버렸다. 그것은 '대학가기.' 이제는 무엇이 되느냐보다는 어떻게 해서든 '이 입시지옥을 벗어나고 싶다'로 바뀐 것이다. 마치 대학에만 가면 모든 게 다 해결 될 듯이….
그렇게 '대학가기'에 성공했으나 그때의 바람과는 달리 아직 해결된 것은 아무 것도 없다. 그리고 이제 내 꿈은 '좋은 곳에 취직하기'로 바뀌었다. 가끔, 예전의 그 많던 꿈들은 다 어디가고 왜 이리 단순해지고 작아진 것일까 하는 생각이 든다. 아마도 나이가 들면서 '현실'을 알게 되고 나도 모르게 그것에 대한 두려움이 생겼기 때문이리라. 이미 세상이 '내 맘대로 돌아가지 않는다'는 것을 알아버렸으니까.
예전처럼 다시 꿈꾸며 살고 싶다. 꿈꾸면 다 이뤄질 것만 같았던 예전처럼….

생각하나:

"행복한 도둑"

(이가혁)

한 시골마을에 집안 형편이 그리 넉넉하지 않은 소년이 살았다. 어느 날, 소년의 담임선생님이 커서 자신이 되고 싶은 것을 그림으로 그려오라고 했다. 학생들은 대통령, 과학자, 축구 선수 등 다양한 미래 모습을 그려왔다. 소년은 커다란 농장의 주인으로 자기 모습을 그려 제출하였다. 선생님이 소년에게 말했다: "지금 너의 상황으로 볼 때 넌 이 꿈을 이룰 수 없단다. 더 현실적인 작품을 내일까지 그려오지 않으면 난 너에게 낙제점수를 줄 수밖에 없다."

소년은 그림을 들고 집으로 돌아왔다. 그리고 다음 날 소년은 선생님을 찾아가 그림을 제출하였다. 전날 제출한 그림을 그대로 제출하면서 소년이 선생님에게 말했다: "전 제 꿈을 포기하고 싶지 않습니다. 저에게 낙제점수를 주신다 해도 이 그림을 제출하겠습니다."

그 후로 긴 세월이 흘렀다. 소년은 어른이 되어 커다란 농장의 주인이 되었고 명성도 얻었다. 어느 날 한 초등학교에서 그의 농장을 견학하러 왔다. 놀랍게도 인솔교사는 그의 어린 시절 그 선생님이었다. 거의 노인이 다 된 선생님은 그를 만나 눈물을 흘리며 이렇게 말했다: "그 시절 나는 도둑이었네. 내가 얼마나 많은 이의 꿈을 빼앗은 겐지… 정말 미안하네…."

나도 도둑이 되고 싶다. 판도라의 상자에서 빠져나온 희망을 제외하고 주변 누군가의 두려움이나 좌절감, 슬픔 등 모든 걸 훔칠 수 있는 그런 도둑이면 좋겠다. 열정적인 꿈을 가지고 있기에 남의 꿈을 훔치는 도둑 따위는 될 필요가 없는 그런 행복한 도둑이고 싶다.

생각 둘:

"레고 마을"

(최소연)

    나는 전 세계에 '동화 속 레고 마을' 체인점을 만들고 싶다. 모든 아이들이 마음껏 뛰어놀고 행복해 할 수 있도록, 나는 고양이 모양의 쿠키를 만들어 아이들에게 공짜로 나눠줄 것이다. 아이들은 그 쿠키를 아주 맛있게 먹으면서 '레고 마을 특급기차'를 타고 영국으로, 아프리카로, 한국으로… 놀러 갈 수도 있다. 내가 만든 레고 마을은 워낙 거대하고 화려한 데다 신나게 놀 놀이기구로 가득해서 아이들의 천국으로 항상 인기 폭발일 것이다. 레고마을은 언제나 모든 어린 아이에게 활짝 열려 있을 것이다. 생각만 해도 너무 흥미진진하다.

    나는 또한 내가 좋아하는 초콜릿이 되고 싶다. 누군가에게 잊을 수 없는 달콤한 맛을 줄 수 있다면…. 그리고 나는 사과 열매가 가득 달린 한 그루의 나무가 되고 싶다. 지나가던 이에게 잠시나마 휴식처를 제공할 있다면…. 나는 미의 여신 아프로디테가 되고 싶다. 모든 이에게 사랑의 기쁨을 뿌릴 수 있다면… 나는 할머니의 돋보기가 되고 싶다. 누군가에게 꼭 도움이 필요한 존재 일 수 있다면…. 나는 바다만큼 넓은 항아리가 되고 싶다. 거기에 행복한 사람들의 웃음을 담아 둘 수 있다면…. 나는 물감이 되고 싶다. 온 세상을 '사랑'이란 색깔로 물들여 버릴 수 있다면…. 나는 욕심쟁이처럼 이 모든 게 다 되고 싶나보다. 그리고 그런 모든 걸 창조하신 신께 감사드린다. 무언가 된다는 것은 거창한 일이 아니다. 나는 '더불어 나누는 삶'을 살아가고 싶다. 세상의 빈 공간을 사랑으로 가득 메우기 위해….

One Art

- Elizabeth Bishop

The art of losing isn't hard to master;
so many things seem filled with the intent
to be lost that their loss is no disaster.

Lose something every day. Accept the fluster
of lost door keys, the hour badly spent.
The art of losing isn't hard to master.

Then practice losing farther, losing faster:
places, and names, and where it was you meant
to travel. None of these will bring disaster.

I lost my mother's watch. And look! my last, or
next-to-last, of three loved houses went.
The art of losing isn't hard to master.

I lost two cities, lovely ones. And, vaster,
some realms I owned, two rivers, a continent.
I miss them, but it wasn't a disaster.

—Even losing you (the joking voice, a gesture
I love) I shan't have lied. It's evident
the art of losing's not too hard to master
though it may look like (Write it!) like disaster.

한 가지 기술

- 엘리자베스 비숍

잃는 기술을 터득하기는 어렵지 않다,
많은 것들이 잊힐 의도로 가득한 듯하다
그래서 그것들을 잃는 게 결코 재앙은 아니다.

매일 뭔가를 잃어라. 현관 열쇠를 잃은 당혹감,
잘못 보낸 시간을 받아들여라.
잃는 기술을 터득하기는 어렵지 않다.

다음엔 더 깊이 잃고, 더 빨리 잃는 연습을 해라
장소들과, 이름들과, 당신이 여행하려
했던 곳. 이중 어느 것도 재앙은 되지 않으리.

나는 엄마의 시계를 잃어버렸다. 또 보라! 사랑했던
세 집에서, 마지막, 아니 그에 버금가는 집이 사라졌다.
잃는 기술을 터득하기는 어렵지 않다.

나는 사랑스런 두 도시를 잃었다. 그리고 넓게는,
내가 소유한 영토, 두 개의 강과, 한 대륙을.
그것들이 그립지만, 재앙은 아니었다.

一당신을 잃는대도 (내가 사랑하는 장난스런 목소리,
몸짓) 거짓말은 못하리. 분명 잃는 기술을
터득하기란 그리 어렵지 않다
설령 그게 재앙처럼 (써보라!) 보일지라도.

"외할아버지"

(이승한)

　무언가를 잃거나 큰 실패를 경험해 본적이 있는가? 많은 이가 이런 경험을 통과의례처럼 거치게 된다. 그리고 그들 대부분은 그 경험에서 모든 걸 잃은 듯한 상실감과 자괴감에 빠지게 된다. '실패는 성공의 어머니'라는 유명한 말이 있지만 실패와 상실, 그 씁쓸한 늪에서 빠져 나오기란 여간 쉽지가 않다.

　내게는 외할아버지가 계셨다. 지금은 과거시제로 표현할 수밖에 없는 그분. 옛날 시골 분이 그러했듯, 외할아버지도 특유의 무뚝뚝한 성격이었다. '청포도 맛 사탕이 먹고 싶다'고 조르면 늙은 몸을 이끌고 마을 어귀 작은 구멍가게에 가는 일도 마다하지 않으신 외할머니와는 달리, 군것질하고 싶은 욕망을 꾹꾹 참고 또 참다가 큰 용기를 내어 고개 숙이고 손 내밀면서 '새우깡 사먹게 100원만 주세요'라고 말씀을 드리면, '이놈아! 땅을 파봐라, 100원이 뉘 집 개 이름이냐!' 하시며 호통치고 무안을 주던 분이었다. 그래서 내 유년시절에 외할아버지는 '아주 밉살스럽고 마냥 공포스러운 존재'로 각인되어 있었다. 아니, '외계인이 아닐까?' 하는 생각도 했다.

　매해 방학이면 외갓집에 놀러가곤 했지만 무섭기만 한 외할아버지와는 눈도 제대로 마주치지 않았다. 기차에서 내릴 때쯤이면 자전거를 끌고 나와 무표정한 얼굴로 역전에서 기다리시던 당신. 그 어둠속에 감춰진 따스함을 미처 알기도 전에 그분은 '심장 판막증'이라는 병으로 돌아가셨다.

　그러나 나는 눈물을 흘리지 않았다. 아니, 외할아버지를 미워한 내 자신이 부끄러워 차마 눈물을 보일 수가 없었는지도 모르겠다. 일제 강점기와 전쟁을 겪고 거친 밭 일구며 그 어려운 세월을 이겨낸 것도 당신의 그 강인함 때문이었으리. 당신의 역사를 이해하지 못하고 편협한 어린 사고로만 대한 나의 어리석음에 이제야 뒤늦게 통한의 눈물을 흘린다. 무언가를 잃는다는 것은 그 자체로 가슴 아픈 일일 테지만 그 전에 그 무언가의 소중함을 아는 게 중요하지 않을까? 앞으로도 수많은 변화와 상실을 경험하게 될 것이다. 내가 바라는 것은 그런 변화와 상실이 훗날 내게 아련한 추억과 웃음을 주는 무엇이 되었으면 한다는 것이다.

이야기 둘:

"내 머릿속 지우개"

(송우리)

내 머릿속에는 지우개가 있다. 그것도 노멀 사이즈가 아닌 점보지우개가 들어있다. 이 점보지우개는 내 머릿속에 있으면서도 주인인 내 말을 전혀 듣지 않고 자기 마음대로 행동한다. 예를 들어, 나갈 때는 분명히 우산을 들고 나갔는데 집에 들어오면 내 손이 허전하다. 손에 뭔가를 들고 있으면 그 손은 반드시 빈 채로 돌아오는 것이다. 그렇다. 내 머릿속의 점보지우개가 힘을 발휘한 것이다. 신통한 것이 다른 쓸데없는 부분은 얌전히 놔두고 '우산'이라는 글자만 아주 깨끗이 지워버린다. 지우개 가루도 남아있지 않게 완전범죄를 저질러버린다. 내 머리를 장악하고 있는 점보지우개에게 나는 덤빌 수가 없다.

또 다른 하나. 내 방에는 4차원의 통로로 이어진 입구가 있다. 분명히 내 서랍장 세 번째 칸에 핸드폰의 여분 배터리를 넣어두었는데 그게 사라져버린 것이다. 세 번째 서랍장을 열고 배터리를 잘 넣어둔 것까지 기억하는데 사라지고 없다. 그 4차원의 입구로 빨려 들어간 게 분명하다. 그러고 보면 내 방과 연결되어 있는 4차원 통로의 저쪽은 내 물건들로 굉장히 어질러져 있고 너저분할 것이다. 스카치테이프랑 스탬플러, 고등학교 2학년 때 성적표랑 모의고사 꼬리표, 커터 칼이랑 풀이랑 분홍색 헝겊 동전지갑… 그 외에도 정말 많은 물건들로 가득하리라. 4차원 저쪽에 살고 있는 누군가는 내 물건들로 어지럽혀진 자기 영역을 보며 짜증을 낼까? 그러면 그 물건들을 잃어버려 속상해 할 날 생각해서 좀 이쪽으로 던져봐 주지.

웃긴 것은 정작 잃어버리고 싶은 것들은 하나도 잊히지도 잃어버려지지도 않는다는 것. 볼수록 괴롭고 힘들기만 한 물건들을 어떻게 알고 내 방의 4차원의 입구마저 기피하는 것인지… 절대로 사라지지 않는다. 4차원의 입구도 그 물건에 깃든 쓰고 아픈 기억을 감지한 걸까? 그래서 가까이 두지도 않는 걸까? 이 점보지우개 녀석도 아프고 괴로운 기억들 근처에 가면 자기 몸이 녹을까봐 두려워 멀리 돌아서 다니는 걸까? 아무튼, 확실한 것은 4차원의 통로와 점보지우개는 내 편이 아니라는 사실이다.

"이별의 역사"

(심혜진)

사람은 살면서 자꾸 새로운 걸 얻고 또 잃어간다. 하지만 세상에 평생 함께 할 수 있는 건 아무 것도 없다. 살아가면서 새로운 사람들을 만나고 새 일을 경험하는 건 정말 즐겁다. 하지만 뭔가를 잃어버리는 것은 백만 번을 경험해도 힘든 일이리라.

난 살아있는 생물을 참 좋아한다. 초등학교 때 학교 앞에서 파는 메추리나 병아리를 보면 꼭 사왔고, 길가다 엄마를 졸라 청거북(요즘엔 붉은 귀거북이라고 한다)을 사서 키운 적도 있다. 밤에 들어 온 도둑고양이도 키우려 했고, 우리 집 앞에 떨어져있던 어린 참새도 참새가 뭘 먹는지 책을 찾아가며 먹이도 주고 같이 살고 싶어 했다. 시골집에 놀러 가면 올챙이를 잡아 키우고, 비올 때는 산에서 달팽이 몇 마리를 구해와 매일 새 잎을 넣어주며 키운 적도 있다. 이런 나를 위해 엄마가 산에서 개구리 알 같은 걸 잔뜩 가져오신 적도 있다.

　하지만 이 사랑의 결말은 모두 비극이었다. 메추리나 병아리는 대부분 닭으로 자라기 전에 죽고, 드물게 중간 닭까지 자랐던 '노랑이'는 어느 날 밖에서 놀다 들어온 내게 어머니께서 주신 맛있는 치킨으로 생을 마감했다. 청거북이는 자기가 살던 우리에서 돌 사이에 끼어 빠져나오지 못해 익사했고, 도둑고양이들은 천성을 버리지 못했는지 다시 자연으로 돌아가 버렸다. 내가 기껏 동화책에서 쌀을 먹는다는 사실을 알아내어 쌀을 물에 불려 주기까지 했던 그 귀엽고 성미 급한 참새도 하루를 넘기지 못하고 죽었다. 올챙이들은 뒷다리부터 나와 어느덧 앞다리를 얻어 개구리가 되었으나 어항이 비좁고 먹이가 부족했던지 자꾸 서로 잡아먹어서 어느 날 보니 시체만 둥둥 떠다녔다. 달팽이는 하루만 관리를 잘못해도 벌레가 꼬이고 가출했는지 언제나 빈집만 남았다. 그 중에서 히트는 엄마가 가져오신 개구리 알이었다. 올챙이를 자주 키워본 내가 보기에 이번 올챙이들은 남달랐다. 몸도 길고 팔다리도 길었다. 이번 아이들은 뭔가 남다르다고 기대하고 있었는데 자꾸만 이상하게 커가는 올챙이들을 보고는 엄마가 내게 그건 올챙이가 아니라 도롱뇽이라고 말씀하셨다. 세상에. 그 이십 개도 넘는 알들이 모두 도롱뇽이라니. 도롱뇽을 볼 생각에 가슴이 두근두근했지만, 엄마가 도롱뇽은 크면 서로 잡아먹고 아주 끔찍한 광경을 보게 될 거라며 모두 한강으로 자연 방사시키셨다.

　참으로 길고 긴 이별의 역사지만 저 모든 이별에서 내가 슬퍼하지 않은 적은 단 한 번도 없다. 수많은 이별을 겪어도 결코 익숙해 질 수가 없었다. 모두가 하나같이 가슴 아프고 힘들었다. 성인이 된 지금도 여전히 이별에는 익숙하지 못하고, 혹시나 있을지 모를 이별의 기술을 깨우치지도 못했다. 잃는 기술이 과연 무엇일까… 과연 있기나 한 걸까?

이야기 넷

"모해? 카트하자"

(이원철)

　나는 시간을 허비하는 기술을 완전히 마스터했다. 잠을 자고 게임을 하면 하루를 금방 보낼 수 있다. 한번 일어나지 않기로 마음먹으면 기본 15시간은 너끈히 잘 수 있다. 게임은 시도해보지는 않았지만 24시간도 가능할 듯하다. 작년에 수능을 보고 나서 워낙 할 일이 없어 어떤 온라인 게임을 잠시 했는데 12시간 연속으로 플레이해서 폐인랭킹 10위권에 등극한 게 어렴풋이 생각난다. 중간에 서버에서 팅기지만 않았어도 5등 안에 들 수 있었을 텐데 참으로 아쉬움이 많이 남는다. 이번 여름방학 때는 밥 먹고 스타크래프트만 했는데도 두 달이 넘는 방학이 훌쩍 가버렸다. 요새는 카트라이더라는 게임을 하고 있다. 처음에는 그다지 재미를 못 붙이고 조금 하다 말았는데 요즘에는 이거 하느라 아주 정신을 못 차리고 있다. 이 온라인 게임이라는 게 아는 사람과 같이 하면 재미가 열두 배가 된다. 요즘은 친한 누님들과 이 게임을 같이 하느라 항상 밤을 새고 있다. 누님들이 현재 무직 상태라서 내가 먼저 잠드는 걸 허용하지 않는다. 덕분에 요즘 평균 취침시간이 새벽 4시다. 가끔 피시방에서도 게임을 하는데 집에 가려고 자리에서 일어날 때쯤이면 피시방에는 나를 포함하여 손님이 항상 5명도 안 된다. 온 국민이 시간보내기 도구로 애용하는 TV는 나의 사랑은 받지 못하고 있다. 나는 평균 TV 시청 시간이 거의 0에 수렴한다. TV 좀 보려고 하면 문자가 오기 때문이다. '모해? 카트하자' 이렇게 말이다. 조만간 TV는 버려야겠다.

생각하나

"새"

채우려는 연습보다
잃는 연습,
버리는 연습이 훨씬 쉽다.

잃는 연습, 버리는 연습은
가벼움의
행복을 배우는 연습이다.

날기 위한 연습이다.
새가 되는 연습이다.
공기가 되고
푸른 하늘이 되는 연습이다.

Which Are You?

- Ella Wheeler Wilcox

There are two kinds of people on earth to-day;
Just two kinds of people, no more, I say.

Not the sinner and saint, for it's well understood,
The good are half bad, and the bad are half good.

Not the rich and the poor, for to rate a man's wealth,
You must first know the state of his conscience and health.

Not the humble and proud, for in life's little span,
Who puts on vain airs, is not counted a man.

Not the happy and sad, for the swift flying years
Bring each man his laughter and each man his tears.

No; the two kinds of people on earth I mean,
Are the people who lift, and the people who lean.

Wherever you go, you will find the earth's masses,
Are always divided in just these two classes.

And oddly enough, you will find too, I ween,
There's only one lifter to twenty who lean.

In which class are you? Are you easing the load,
Of overtaxed lifters, who toil down the road?

Or are you a leaner, who lets others share
Your portion of labor, and worry and care?

당신은 어느 쪽인가요?

- 엘러 휠러 윌콕스

오늘날 지구에는 두 부류의 인간이 있다,
오직 두 부류만, 그 이상은 없다, 장담한다.

죄인과 성자는 아니다, 잘 알고 있듯,
선한 자도 반은 악하고, 악한 자도 반은 선하기에.

부자와 빈자도 아니다, 사람의 부를 매기려면,
먼저 그의 양심과 건강 상태를 알아야 하니까.

겸손한 자와 오만한 자도 아니다, 짧은 인생에서,
허영의 옷을 입은 이는 인간으로 칠 수 없으니.

행복한 이와 슬픈 이도 아니다, 재빨리 날아가는 세월이
모든 인간에게 웃음과 눈물을 가져오니.

이런 게 아니다. 내가 의미하는 두 부류 인간은
받쳐주는 사람과, 기대는 사람이다.

어딜 가든지 발견하리라, 대지의 대중들이
항상 이 두 계급으로만 나뉘는 것을.

그리고 정말 이상히도, 또 발견하리라,
기대는 스물에 받쳐주는 이는 한 명뿐임을.

당신은 어느 계급에 속하는가? 벅찬 짐을 지고,
애써 길을 내려가는 사람의 짐을 덜어주는가?

아니면 당신 몫의 노동을 다른 이에게 떠맡기고
걱정하고 근심케 하는, 기대는 자인가?

"자매"

(장수영)

나에게는 여동생 둘이 있다. 그 중 하나는 시집가서 아이 엄마가 되었고, 나머지 하나는 우리 학교 정보대학원(소프트웨어 전공)에 다니고 있는데, 학부 때부터 나와 학교를 같이 다녔다. 두 번째 동생과 나는 전공이 완전히 다르기 때문에 사소하게는 답안지 쓰는 법부터 시작해서 서로의 학문 스타일에 동경과 질타를 동시에 가하고 있다.

나는 어려운 프로그램지도나 두꺼운 표지(hard-cover)의 두꺼운 원서를 줄줄 읽는 동생에게 가끔 경외심을 느끼기도 하고(사실, 그녀의 토플 성적은 영문과 학생인 나보다 높다), 때로는 잡다한 일반 상식을 나름대로 꿰고 있는 내가 그녀에게 '교양 없는 공대생' 이라며 놀리기도 한다. 그러나 이번 시 번역은 그 교양 없는 공대생의 덕을 톡톡히 보았다. 아무리 읽어도 정리가 되지 않는 시를 그녀 나름의 '시스템 분석적 시각' 으로 정리를 날카롭게 잘 해주었다. 제대로 했는지는 모르지만 말이다. 아무튼 그녀의 마지막 말은 '공대생의 교양을 우습게보지 말라' 였는데 오늘만큼은 그 말에 동감했다.

생각해보니, 내게 동생은 항상 '혼자서는 사람' 이었다. 그녀보다 나중에 숭실대학교에 편입한 나는 학교에 관한 한 무엇이든 그녀의 조언을 우선적으로 받아들였다. 학교 앞 맛있는 집이 어디인지부터 컴맹에다 기계치인 내가 숙제를 워드로 작성하여 인쇄하는 것까지 모든 일에 있어서 나는 분명 그녀에게 '기대는 사람' 이다. 그녀는 내가 끼치는 노동의 분량(숙제 뭐 그런 것들)이나 진로에 대한 걱정 근심 등을 아주 쉽게 짊어지는 멋진 'lifter' 다. 나는 그녀에게 20명 이상의 'leaner' 역할을 톡톡히 해내고 있지만 그녀가 인생의 과중한 짐을 아주 쉽게 질 수 있도록 열렬히 그녀를 사랑할 것이다.

이야기 둘

"담배 한 개피"

희망은 절대 절망에서 피는 꽃, 악의 꽃, 죽음의 꽃, 그리고 삶의
꽃. 사람. 1992년 11월 16일자 한 사내의 일기장에 이런 글이 있다.
춥고 외로웠나보다.

시멘트 바닥에 괸 물이 얼음 되어 있다
사방에서 몰아치는 바람
시린 가슴

코트 깃에 깊숙이 고개 디밀고
걸음 재촉하는 동체들
덩달아 토하는 입김들

정처 없이 나뒹구는 낙엽
그리고 사내

햇빛 찬란한 캠퍼스가
캄캄하고 무섭다

자물쇠 채운 양
풀 한 포기 거들떠보지 않는
사람들

온통 창문을 닫아 건
건물들
양철 관에서 한없이 터져 나오는 연기

커피 한 잔 마실 동전마저 떨어지고
이제 남은 건 담배 한 개피
그리고 달리고 싶은 마음 가득

HOPE

- Emily Dickinson

"Hope" is the thing with feathers
That perches in the soul,
And sings the tune without the words,
And never stops at all,

And sweetest in the gale is heard;
And sore must be the storm
That could abash the little bird
That kept so many worm.

I've heard it in the chilliest land,
And on the strangest sea;
Yet, never, in Extremity,
It asked a crumb of me.

희 망

- 에밀리 디킨슨

희망은 깃털 달린 것이어서
영혼에 둥지 틀고,
가사가 없어도 곡조를 노래하며,
결코 그칠 줄을 모른다,

그리고 강풍 속에서 가장 달콤히 들린다.
많은 벌레를 저장해둔
그 작은 새를 당혹케 하는
폭풍은 분명 독하리라.

나는 극한(極寒)의 땅에서 그 소리를 들었다,
낯설기만 한 바다에서도.
하지만 다급한 상태에서도, 결코
그것은 내게 빵 한 조각 청하지 않았다.

Deferred

- Langston Hughes

This year, maybe, do you think I can graduate?
I'm already two years late.
Dropped out six months when I was seven,
a year when I was eleven,
then got put back when we come North.
To get through high school at twenty's kind of late—
But maybe this year I can graduate.

Maybe now I can have that white enamel stove
I dreamed about when we first fell in love
eighteen years ago.
But you know,
rooming and everything
then kids,
cold-water flat and all that.
But now my daughter's married
And my boy's most grown—
quit school to work—
and where we're moving
there ain't no stove—
Maybe I can buy that white enamel stove!

Me, I always did want to study French.
It don't make sense—
I'll never go to France,
but night schools teach French.
Now at last I've got a job
when I get off at five,
in time to wash and dress,

so, s'il-vous plait, I'll study French!

Some day,
I'm gonna buy two new suits
at once!

All I want is
one more bottle of gin.

All I want is to see
my furniture paid for.

All I want is a wife who will
work with me and not against me. Say,
baby, could you see your way clear?

Heaven, heaven is my home!
This world I'll leave behind.
When I set my feet in glory
I'll have a throne for mine!

I want to pass the civil service.

I want a television set.

You know, as old as I am,
I ain't never
owned a decent radio yet?

I'd like to take up Bach.

> *Montage*
> *of a dream*
> *deferred.*

Buddy, have you heard?

연기(延期)

- 랭스턴 휴즈

올해는, 어쩌면, 내가 졸업할 수 있을까요?
벌써 두 해나 늦었군요.
일곱 살 때는 여섯 달을 쉬고,
열한 살 때는 일 년을,
그러다 북부로 와서 다시 돌아갔죠.
이십대 늦은 나이에 고등학교를 마치기 위해—
그래도 어쩜 올해는 졸업할 수 있겠지요.

이제는 저 하얀 에나멜 칠 스토브를 가질 수 있을지 몰라
십팔 년 전
우리가 처음 사랑에 빠졌을 때 내가 꿈꾸었던 물건.
그런데 당신 알지요,
방 구하기 등등
그 다음에는 애들,
냉수 아파트 등등.
그래도 이제 내 딸은 결혼했고,
내 아들은 장성했고—
학교 때려 치고 일하지만—
그런데 우리가 이사 가는 곳에는
스토브가 없대요—
어쩌면 내가 저 하얀 에나멜 칠 스토브를 살 수 있겠죠!

저요, 난 항상 불어를 공부하고 싶었죠.
말도 안 되지—
프랑스에는 가보지도 못할 테니,
그런데 야간 학교에서 불어를 가르친다네요.
이제 마침 직장도 구했겠다
거기서 다섯 시에 퇴근하니
씻고 옷 갈아입을 시간도 충분하고,

그러니, 실부플래, 불어를 공부할 거예요!

언젠가는,
나도 새 양복을 두 벌 살 거요
한 번에!

내가 바라는 건 오로지
진 한 병 더 아니겠는가.

내가 바라는 건 오로지
가구 값을 지불하는 거요.

내가 제일 바라는 것은 아내요
나와 일하고 내게 대들지 않을. 헤이,
자기, 어찌 해야 할지 잘 알겠어?

천국, 천국은 나의 집!
이 세상 뒤로하고 떠나리.
내 발로 영광 딛는 날
난 나의 왕좌를 갖게 되리!

전 공무원 시험에 합격하고 싶어요.

난 텔레비전이 필요하오.

자네도 알다시피, 늙을 대로 늙은 나지만,
내겐 아직까지
버젓한 라디오 하나 없었잖은가?

저는 바흐를 전공하고 싶어요.

    연기된
    꿈의
    몽타주.

어이 친구, 들어보았나?

이야기 하나

"To___"

당신의 꿈은 뭐요? 내 올해 꿈은 장가가는 거였소. 그런데 벌써 12월, 올해도 글렀나 보오. 1992년 12월 5일 토요일자 일기장에 이런 글이 있다. 이것도 하나의 연기된 꿈의 몽타주…. 누군가를 짝사랑하고 있었나보다.

　　　To___

할 말이 있어도, 앞에 서면 헛소리 뒤돌면 한숨 섞인 쭝알거림, 못마땅함.

이렇게 가을을 보내고 겨울도 보내야만 하나? 한 잔의 술도 깨고 나면 아쉬운 담배 연기로 속 쓰림을… 마지막 한 잎마저 떨군 이름 모를 나무처럼, 회백색 서리에 떨며 얼음이 되어야만 하나? 어쩌면 내 운명이요, 만족할 수밖에 없는 행복일지도….

한 자락의 미풍에 무저항으로 힘없이 떨어지는 나뭇잎. 수많은 말을 준비하고, 여러 폭의 그림을 그리며, 상상과 환상, 그리고 공상의 꿈속에서 지새운 불면의 밤과 나날들. 내일은 꼭 해야지, 바로 오늘은 하고 말거야, 그러다 저녁이면 땅 꺼지는 한숨, 한숨, 한숨들….

바이런처럼, 셸리처럼 살고 싶어도 현실은 '마음'으로만 그칠 뿐. 이제 지쳐버렸나 보다, 힘이 빠져나가는 두려움. 가을을 떠나보내지 않고 꼭 붙들어 놓고야 말리라던 나와의 맹세, 무심결에 스치는 나무의 앙상함에 손이 시리다.

이제 고이 보내드려야지. 미련은 너무 감당키 어려워, 너무 슬퍼. 이제 그만 체념인 듯 잡은 발목 풀어주고 차가운 겨울, 나그네로 길 떠나리. 그래, 겨울, 당신을 따듯이 품고, 냉 서리 위 한 마리 까치의 수다와 더불어 그 한 서리 한 서리 녹이며 밟아 가리. 눈이라도 내렸으면….

2. 만남, 사랑과 이별

운주사 와불님을 뵙고
돌아오는 길에
그대 가슴의 처마 끝에
풍경을 달고 돌아 왔다
먼데서 바람 불어와
풍경 소리 들리면
보고 싶은 내 마음이
찾아간 줄 알아라.

- 정호승의 「풍경 달다」 전문

그대 눈물이 그리워라

- 박노해

멀리서도 날 바라볼 때면
아련히 눈 가늘어지던 사람아
힘들고 위태로운 일 앞에서도
흐트러짐 하나 없이 철저하다가
둘이면 말없이 눈물 흘리던 사람아

가만히 울고 나면 봄비 맞은 나무처럼
생기 오른 얼굴로 웃어주던 사람아.
그대 눈물은 성스러운 물방울
내 앞에서만 흐르는 그대 눈물이
나는 속없이 좋았어라

무서운 이별이 있고서야 그대 눈물이
나 살아가는 힘이었다는 걸 알았네
그대 눈물 솟는 가슴에 얼굴을 묻고
나는 살 힘을 얻네 내가 가야 할
가다가 내가 죽을힘을 얻네

강 건너 그대여
멀어지는 그대여
눈감으면 가만히 다가와
말없이 눈물 흘리다 멀어져 가는
나는 지금 그대 눈물이 그리워라

이야기 하나

"눈물 점"

눈물. 내 왼 눈 귀 쪽 가장자리에서 코 방향으로 2/3 지점 아래로 2.5cm, 그리고 입술 왼쪽 가장자리 아래로 2cm 지점에 커다란 점 하나 씩. '눈물 점'이라고 한다. 언제인지 기억나지는 않지만 눈 밑 점을 없애려고 한 적이 있다. 미용실에서 바늘로 긁어 없애고 무슨 약을 바르는 수술이었다. 그런 데 그 후 점이 더 커졌다! 어려서부터 무척이나 눈물 많았던 나. 눈물 점 때 문이었을까? 가족이나 주위 사람들의 '점 빼라' 소리는 예나 지금이나 여 전하다.

중학교 1학년 때 일이다. 속으로 사모하던 여 선생님의 도덕 시간. 나는 한 시간 내내 울고 있었다. 왜? 때는 80년대 초반. 까만 교복 빡빡 머리 시 절이었다. 복장 단속 두발 점검이 교문에서 교실에서 수시로 실시되던 때. 두발 단속 선생님은 미술 선생님. '예술'을 해서 그런지 그분의 머리 깎는 솜씨는 그야말로 예술이었다. 이마 중앙부터 뒤통수 끝까지 중앙고속도로 를 내거나 어쩔 때는 귀와 귀를 이어 '십자가'를 만들며 성호를 긋고는 '아 멘' 하기도 했다. 그분은 미술 붓보다는 '바리깡'으로 그림을 그리는 분이 었다.

어느 날 갑자기 그 분이 교실로 쳐들어 와서 '너, 너, 너, 너!' 하면서 순 식간에 손가락 총을 겨냥하고 꼼짝없이 생포되는 순간. 일본 무사, 스코틀 랜드 체크무늬, 나비인 듯 잠자리인 듯한 문양, 닭 벼슬, 그리고 나는 중앙 고속도로 2차선 부실 공사였다. 사방에서 날아드는 야유, 여학생들의 깔깔 대는 웃음소리, 비아냥거림… 흔히 있는 일이라 여유롭게 미소 지으며 앉 아 있었다. 그리고 도덕 선생님 입장. 선생님도 즐겁게 한 마디 하신다. "이 야, 작품 전시회가 또 열린 거야? 예술가님께서 납시셨나 보구먼!" 모두들 깔~깔~깔~. 그런데 이런 일이 발생할 줄이야! 선생님이 내 이름을 부르

시고 교과서 몇 페이지를 읽어보라고 하신다! 낄낄대는 아이들의 온갖 시
선을 한 몸에 받으며 일어나서 책을 펴고 읽으려 하는데 난데없이 눈물이
떨어지는 것이었다. 선생님은 "왜 그러냐?"고 되풀이 물으시며 다그치다
못해 짜증이 나고 화가 난다. "야, 너 책 들고 저기 뒤로 나가 무릎 꿇고 책
봐!" 나는 고개를 떨구고 닭똥 같은 눈물도 떨구면서 뒤로 나가 책을 편 채
마냥 울었다. 물론 글자는 한 자도 보이지 않았다. 한 시간 내내 그 자세 그
대로 그냥 울기만 했다.

그 때의 그 눈물. 그립다. 그렇게 눈물 많던 내가 '눈물 점'의 효력을 잃
고 사는 지금, 슬퍼서 눈물 흘리고 싶어 아무리 쥐어짜도 안 나오는 눈물.
그 눈물이 그립다.

이야기 둘

"엄마의 파리채"

(최윤희)

어느새 다 커버린 지금은 슬픈 영화나, 책, 드라마를 보지 않는 이상은
눈물 날 때가 거의 없지만 나도 한때는 울보였던 적이 있다. 너무 감성적이
어서가 아니라, 물리적 힘에 의해 어쩔 수 없이! 유년기에 시작되어 청소년
기에 이르기까지 우리 집에는 '파리채'가 늘 24시간 365일 대기 중이었
다. 우리 집 파리채는 파리만 잡는 게 아니었다. 가끔은 사람도 잡았다. 그
사람이 바로 나였다. 우리 엄만 파리채의 넓은 머리 부분은 파리를 위해,
손잡이 부분은 날 위해 쓰셨다.

어린 시절의 나는 내가 생각해도 천방지축 미운 오리새끼 그 자체였다.

조그만 시골에서 살적에 불장난하다 마당 한켠에 비어있던 돼지우리와 화장실을 홀라당 태울 뻔했고, 높은 문지방에 걸터 서있던 여동생을 장난질로 밖으로 확 미는 바람에 팔을 부러뜨렸고, 이불에 지도 그린 다음날 사실을 숨기려고 장롱 깊은 곳에 이불을 숨겨놓았다가 곧 발각되어 결국 장롱 속 모든 이불을 죄다 빨아야 했다. 그뿐인가. 귀여움 독차지하는 남동생이 미워 자는 틈을 타서 이불로 뒤집어 씌워놓고 깔아뭉갰는가 하면, 동생들이랑 실컷 싸워서 패배하는 날에는 복수심에 불타 동생들 교과서를 쫙쫙 찢어버렸다. 집안 창문 깬 일, 얼떨결에 문짝 부순 일 등등. 내 과거의 사악한 일을 다 열거하려면 오늘 하루로도 부족할 것이다. 그래서 내 엉덩이와 허벅지, 다리는 늘 바람 잘 날이 없었다. 아무튼 우리 엄만 나의 못된 망아지 기질을 잠재우시려고 늘 파리채를 옆에 끼고 사셨고, 나의 그 못된 짓이 심해질수록 엄마의 파리채 고르는 솜씨 또한 일취월장 하셨다. 기다란 손잡이 부분이 얼핏 보면 단순한 플라스틱인 것 같지만 알고 보면 내막은 두꺼운 철사로 감쪽같이 무장된 파리채! 맞아보지 않은 사람은 그 파리채의 공포스런 위력을 절대 모른다.

일은 내가 다 저질러놓고 매를 맞으면 왜 그리도 서럽던지… 반성하는 의미에서보다는 너무 아파서 닭똥 같은 눈물과 콧물을 펑펑 쏟았다. 뒷날, 하얀 살 위에 선명히 새겨진 파리채 자국을 발견이라도 하면 더 서러워서 울고 또 울었다. 중학생이 되어서도 아주 가끔 맞긴 했지만 머지않아 철이 들었고 그 이후론 우리 엄마도 더 이상 매를 들지 않으셨다. 내 유년기와 아동기는 육체적 고통 때문에 많은 서러움의 눈물을 쏟으며 보냈지만, 시간이 아주 많이 흐른 후에 갑자기 내게 던진 엄마의 한마디, "그때 미안했다!"는 그 말이 나를 더 슬프게 했다. 나는 이미 어릴 때의 기억을 잊고 지냈는데 우리 엄만 여지껏 가슴속에 늘 미안함으로 남겨놓았으니 말이다. 그리고 알게 됐다, 우리 엄만 내가 흘렸던 눈물의 두 배, 세 배, 아니 그 이상으로 마음의 눈물을 한없이 쏟으셨다는 것을. 어느 부모라고 자기 자식을 때리며 마음 아파하지 않을 사람이 있겠냐마는 우리 엄마가 흘렸던 그 마음의 눈물 덕분에 내가 이렇게 반듯하게 자란 것은 아닌지. 지금도 집에 가면 집 한 켠에 파리채가 있다. 이제는 파리 잡는 전용도구가 되어버렸지만 한때는 엄마의 사랑을 파리채로 흠뻑 받고 살았던, 그래서 그 파리채만 봐도 저절로 눈물부터 났던 그 시절이 가끔은 너무 그립다.

이야기 셋

"소포"

(강정화)

3월 19일 금요일. 학교 수업을 마치고 집에 와보니 책상에 소포가 놓여 있었다. 얼마 전 인터넷으로 주문한 책이 도착한 줄 알았다. 그런데 책이라고 하기엔 좀 큼지막한 상자였다. 이상히 생각하고 있던 찰나, 낯익은 이름 석 자가 보이는 것이었다. '보내는 사람: 손 ○○' 세상에… 그것은 군대 간 남자 친구의 이름이었다. 훈련소에 있다가 자대로 간지 갓 2주가 넘은 때였다. 상자 안에 들어 있는 게 뭔지 궁금해서 테이프를 뜯어내고 상자를 펼쳤다. 사탕바구니였다. 아… 이 감격! 눈에서 눈물이 주룩 흘렀다. 3월 14일 날이 '화이트데이'인데 챙겨주지도 못하고 곁에 있어 주지도 못해서 미안하다는 내용의 편지가 들어있었다. 그 편지에는 이런 시도 씌어 있었다.

당신은 나의 품으로 오셔요. 나의 품에는 보드라운 가슴이 있습니다.
만일 당신을 좋아하는 사람이 있으면,
당신은 머리를 숙여서 나의 가슴에 대십시오.
나의 가슴은 당신이 만질 때에는 물같이 보드랍지마는
당신의 위험을 위하여는 황금의 칼도 되고, 강철의 방패도 됩니다.
– 한용운 「오셔요」 중에서 –

알고 보니, 친구를 시켜 소포를 보낸 모양이다. 정말 감동의 도가니였다. 군대 가기 며칠 전에 말없이 나를 보며 눈물 흘리던 남자 친구의 모습이 아련하다. 이런 모습 보이면 안 되는데 네 앞이니까 한 번만 봐달라고 했던… 그 말을 나는 잊을 수가 없다. 지금 남자 친구와 이별 아닌 이별, 어쩔 수 없는 '무서운 이별'을 하고 있지만, 나는 그대가 나의 살아가는 힘이었다는 것을 알고 있고 앞으로도 잊지 않을 것이다. 저 멀리 그대여! 멀어진 그대여! 눈 감으면 가만히 다가왔다가, 눈뜨면 말없이 멀어져 가는… 나는 지금 그대가 너무도 그리워라! 아! 그리워라!

이 시를 보니까 자꾸만 눈물나게 그리워진다. '사랑해'라는 말보다 '그리워'라는 말이 사람을 더 가슴 아프게 하는 것 같다. 아… 코끝이 찡해온다.

"무기징역과 사람"

(지경윤)

긴 수배생활과 무기징역이라는 산을 앞에 두고 박노해 시인이 적어 내려간 글들을 보면, 자신이 왜 갇혀 있어야 하는지에 대한 원망이나 자기를 잡아 가둔 세상에 대한 분노 따위는 잘 눈에 띄지 않는다. 징역을 치르는 중에 태어난 시들의 경우에는 더욱 그렇다. 지난날에 같은 길을 걸었던 '사람들'에 대한 '그리움'과 더 좋은 세상을 바라는 시인의 마음이 보통 시인들과는 사뭇 다른 언어로 씌어 있음을 알게 된다. 그럼에도 불구하고 잘 알려진 "노동의 새벽" 탓인지 그의 옥중 저작들을 "박노해가 새벽에 길어 올린 글"이라는 말로 표현한 것을 여기저기서 많이 보았다.

사람이 가진 생각에 대해 무기징역을 언도한 세상이 뭐 그리 좋다고 '사람'이 희망이네 어쩌네 할 수 있다는 말인가? 길고 희망 없는 감옥생활 중에서도 그로 하여금 사람에 대한 기대와 희망을 버리지 못하게 했던 것은 무엇이었을까?

이 시를 읽었더니 갑자기 그런 힘이 사랑하는 사람이나 뜻을 같이 했던 사람(同志)들이었을 거라는 생각이 든다. 목숨을 걸고 자기가 가진 신념을 위해 싸워왔던 사람들, 혹은 장래가 불투명했던 자신을 끝까지 믿고 사랑해주었던 사람… 바로 그 사람들의 고뇌와 눈물과 삶이 바로 시인에게 다른 사람들은 감히 상상도 못할 절망적인 상황을 헤쳐 나가게 한 힘이 되었으리라.

그럼 나는 그런 동지가 있을까? 내게도 있다. "야! 네 마음 다 알아!!! 자, 술 먹어"가 아니라 그냥 멀리서 눈 지긋 감고 바라봐 주는 친구들이 내게도 있다는 게 참으로 내 마음을 따뜻하게 한다.

생각 둘

"편지"

(김지우)

「그대 눈물이 그리워라」를 처음 한 번 대강 읽어보고 나서 나는 박노해 시인이 나이가 많거나 이미 작고한 시인인 줄 알았다. '사람아' 하는 부분과 '좋았어라, 그리워라' 라는 표현들 때문에 그랬던 것 같다. 후에 시인에 대해 알아보니 그는 그리 나이가 많은 사람이 아니었다. 그래도 이 시는 왠지 쓸쓸한 여생을 보내고 계시는 한 노인이 나지막한 목소리로 뭔가를 회상하는 듯한 표정을 지으며 옛 얘기를 들려주는 것 같다. 그리고 류시화 시인의 「그대가 곁에 있어도 나는 그대가 그립다」는 시와 뭔가 대조되는 인상을 받았다. 그래서 이 시와 더불어 류시화 시인의 시도 감상해보았다.

1a. 박노해 시인님께

안녕하세요, 박노해 시인님. 저는 류시화라고 합니다. 저도 당신처럼 시를 쓰는 사람입니다. 얼마 전 우연히 당신의 시 '그대 눈물이 그리워라' 라는 시를 읽게 되었습니다. 시인님은 힘들 때 떠오르는 사람으로 인해, 또 당신 자신보다 먼저 울어 줄 사람으로 인해 새 힘을 얻으신다고 하셨지요. 시인님은 슬프거나 외로울 때 생각나는 사람이 있으니 참으로 행복한 사람입니다. 사람들은 늘 같은 모습으로 자신의 곁을 지켜주는 사람들의 소중함을 깨닫지 못할 때가 많이 있는 것 같습니다. 힘들 때 자기보다 먼저 울어주고 좋은 일이 있을 때 자기보다 먼저 웃어줄 수 있는 사람이 곁에 있다는 사실 하나만으로 우리는 존재의 가치를 느낄 수 있습니다. 저는 외로움이 시인님보다 더 깊은 사람입니다. 아득히 먼 사람을 떠올리며 힘을 얻는 시인님과 달리 사랑하는 사람과 함께 있을 때조차도 외로움을 느끼곤 합니다. 저는 고독보다 더 깊은 고독을 느낀답니다. 시인님은 제가 쓴 시를 읽어 보신

적이 있으신지요. 여기 제가 쓴 시 한편을 동봉합니다. 시인님께서도 읽어보시고 저에게 답장해 주셨으면 감사하겠습니다. 그런 답장 기다리고 있겠습니다.

2004년 3월 16일
류시화 드림

7a. 류시화 시인님께

안녕하세요. 편지 잘 읽어 보았습니다. 제 시를 읽고 이렇게 편지 보내주셔서 감사합니다.

시인님, 사람은 누구나 곁에 있어도 사무치게 그 사람이 그리울 때가 있을 것이라 생각합니다. 시인님의 시는 짧지만 많은 생각을 하게 하는 시였습니다. 시인님이 어떤 모습으로 성장하셨는지는 잘 모르지만 사실 저는 고독을 느낄 새도 없이 그렇게 힘들게 살아왔습니다. 객지를 떠돌며 노동과 행상으로 가족을 부양하던 어머니를 만나기 위해 저는 중학교에 입학하던 해 처음으로 서울 땅을 밟았습니다. 가난한 집안과 전라도 태생, 게다가 '빨갱이'의 자식으로 철저하게 낮은 자본주의 사회의 주변부에 머물 수밖에 없는 처저 빈민 계급 출신인 저의 눈에 '서울'은 가난한 이들의 희생 위에 세워진 '죽음의 도시'로 비쳐졌습니다. 저에겐 고독도 사치였습니다. 하지만 시인님 말대로 저는 힘들 때마다 한 사람을 떠올리며 새 힘을 얻었습니다. 시인님에게도 그런 사람이 분명 계실 줄 믿습니다. 시인님, 제가 희망을 포기 하지 않는 것은 세상과 인간에 대한 또 다른 사랑의 방식을 깨달았기 때문입니다.

끝으로 사람만이 희망이라는 말씀을 드리며 편지를 마치겠습니다.

2004년 3월 19일
박노해 드림

풍경 달다

- 정호승

운주사 와불님을 뵙고
돌아오는 길에
그대 가슴의 처마 끝에
풍경을 달고 돌아 왔다
먼데서 바람 불어와
풍경 소리 들리면
보고 싶은 내 마음이
찾아간 줄 알아라.

생각하나

"의자와 마룻바닥"

(진승백)

낡은 마룻바닥 위에 역시 낡은 의자가 하나 놓여 있다. 의자가 삐걱거려서 한 쪽 다리를 조심스레 잘라 낸다. 그래도 여전히 삐걱거려 또 다른 쪽 다리를 잘라 낸다. 역시 여전히 삐걱거린다. 그래서 또 잘라내고 또 잘라내고… 결국 의자는 난장이가 되어버려 앉을 수도 없게 된다. 낡은 마룻바닥 이 편평치 못함을 알지 못해서 생긴 일이다.

그녀와 헤어졌나보다. 헤어졌는지 어쨌는지 여하튼 어떤 이유에서건 그녀를 마음속에 묻어가는 과정에 있었나보다. 그래 마음이 아팠고 그 아프고 심란한 마음을 다스리고 싶었나보다. 그래서 절에 가서 마음의 평화를 얻고자 했을까? 절에서 그녀를 마음 속 깊은 곳에 묻으려 했던 것일까? 적어도 스스로의 마음을 다스리는 데에는 성공한 것 같아 보인다. "그대 가슴의 처마 끝에 풍경을 달고 돌아 왔다"는 대목에선 여전히 그녀를 잊지 못한 화자 '나'의 모습을 볼 수 있지만 그래도 마음을 다스리고 평화를 얻어 편안한 어투로 말하는 '나'의 모습이 느껴진다.

혹시 '나'도 예전의 내가 그랬던 것처럼, 죄 없는 의자만 잘라내고 있었던 것은 아닐까 하는 생각이 들었다. 고통과 아픔 속에서 냉정하고 이성적으로 의자와 마룻바닥을 바라볼 수 없었기에 난 죄 없는 의자 다리만 잘라냈었다. 결국 의자는 바보가 되고 마룻바닥은 여전히 삐걱거리는 상태로 남아있었다. '나'도 분명 나와 같은 실수를 했던 것 같다. 그래서 힘들었고 그래서 운주사로 찾아간 것 같다. 운주사에서 '나'는 어떤 깨달음을 얻었을 것이고 그 깨달음은 '나'로 하여금 마룻바닥을 고칠 수 있게끔 하는 '눈'을 주었을 것이다. 그래서 '나'는 풍경을 달고 왔다. 풍경은 바람 불 때마다 변함없이 흔들리며 소리를 내어 '나'의 가슴을 아프게 하겠지만, '나'의 다리는 곧 치유될 것이므로 풍경소리도 더 이상 '나'의 마음을 어지럽게 하지 못하리라.

내 의자는 그 때 이후 다시 온전한 모습으로 돌아왔고 지금도 그 모습 그대로지만 요즘 다시 삐걱거리기 시작한다. 누가 그 의자에 앉으려고 한다. 그녀의 마음에 풍경을 달아야할까? 아니면 내 마음에?

제1부 나, 인간, 세계 **103**

생각 둘

"개운사"

이따금 개운사의 종소리가 들린다. 어쩔 때는 저녁에, 어쩔 때는 새벽녘에.

풍경 소리를 들어본 지 얼마나 되었나? 기억도 안 난다. 다만 기억나는 것은 그 가냘프게 떨리는 듯한 소리가 가슴에 와 닿을 때의 그 간들간들한 여운….

개운사는 바로 하숙집 뒤로 걸어서 한 150m 거리에 있다. 그러나 정문 앞에까지는 자주 가면서도 안으로 들어가 본 적은 없다. 개운사가 아니라 술과 안주, 담배를 사러 편의점에 간 것이었으니까.

최근, 하숙집 아줌마가 동네 하숙치는 아줌마들과 함께 개운사에서 데모를 한 적이 있다. 개운사 안 승가대 건물을 고시원으로 싸게 개장하면서 하숙집 운영에 타격을 주었다는 것이 이 아줌마들의 주장이었다. 그런데, 어떤 우여곡절이 있었는지는 모르지만, 그 과정에서 어떤 스님이 몸에 석유를 뿌리고 분신자살을 시도했다고 한다. 죽지는 않았다고 하는데….

과연 거기에도 풍경이 있을까?

THE SADDEST POEM[1]

- Pablo Neruda

I can write the saddest poem of all tonight.

Write, for instance: "The night is full of stars,
and the stars, blue, shiver in the distance."

The night wind whirls in the sky and sings.

I can write the saddest poem of all tonight.
I loved her, and sometimes she loved me too.

On nights like this, I held her in my arms.
I kissed her so many times under the infinite sky.

She loved me, sometimes I loved her.
How could I not have loved her large, still eyes?

I can write the saddest poem of all tonight.
To think I don't have her. To feel that I've lost her.

---

1) 〈http://www.adowns.com/Neruda.html〉에 있는 영문번역.

To hear the immense night, more immense without her.
And the poem falls to the soul as dew to grass.

What does it matter that my love couldn't keep her.
The night is full of stars and she is not with me.

That's all. Far away, someone sings. Far away.
My soul is lost without her.

As if to bring her near, my eyes search for her.
My heart searches for her and she is not with me.

The same night that whitens the same trees.
We, we who were, we are the same no longer.

I no longer love her, true, but how much I loved her.
My voice searched the wind to touch her ear.

Someone else's. She will be someone else's. As she once
        belonged to my kisses.
Her voice, her light body. Her infinite eyes.

I no longer love her, true, but perhaps I love her.
Love is so short and oblivion so long.

Because on nights like this I held her in my arms,
my soul is lost without her.

Although this may be the last pain she causes me,
and this may be the last poem I write for her.

가장 슬픈 시(20번째 시)

- 파블로 네루다

오늘밤 내내 나는 가장 슬픈 시를 쓸 수 있네.

예를 들면, 이렇게: "밤은 별 가득,
푸른 별들이 멀리서 떨고 있네."

밤바람이 하늘에서 빙글빙글 노래하네.

오늘밤 내내 나는 가장 슬픈 시를 쓸 수 있네.
나는 그녀를 사랑했고, 때론 그녀도 날 사랑했네.

오늘 같은 밤이면, 난 그녀를 내 품에 안았네.
그녀에게 수없이 키스했네 무한한 하늘아래서.

그녀는 날 사랑했네, 때론 나도 그녀를 사랑했네.
그녀의 크고, 고요한 눈을 어찌 사랑하지 않았으리?

오늘밤 내내 나는 가장 슬픈 시를 쓸 수 있네.
그녀가 없다는 생각. 그녀를 잃었다는 느낌.

그녀가 없어 막막한, 더 막막한 밤의 소리.
그래서 풀잎에 이슬처럼 시가 영혼에 떨어지네.

내 사랑이 그녈 지킬 수 없었음이 대순가.
밤은 별 가득한데 그녀는 내 곁에 없네.

그게 전부라네. 멀리서, 누군가가 노래하네. 멀리서.
그녀 없는 내 영혼은 길을 잃었네.

그녀를 데려오려는 양, 내 눈이 그녀를 찾네.
내 가슴은 그녀를 찾는데 그녀는 내 곁에 없네.

똑 같은 나무들을 하얗게 물들이는 똑같은 밤.
우리, 예전 우리, 현 우리는 더 이상 같지 않네.

난 이제 정말 그녈 사랑하지 않지만, 참 사랑했었네.
내 소리는 그녀 귀를 만지고파 바람을 찾았었네.

누군가의 소유. 그녀는 남의 여자가 되리. 한때
내 키스들에 속했듯,
그녀의 목소리, 가뿐한 몸. 그녀의 무한한 눈도.

난 이제 정말 그녈 사랑하지 않지만, 사랑하는지도 모르네.
사랑은 그리 짧고 잊기는 이리 기네.

오늘 같은 밤이면 그녀를 내 품에 안았기에,
그녀 없는 내 영혼은 길을 잃었네.

이것이 그녀가 내게 주는 마지막 고통일지라도,
그리고 이것이 그녀를 위해 쓰는 마지막 시일지라도.

"첫 사랑"

만남과 사랑과 이별. 문득 한 여인이 생각난다. 내 고향 완도, 초등학교 6학년 때 처음 만난 이후로 중학교 입학하기만을 손꼽아 기다리게 했던 아이. 다행히도 중학교는 하나밖에 없었다.

우리 섬 '소안도'에는 분교를 제외하고는 초등학교(본교)가 총 세 개였는데, 어느 날 이 세 초등학교에서 뽑힌 대표들이 참석한 가운데 우리 학교에서 웅변대회가 열렸다. 나는 관중, 지루함의 연속이었다. 그러다 갑자기 한 번도 보지 못한 한 여자 아이가 눈에 확 들어오는 것이었다. 자그마한 키에 긴 머리 초롱초롱한 눈에 예쁜 얼굴 그리고 꾀꼬리 같은(?—꾀꼬리 소리를 모르는데 어쩌나—) 목소리. 모든 것이 완벽 그 자체였다.

그리고 중학교 입학. 그러나 한 해가 거의 다 가는데도 그 아이 얼굴이 한 번도 보이지 않는 것이었다. 어떻게 된 것일까? 도시로 간 걸까? 아, 그러면 어쩌나! 가슴 아픈 순간의 연속이었다. 그러다가 한 10월쯤 교내 영어 웅변대회. 어떤 여학생이 "I'm sitting in my bedroom, I'm looking at the street. There's a thief. Where's the telephone? Where's the telephone?…." 그 아이의 목소리였다. 까만 교복 차림에 단발머리, 하지만 초등학교 그때의 그 목소리. 금세 내게는 새로운 소원이 생겼다. "2학년 때는 한 반이 될지도 몰라."

그리고 2학년 3반 한 반이 되었다. 게다가, 앞뒤로 앉았다. 남자 둘 여자 둘. 그랬는데, 채 한 달도 안 되어 이 아이가 서울로 전학을 가버린 것이었다. '끝났구나!' 하며 아쉬움에 어찌할 바를 모르고 있었는데 그 아이한테서 편지가 왔다, 반 학생들에게 한 통, 그리고 바로 내게 별도로 한 통. 그후 수많은 편지가 오고 갔다. 일주일에 두 번도 좋고 세 번도 좋고 그렇게. 고등학교 때도 편지를 주고받았다. 서로가 잊을만하면 계절이 바뀔 때쯤에. 그리고 6년이 지나 대학교 1학년 때 서울에서 처음으로 그녀를 만났다. 그녀는 "계집애가 대학가서 뭐 하냐, 싸게 취직해서 돈 벌어가지고 시집 가 잘 살면 그만이제!" 하는 부모의 뜻을 받아 대학을 포기하고 직장 생활을 하고 있었다. 6년여만의 만남. 하지만 나나 그녀나 어제 만났다 다시 만나는 친구 같았다.

그렇게 저렇게 영화도 보고 술도 마시고 놀러 다니면서 좋았는데, 너무도 갑자기 그녀는 결혼해버렸다. 딸을 하나 낳아 경기도에 살고 있다고 들었고 통화도 몇 번 했는데, 전화번호가 바뀌었는지 도무지 연락도 안 되고 연락할 방도도 없다. 크리스마스가 가까워오니까 그런지 부쩍 그녀가 보고 싶고 그립다.

이야기 둘

"눈 같은 사랑"

(박찬욱)

나의 첫사랑은 눈과 같다. 눈을 보면 그녀가 생각나고 그녀를 생각하면 눈이 생각난다. 그녀는 만지면 녹아 없어지는 눈과 같았다. 눈과 같이 너무 눈부셔서 똑바로 쳐다볼 수가 없었고 눈 같은 하얀 피부와 그에 대비되는 화사한 웃음이 나를 정말 눈처럼 순수하게 만들어주는 그런 존재였다.

우리의 만남은 그야말로 필연이었다. 벌써 10년 전 일이다. 나는 그녀를 독서실에서 만났다. 나는 시험 때만 되면 으레 독서실에 가서 공부는 안하고 친구들과 어울려 노는 학생이었다. 친구들과 술과 담배를 벗 삼아 폐인처럼 사는 게 우리의 목표였고 자랑이었다. 그런 내게 그녀가 다가왔다. 사소한 말다툼 끝에 내가 먼저 과자 한 봉지로 사과를 청한 게 우리 사랑의 시작이었다. 자연스레 만나 가까워진 후부터 밤이면 그녀의 연락을 기다리느라 삐삐를 만지작거리며 잠을 이루지 못했다. 내게 그런 순수성이 남아 있는지조차 의심스러웠지만 참 행복했다. 우리의 만남은 더욱 가까워졌고, 크리스마스이브에 첫 키스와 동시에 내린 축복의 눈. 그리고 나는 그녀와의 로맨스로 더 이상 폐인의 늪에서 허우적거리지도 않았다. 어린 나이였지만 우리는 사랑했고 미래를 약속했으며 더 이상의 또 다른 나는 존재하지 않을 거라 굳게 믿고 있었다.

하지만 첫사랑은 헤어지기 마련이라는 말처럼 그녀와의 이별이 날 눈 내리는 포장마차에 홀로 집어넣었고, 나는 소주 한 병에 취하여 눈에 파묻혀 펑펑 울며 괴로워했다. 그녀가 눈의 나라 캐나다로 이민을 가게 된 것이었다. 나는 그렇게 첫사랑을 쉽게 보내줬다. 가는 그 순간까지 좋은 추억, 잊지 못할 평생의 기억으로 남기려고 최대한 노력했던 내가 제일 걱정했던 것은 그녀가 그곳 생활에 적응하지 못할 것 같은 불안이었다. 난 영화 속 비련의 주인공처럼 그녀를 위한다는 말과 함께 그녀 곁을 떠났다. 그리고 술독에 파묻혔다.

시간은 흘렀다. 하지만 내 맘속 깊은 곳에 그녀는 항상 남아있다. 그 후 여러 여자를 만났지만 그녀를 대신할 수는 없었다. 그녀는 이미 나와 모든 게 똑같은 또 다른 나였기 때문이다. 인터넷을 몰랐기에 보통 6개월에 한 번씩 편지를 썼다. 나의 순수성이 그나마 유지된 것도 가끔 썼던 그 편지덕분인 것 같다. 그녀는 보통 나보다 2배 이상 자주 썼고 숙제로 깜지를 하듯하고픈 말을 미처 다하지 못함을 아쉬워하며 깨알같이 썼다. 자신의 생활과 심리 상태 등이 주요 내용이었으나 보고 싶다는 말이 늘 말 못하는 아쉬움으로 느껴졌다. 그런 중에 알게 된 e-mail과 훗날 전역하고 알게 된 메신저는 참으로 고마운 존재들로 정말 좋은 세상을 실감케 했다.

끊임없는 연락 속에서 우리는 서로의 사랑보다는 지금 현재의 사랑이야기, 자신의 꿈 등을 얘기하기 시작하고 미래에 대한 걱정으로 내용이 변해갔다. 난 언제나 현재에 충실하려 했기에 지난 첫사랑은 잊으리라 생각하고 지금의 사랑이야기를 주로 얘기했다. 그리고 현재의 사랑에 보다 충실하려고 노력했다.

지금도 e-mail 속에는 증거물이 남아있다. 다른 편지는 삭제하지만 그녀가 쓴 모든 흔적들은 절대로 지우지 않았다. 군대 가기 전에 그녀는 내게 보고 싶다는, 보고 싶어 미치겠다는 울부짖음과 입영을 조금 연기해줄 것을 부탁했다. 하지만 난 그 이유를 몰랐기에 단호히 거절했고 그렇게 군대를 갔다. 군 생활은 누구나 그랬겠지만 제일 힘든 게 사람에 대한 그리움이다. 난 그녀가 제일 그리웠다. 그녀에 대한 아쉬운 사랑, 다하지 못한 사랑이 내내 맘에 걸렸고 그게 날 힘들게 했다. 거의 얼굴마저 흐릿해져 가는 그녀 모습에 가슴 아팠지만, 그게 첫사랑의 운명이라고 받아들였고 그렇게 서서히 기억에서 지워가려고 노력했다.

그런데 이 모든 것들이 한 순간에 무너지고 말았다. 그녀가 한국에 온 것이다. 면회를 하고 돌아서면서 그녀는 내 가슴에 몸서리칠 슬픔을 남겼다. 날 보기 위해 왔고 이제 더 이상 한국 땅을 밟지 않겠다는 것이었다. 그 정리의 처음이 나였으며 마지막도 나라고 했다. 그날은 고참에게 얘기하고 소주 한 병에 모포 뒤집어쓰고 연인과 헤어진 이등병처럼 밤새 울었다. 모두가 날 위로했지만 내겐 어떤 위로의 말도 들리지 않았다.

다음날, 모든 게 끝난 내게 다시 빛이 보였다. 나 혼자만 계속 그녀를 생각한 줄 알았는데 그녀도 나와 같았던 것이다. 마음정리를 위해 청원외출을 나갔다. 지하철 에스컬레이터를 내려가면서 그녀 생각에 빠져 있었는데 멀리서 그녀가 보이는 것 같은 기분이 들었다. 마치 영화 속 한 장면 같았다. 물론 그녀였다. 나는 내려가고 그녀는 올라오고 있었다. 시간이 이대로 멈추길 바랐다. 내가 꿈에도 그리워하던, 어제는 그리도 야속하게 굴던 그녀가 다시 날 보려고 왔다고 생각하니 온 세상을 얻은 듯이 기뻤다. 선·후임들과 기분 좋게 술도 먹고 얘기하면서 사진도 찍었다. 물론 모두가 우리의 만남을 축복해줬다. 둘만의 시간을 갖기 위해 근처의 조용한 커피숍에 갔다. 그런데 그런 좋은 분위기를 한순간에 무너뜨리며 그녀가 흐느끼며 말하는 것이었다. 실은 병에 걸려 얼마 살지 못할 것 같다고….

나는 타들어가는 담배가 씹혀 부러지도록 담배연기 속에 묻혀 당혹감을 떨쳐내려고 했고, 흔들리는 눈에 고인 눈물을 들킬까봐 천장만 바라보았다. 그녀를 위로하는 것보다 날 위로하고 싶었다. 눈물이 터진 둑처럼 쏟아졌다. 왜 하필 그녀가, 왜 하필 내가 아닌 그녀가 병에 걸린단 말인가….

전역하고 메신저로 많은 얘기를 나눴다. 자세한 병명은 끝내 알지 못했지만 알게 된 사실은 그녀는 하루에 물 7리터를 먹어야 어지럽지 않게 생활할 수 있다는 것이었다. 또 학교 다니면서 병원비를 마련하기 위해 새벽 3시까지 아르바이트하면서 하루에도 몇 번씩 자살충동을 느낀다는 것이었다. 나와의 대화로 그녀는 점차 웃음을 되찾았고 그녀는 다시 긍정적으로 변했다. 하지만 나는 당시 사귀던 여자친구와 결별해야 했고, 엄청난 국제전화비에 낮 동안에는 게임방에서 메신저를 하며 사는 폐인으로 변하고 말았다. 그래도 후회는 하지 않았다. 지금 그녀는 수술을 받고 나서 많이 괜찮아졌고 그곳 남자친구와도 잘 지내고 있단다.

이렇게 긴 글을 써내려가며 화장실을 몇 번이나 가고 담배도 2갑 넘게 피우게 만든 그녀. 난 지금도 그녀를 사랑하고 있는지 모른다. 아니 내 첫사랑인 그녀를 정말 평생 마음속에 곱게 간직하며 살고 싶은 것 같다. 그렇기에 금년에 캐나다에 놀러 가서도 그녀를 만나보지 않고 그냥 돌아왔으며, 지금도 메신저에서 로그아웃 되어있는 그녀의 대화 명을 지긋이 바라보고 있다. 그녀가 행복하기만을 바란다. 내 행복보다….

"소띠끼러"

참 재미있는 시다. 이 「벼룩」이라는 시를 볼 때마다 어린 시절 친구들과 "소띠끼러"(소몰이, 소 풀 뜯게 하러, 소 풀 먹이러?) 혹은 "염소띠끼러"가 곤 했던 때가 생각난다. 소나 염소가 풀 먹는 것이야 지들 알아서 할 일, 우리는 소나 염소가 좋아하고 잘 먹는 풀이 많은 장소만 잘 골라 고삐를 길게 늘어뜨리고 도망가지 못하게 묶어 놓았다가 해 질 무렵 다시 고삐를 풀러 소 염소를 몰고 집으로 돌아오면 임무 완수였다. 그 동안은 산과 시내, 바다가 모두 우리의 놀이터였다.

여름에는 '멍,' 가을에는 '땡감, 밤, 너도 밤,' 겨울에는 '칡과 군고구마'를 찾아 산과 바위를 휘젓고 다녔던 기억들… 떫떠름한 땡감을 수류탄 삼아 장난 치고, 벼 그루터기만 남은 논 귀퉁이 바람 잔 곳에 숨어 고구마 구워 먹으며, "어흐, 뜨거!"를 연발하며 숯 검댕이 얼굴로 서로를 쳐다보며 마냥 즐겁기만 했던 그 시절….

그리고 해가 질 무렵, 각자의 소와 염소를 몰고 집에 돌아오면서, 소나 염소의 얼굴이나 등에 붙어 있는 진드기를 떼어 내며, "어흐 징그러!" 몸서리를 치면서 까만 고무신으로 밟아 그들을 저 세상으로 보내고는 했다.

그 진드기를 본 일이 있는가? 그때 그 시절 소나 염소의 피를 빨아 커다랗게 부푼 채 그들의 몸에 붙어있던 진드기가 아직도 눈에 선하다. 그리고 그걸 잡아떼어 터뜨렸을 때 절로 느껴지던 그 이상스러운 마음의 동요! 왜 그랬을까? 어쩌면 그게 '생명체'여서 그랬는지 모르겠다. 아니, 그냥 '징그러워서 그랬다'고 말하는 게 더 솔직한 고백이리라.

아무튼 이 「벼룩」이라는 시를 쓴 사람도 분명 내 어린 시절의 한 장면처럼 소나 염소 혹은 말을 보며 컸으리라. '벼룩'보다는 '진드기'가 맞는 표현인것 같은데, 어쨌거나, 그냥 눈으로 보기에도 징그럽고 터뜨렸을 때는 더 이상스레 징그러운 이 벼룩과 벼룩의 생태, 그리고 사람에게 당하는 수모(?) 이야기 등을 소재로 '징그러운 시'가 아니라 이렇게 그럴듯하고 놀라운 '사랑의 시'를 썼다는 사실, 정말 놀랍지 않은가?

The Flea

- John Donne

Mark but this flea, and mark in this,
How little that which thou deny'st me is;
It sucked me first, and now sucks thee,
And in this flea, our two bloods mingled be;
Thou knowest that this cannot be said
A sin, nor shame, nor loss of maidenhead.
Yet this enjoys before it woo,
And pampered, swells with one blood made of two,
And this, alas, is more than we would do.

Oh stay, three lives in one flea spare,
Where we almost, yea, more than married are.
This flea is you and I, and this
Our marriage bed, and marriage temple is;
Though parents grudge, and you, we are met
And cloistered in these living walls of jet.
Though use make you apt to kill me,
Let not to that self murder added be,
And sacrilege, three sins in killing three.

Cruel and sudden, hast thou since
Purpled thy nail in blood of innocence?
Wherein could this flea guilty be
Except in that drop which it sucked from thee?
Yet thou triumph'st, and sayest that thou
Find'st not thyself, nor me, the weaker now.
'Tis true, then learn how false fears be;
Just so much honor, when thou yieldst to me,
Will waste, as this flea's death took life from thee.

벼룩

-존 던

이 벼룩 한 번 보오, 이놈 속을 봐요,
당신이 날 거절하는 게 얼마나 하찮은 일인지를.
고게 먼저 나를 빨더니, 이젠 당신을 빠는구려,
그렇게 이 벼룩 속에, 우리의 두 피가 섞이는 거요.
당신도 알지 않소 이게 어떤 죄나, 수치심이나,
처녀성의 상실이라고 말할 수는 없음을.
다만 이놈이 구애도 하지 않고 재미 보고,
실컷 처먹고는, 둘이 하나 된 피로 부풀었으니,
세상에, 이는 우리가 하려는 짓보다 더하군.

오, 잠깐, 한 벼룩 속의 세 목숨을 살려주오,
거기에서 우리는 거의, 그래 결혼한 것 이상이니.
이 벼룩은 당신과 나요, 이놈은
우리의 신혼 침상, 그리고 결혼식 교회당.
부모나 당신이나 못마땅해 하나, 우리는 만나
이 새까만 살아 있는 벽 속에 숨었소.
번번이 당신은 날 죽이려들지만,
거기다가 자기 살해와, 셋을 죽이는
삼중 죄, 불경을 더하지는 마오.

잔인하고 급작스레, 당신은 벌써
죄 없는 피로 손톱을 새빨갛게 물들여 버렸소?
고게 당신에게서 빤 그 피 방울 외에
이 벼룩이 대체 무슨 죄가 있다고?
그래놓고 당신은 승리에 겨워, 그렇다고 당신 자신이나
나나, 약해진 건 아니라고 말하는구려.
그건 맞소, 그렇다면 두려움은 얼마나 잘못된 거요.
당신이 내게 굴복한대도, 겨우 이 벼룩의 죽음이
당신에게 뺏은 목숨정도의, 명예가 손상되는 것을.

"벼룩과 서동요"

(이현미)

왠지 가슴에 사랑이 가득 찬 재치 있는 남자의 모습이 떠오른다. 자신을 보아주지 않는 여자에게 벼룩을 이용하여 구애하고 있다. 벼룩조차도 사내의 사랑을 엮어주고 있는데 정작 여자는 그 사랑을 거절하고 있기 때문에 남자는 재미있는 어투와 소재를 이용해 여자를 원망(?) 하고 있는 것이다.

'서동요' 가 떠오른다. 서동이 선화 공주님을 너무나 아내로 맞고 싶은 마음에 선화공주가 밤에 서동을 은밀히 만나고 있다는 내용의 유행가를 아이들에게 퍼뜨리게 하고 이 소문이 온 나라에 퍼져 공주가 쫓겨나자 서동이 데리고 살게 된다는 내용의 서동요 말이다.

이런 식으로 선수를 쳐 놓고 '너는 내게 올 수 밖에 없어' 라는 생각을 세뇌시키고 있는 느낌이다. 이 작가는 어떻게 이런 기발한 발상을 했을까. 정말 사랑하는 여자를 생각하면서 이 시를 썼을까? 그리고 보여줬을까? 나는 이 시를 읽고 이렇게 재치 있고 귀여운 남자를 왜 거절할까 하는 생각이 들었다. 만약 내가 그 여자라면 이 남자의 구애를 받아 줄 것 같다. 이보다 더 재치 있고 기발한 남자가 어디 있을까?

3. 방황, 갈등, 고통, 상실

차를 타고 땅 위를

배를 타고 바다 위를

그리고 비행기를 타고 하늘을 돌아다녔다

불현듯, 이곳이 아닌 다른 곳을 찾아 떠나곤 했던

얼마동안의 여행

몇 개의 간이역과

몇 개의 항구와

그리고 낯선 이국의 하늘

그러나 나는 결국 집으로 돌아왔다

여행의 종착지는 언제나 처음 이곳이었다

- 김선태의 「작은 엽서 · 53-」여행 전문

Life Doesn't Frighten Me

- Maya Angelou

Shadows on the wall
Noises down the hall
Life doesn't frighten me at all
Bad dogs barking loud
Big ghosts in a cloud
Life doesn't frighten me at all.

Mean old Mother Goose
Lions on the loose
They don't frighten me at all
Dragons breathing flame
On my counterpane
That doesn't frighten me at all.

I go boo
Make them shoo
I make fun
Way they run
I won't cry
So they fly
I just smile

They go wild
Life doesn't frighten me at all.

Tough guys in a fight
All alone at night
Life doesn't frighten me at all.
Panthers in a park
Strangers in the dark
No, they don't frighten me at all.

That new classroom where
Boys all pull my hair
(Kissy little girls
With their hair in curls)
They don't frighten me at all.

Don't show me frogs and snakes
And listen for my scream,
If I'm afraid at all
It's only in my dreams.

I've got a magic charm
That I keep up my sleeve,
I can walk the ocean floor
And never have to breathe.

Life doesn't frighten me at all
Not at all
Not at all.
Life doesn't frighten me at all.

삶은 나를 두렵게 하지 못한다

- 마야 앤절루

벽에 있는 그림자들
홀을 내려가는 소음들
삶은 나를 두렵게 하지 못한다 결코
시끄럽게 짖어대는 못된 개들
구름 속 거대한 유령들
삶은 나를 두렵게 하지 못한다 결코.

심술궂은 늙은 어미 거위
고삐 풀린 사자들
그들은 나를 두렵게 못한다 결코
내 이불에서
불을 뿜어내는 용들
그들도 나를 두렵게 하지 못한다 결코.

내가 왁- 하면
그들은 쉿- 한다
내가 놀리면
그들은 도망간다
내가 울지 않아서
그들이 피한다
내가 미소만 지어도

그들은 날뛴다
삶은 나를 두렵게 하지 못한다 결코.

싸움 붙은 터프가이들
한밤 중 홀로 있어도
삶은 나를 두렵게 하지 못한다 결코.
공원의 표범들
어둠 속 낯선 이들
결코, 그들은 나를 두렵게 하지 못한다 전혀.

새 교실에서
사내들 모두가 내 머리칼을 잡아당겨도
(곱슬머리의
키스함직한 작은 소녀들)
그들은 나를 두렵게 하지 못한다 결코.

내게 개구리와 뱀을 보여주고
나의 비명을 들으려 하지 마라,
내가 조금이라도 무서워한다면
그건 오로지 내 꿈속에서일 뿐.

내게는 마술 부적이 있어서
소맷자락 높이 쳐들면,
나는 대양 마루를 걸을 수도
전혀 숨 쉬지 않을 수도 있다.

삶은 나를 두렵게 하지 못한다 결코
결코
결코.
삶은 나를 두렵게 하지 못한다 결코.

이야기 하나

"시계와 상처"

과연 삶이 두렵지 않은가? 결코 만만치 않은 게 삶이다. '결코, 결코, 전혀, 전혀'를 반복하며 두려움을 애써 부인하는 시적 화자의 마음은 어쩌면 두려움과 공포의 도가니인지도 모른다.

아주 어렸을 적에 경험한 사건 하나가 생각난다. 20년이 지난 일이지만 아직도 그때의 기억이 생생한 것은 그 일이 그만큼 어린 마음에 지워지지 않는 흔적을 남겼기 때문이리라.

어느 날, 한 친구 집에서 부모가 모두 일 나가고 안 계신 틈을 타서 세 친구가 재밌게 놀았다. 그리고 그의 부모가 돌아왔다. 마침 저녁때도 다 되어 각자의 집으로 돌아갔고, 나는 저녁밥을 먹고 티브이를 보고 있었다. 그런데, 놀이터를 제공했던 친구네 어머니가 찾아와 난데없이 "시계가 없어졌다"고 말하면서 집을 발칵 뒤집어 놓은 것이었다. 나나 다른 친구, 둘 중 한 명이 시계를 가져간 게 분명하다는 것이 그 친구 어머니의 주장이었다. 너무도 억울한 마음에 그저 눈물밖에 나오지 않았다.

우리 엄마는 "절대 안 가져 왔다"는 내 주장을 듣는 둥 마는 둥, 내 손을 부여잡고 제 2의 피의자인 다른 친구네 집으로 나를 끌고 갔고, 나와 그 친구는 마루에 무릎을 꿇은 채 서럽게 울면서 대질 심문을 받기를 몇 시간… 그리고 도난 신고를 했던 친구 엄마가 헐레벌떡 달려와서, "워메~~, 미안해서 어짜끄나이, 잠 잘라고 이불을 내리는디, 뭐가 뚝─ 떨어져서 보니까는, 시계 아니었겠어라이, 야들한테, 정말 미안해서 어짜끄나이, 쯔쯔…"하는 것이었다.

그렇게 '시계사건'은 싱겁게 마무리되었다. 하지만 피의자였던 우리 두 친구에게는 달랐다. 아주 미묘하게 복잡했다. 말은 안 했지만 우리는 그 친구네 집에는 잘 가지 않았고, 가더라도 안방은 절대 들어가지 않으려고 했다. 그 안방은 우리에고 어느 새 '공포'의 장소로 변해버린 것이었다.

　삶의 두려움은 다른 데 있는 게 아닐 것이다. 「삶은 나를 두렵게 하지 못한다 전혀」라는 시의 화자의 고백 아닌 고백을 따라가 보면, 바로 살아가는 과정에, 성장하는 과정에 겪었을 법한 사소한 경험들로 가득 차 있음을 알 수 있다. 마야 앤절루가 흑인 여성이기에 느끼고 당했을 냉대와 삶에 대한 두려움도 그만큼 더 컸을 게 분명하나 정도의 차이일 뿐 그런 경험은 인류 공통적이다. 두려움의 감정은 인간 내부로부터도 외부로부터도 비롯된다. 하지만 외적인 자극 없이 어느 날 갑자기 내적인 두려움이 저절로 생기거나 내적인 반응 없이 두려움이 가시화 될 것 같지도 않다. 말장난 같긴 하지만 두려움은 안과 밖이 부딪칠 때 폭발하는 그 무엇일 것이다. 그리고 인간관계에서 생기는 두려움은—딱히 그걸 '두려움'으로 명명하기에는 뭐하지만—안과 밖이 어긋날 때 항상 일어난다. 상대방의 생각이나 의도를 내가 오해하거나 곡해할 때, 반대로 나의 생각과 의도를 상대가 오해하거나 곡해하여 받아들일 때 일어나기 쉽다. 그렇게 생기는 두려운 감정은 살아 있는 한 하루도 거르지 않고 일어날 것이다. 그런 두려움을 줄이는 길 중의 하나는 '나'를 낮추는 길이다. 상대의 입장을 먼저 생각하고 이해하려는 노력일 것이다. 두려움의 감정은 너무도 사소한 것에서 일어나기 쉽다.

Mirror

- Sylvia Plath

I am silver and exact. I have no preconceptions.

Whatever I see swallow immediately

Just as it is, unmissed by love or dislike.

I am not cruel, only truthful--

The eye of the little god, four cornered.

Most of the time I meditate on the opposite wall.

It is pink, with speckles. I have looked at it so long

I think it is a part of my heart. But it flickers.

Faces and darkness separate us over and over.

Now I am a lake. A woman bends over me,

Searching my reaches for what she really is.

Then she turns to those liars, the candles or the moon.

I see her back, and reflect it faithfully.

She rewards me with tears and an agitation of hands.

I am important to her. She comes and goes.

Each morning it is her face that replaces the darkness.

In me she has drowned a young girl,

and in me an old woman

Rises toward her day after day, like a terrible fish.

거 울

- 실비아 플래스

나는 은색이고 정확하다. 내게 선입견은 없다.
나는 보는 것은 무엇이든 즉각 삼킨다
있는 그대로, 사랑이나 증오도 놓치지 않고.
난 잔인하지 않다, 단지 충실할 뿐—
사각 진, 작은 신의 눈.
대부분의 시간을 나는 반대쪽 벽을 묵상한다.
그것은 분홍색, 얼룩들이 있다. 너무 오래 보아서
그게 내 심장의 일부인 것 같다. 그런데 그게 깜박인다.
얼굴들과 어둠이 우리를 거듭 갈라놓는다.
이제 나는 호수다. 한 여인이 내 위로 웅크린다,
내 영역을 살피며 그녀의 실체를 찾는다.
그러다 그녀는 저 거짓말쟁이, 촛불과 달로 향한다.
나는 그녀의 등을 보고, 그걸 충실히 비춘다.
그녀는 내게 눈물과 손의 동요로 보답한다.
나는 그녀에게 중요하다. 그녀는 오고 간다.
아침마다 어둠을 대신하는 건 그녀의 얼굴이다.
내 안에 그녀는 한 어린 소녀를 익사시켰고,
내 안에서 한 늙은 여인이
매일 매일 그녀 쪽으로 떠오른다, 끔찍한 물고기처럼.

"엄마 나 이뻐?"

(전혜리)

　이 시는 인생의 단면을 보여주고 있다. 특히 시인이 여성이라서 그런지 여자의 삶을 외적으로 표현한 듯하다. 거울은 나이별 외모를 비춰주는 극단적인 물건이다. 거울은 편견 없이 있는 그대로의 모습을 보여준다. 그렇다. 깨지지 않는 한 거울은 영원히 솔직한 매체다. 남자도 물론이겠지만, 특히 여자는 외모에 관심이 많다. 딸을 키우는 재미가 아들을 키우는 재미보다 쏠쏠한 이유는 아기자기하게 꾸미는 게 많기 때문이다.

　어렸을 때 여자 아이라면 누구나 이런 경험이 있을 것이다. 엄마 화장대에 앉아 화장품을 만지작만지작 거린다. 물론 엄마는 만지지 말라고 하신다. 그렇지만 이내 그 소리를 뒤로한 채 립스틱 뚜껑을 연다. 다른 화장품보다 특히 립스틱, 그것도 빨간 립스틱에 애착이 강했던 것 같다. 조그마한 입술에 삐죽 빼죽 그려나간다. 꼭 서커스단 피에로의 입술 마냥 큼지막하게 색칠한다. 그리고 한발 더 나아가 눈두덩에 파란색 아이섀도를 칠한다. 화장을 다 하고 나면 대 만족이다. 내가 그렇게 이뻐 보일 수가 없다. 엄마 아빠에게 쪼르륵 달려가선 "나 이뻐? 나 이쁘지!" 하고 묻는다. 어른들의 눈으로는 도저히 이뻐 보일 리가 없다. 솔직히 지금 그때의 내 모습을 상상하면 얼마나 우스꽝스러웠을지 절로 입가에 미소가 번진다. 어른들은 그런 내 모습을 보고 박장대소하든지 괴물 같으니 얼른 지우라고 버럭 소리를 쳤으리라.

이야기 둘

"여자이고 싶다"

(변일경)

나도 때론 여자이고 싶을 때가 있다. 거울을 보면 우선 가슴이 아프다. 매일 아침 학교를 가기 위해 나는 거울을 보며 화장을 한다. 그때마다 느껴지는 감정들이 이 시에 나오는 여자의 감정과 같으리라! 좀 더 예쁘게 보이려고 좀 더 어려 보이려고 거울을 이쪽저쪽으로 옮겨가며 보고 좀 어두운 데서 보기도 했다가 밝은 데서 보기도 하고, 정말 요란 법석을 떤다. 때론 만족스럽지 못하여 극단적으로는 한번 고쳐볼까? 성형수술을 생각하기도 하지만 '아니지, 이것 말고도 더 중요하게 할 것들이 많지' 라는 생각으로 다시 맘을 고쳐먹는다. 이런 일들이 계속 반복된다.

요즘은 더욱 외모가 중시되는 사회다. 취업을 준비하는 여대생으로서 외모가 얼마나 중요한지 뼈저리게 느끼기 때문이다. 외모에 만족감을 얻기 위해 많은 여성들이 과감하게 몸에 칼을 대고 많은 돈을 몸에 투자한다. 쌍꺼풀은 기본이요 지방흡입하고 코 높이고 턱 깎고 이 교정하는 등 외모와의 전쟁 아닌 전쟁을 치루고 있다. 또한 여성들의 특징 중 하나는 사진 찍을 때 남자들에 비해 눈에 힘이 2~3배로 들어가게 된다는 것이다. 요즘은 동그랗고 커다란 눈을 선호하기 때문이다. 또한 웃을 때도 주름이 걱정되어 눈 꼬리 잡고 웃는 등 실제로 우리 주위에는 웃지 못할 에피소드가 많다.

몇 년 전 한 화장품 광고에서 "여자의 변신은 무죄"라고 했다. 고대 철학자 플라톤 선생께서 들으셨다면 실체만 볼 게 아니라 본질을 보고 이데아를 추구해야 한다고 역설하셨으리라. 개인적으로 아름다워지고자 하는 여자의 욕구를 인정하며 나 또한 그러고 싶다. 문제는 우리가 미의 개척자가 아니라 미의 노예가 되어 살아가고 있다는 점이다. 외적인 것과 내적인 것이 조화를 이룰 때 가장 아름답다는 것은 누구나 잘 알고 있다. 이 중 어느 하나에 치중하거나 소홀해서는 안 될 것이다.

　오늘도 수많은 여성들이 거울 앞에 앉아서 백설 공주에 나오는 왕비처럼 외모 콤플렉스에 시달리고 있을 것은 불을 보듯 자명하다. 이 시점에서 과감하게 모든 여성들에게 외치고 싶다. "여성들이여! 거울의 노예가 되지 말고 거울을 정복합시다! 이것만이 당신을 자유롭고 행복하게 만들 것입니다!" 또한 '어머, 쟤는 분명히 얼굴 고친 거야'라며 남을 질투 내지는 비방하거나, '거울이 잘못된 거야. 이 거울 이상해'라고 거울 탓하지 말고 좀 게을렀거나 자신에게 소홀했던 여인들이여 "깨어나십시오! 어느 샌가 an old woman rises toward you day after day, like a terrible fish 할 것입니다."

이야기 셋

"거울과 사람"

세상에는 수만 가지 부류의 사람이 살고 있지만, 그 중 두 부류는 거울 밖의 사람과 거울 속의 사람이다. 대체로 이 둘의 생활 습성은 다르다. 안과 밖의 사람이 일치하는 경우는 아주 드물다. 생긴 것은 똑같지만 사는 방식이 반대다. 밖의 사람은 밖으로만 살고 안의 사람은 안에서 산다. 바깥사람은 겉만 신경 쓰고 안 사람은 겉에는 아랑곳없이 안을 보며 살려 한다. 안 사람은 양심대로, 수양하는 마음으로 산다. 바깥 세상에서는 안 사람이 거의 보이지 않는다.

아는 사람 중에 그 '안 사람'을 정말 닮은 분이 있다. 네 해 동안 그 분의 바깥 모습은 한결같이 넥타이 두 개, 양복 두 벌. 빨간 바탕에 검은 줄무늬 넥타이 두 해, 고동색 바탕에 옅은 회색 줄무늬 넥타이 그 후 두 해, 초 칠한 듯 곳곳이 반짝반짝, 옅은 회색 줄무늬 검은 양복과 옅은 줄무늬 고동색 양복 번갈아 네 해. 바깥 모습이 항상 그랬다, 거울 안 사람이 거울 밖으로 나온 듯.

그렇게 밖으로 나와, 그 분은 한결같은 양심의 목소리로 부단한 수양일지를 보여주셨다. 거울 안 풍경이 어떤 모습인지, 거울 안의 정원을 어떻게 가꿀지, 거울 안 삶의 진정한 기쁨이 무엇인지를. 그분은 그렇게 한결같이 안 사람이었다. 하지만, 은퇴하신 그분을 거의 볼 수가 없어 안타깝다. 그간 그 안 사람의 마음 풍경은 어찌 변했는지 궁금하다.

Sea Fever

- John Masefield

I must go down to the seas again, to the lonely sea and the sky,
And all I ask is a tall ship and a star to steer her by,
And the wheel's kick and the wind's song and the white sail's shaking,
And a gray mist on the sea's face, and a gray dawn breaking.

I must go down to the seas again, for the call of the running tide
Is a wild call and a clear call that may not be denied;
And all I ask is a windy day with the white clouds flying,
And the flung spray and the blown spume, and the sea-gulls crying.

I must go down to the seas again, to the vagrant gypsy life,
To the gull's way and the whale's way, where the wind's like a whetted knife;
And all I ask is a merry yarn from a laughing fellow-rover,
And quiet sleep and a sweet dream when the long trick's over.

바다 열병

난 다시 바다로 내려가야 한다, 그 외론 바다 그 하늘로,
필요한 건 오직 키 큰 배 한 척과 그걸 인도해줄 별 하나,
그리고 바퀴 박참과 바람의 노래와 흰 돛의 펄럭임,
그리고 바다의 얼굴에 잿빛 안개와, 동트는 잿빛 새벽.

난 다시 바다로 내려가야 한다, 뛰는 물결이 부르는 소리
거부 못할 거친 외침 분명한 부름이니.
내게 필요한 건 날아가는 흰 구름과 바람좋은 날,
그리고 튀어 오르는 물보라와 부푼 거품과, 울어대는 바다 갈매기.

난 다시 바다로 내려가야 한다, 유랑의 집시 생활로,
날선 칼 같은 바람이 있는, 갈매기 길과 고래 길로,
내게 필요한 건 오직 허허대는 동료 조방의 즐거운 허풍선이,
그리고 긴 근무 끝나고 평안한 잠과 달콤한 꿈.

"감사합니다"

(윤동빈)

나의 고향은 거제도다. 이미 70년도에 다리가 놓여서 더 이상 섬은 아니지만 바다와 함께 사는 사람들이 여전히 많은 곳이다. 어부들의 일상은 내게는 꽤나 친근한 것이다. 멋대로 헝클어진 머리, 검정색 긴 고무장갑 아래로 언뜻 보이는 굵은 팔뚝의 힘줄, 위아래 한 벌로 된 방수 멜빵바지, 덧신은 고무장화. 웃음 지으며 선미에 앉아 피우는 담배, 갑판 아래서 건져낸 살아있는 생선, 1분도 안 걸려 회를 뜨는 선장아저씨와 서로 술을 나누는 선원들. 군청색으로 반짝이는 바다와, 항구에 묶여있는 배들이 서로 비비대며 내는 삐그덕 소리들. 조업 나갔다가 돌아오는 배들….

바닷가 사람들은 배를 탈 때만큼은 불평 한마디 하지 않는다. 거제도의 '구조라'라는 어촌에 선장 아저씨 한분이 계신다. 고2 방학 때 그 아저씨 밑에서 아르바이트 겸 얼마간 배를 탄 적이 있다. 배 두 척이 두릿그물로 고기떼를 건져 올리면 꽤 많이 잡기도 하지만 생각보다 많지 않을 때도 있다. 그 아저씨는 고기가 많건 적건 간에 "감사합니다~!"라고 배가 울리리만치 크게 소리치셨다. 왜 그러시냐고 여쭤봤더니, 힘들어도 누울 수 있는 집이 있고, 챙겨주는 안사람이 있고, 공부는 못해도 튼실한 자식이 있고, 잡아가기만 하는 데도 바다는 매번 자신이 키운 것을 불평 없이 내주는 것에 그저 고마울 뿐이라고 하셨다. 조업을 마치고 저녁 노을을 등진 채 돌아오던 아저씨의 검은 얼굴은 내가 살면서 본 가장 환한 얼굴이었다.

이야기 둘

"아버지"

지금은 이 시를 이해할 것 같다. 예전에 바다만 바라보고 살았을 때는 바다를 떠나고 싶은 마음밖에 없었는데, 막상 바다를 떠나 육지에서 살다보니 한강만 봐도 내 고향 완도 바닷가 생각이 간절하다. 섬 한가운데 산허리부터 하늘 쪽으로 하염없이 뻗은 선명한 일곱 색깔 무지개, 섬 계곡 사이에서 뎅그러니 솟아오르던 엄청나게 큰 '이따 만한' 태양, 물보라 일으키며 질주하는 고깃배, 끼룩끼룩 밥 달라 소리치는 갈매기들, 까만 새벽 노란 광주리에 담긴 멸치들의 은빛 춤('몸부림'이었겠지!), 그리고 나의 아버지… 아버지.

아버지는 낭만을 위해 바다로 나가지 않는다. 살랑거리는 바닷바람이 좋아서도 아니다. 동료들의 허풍선이가 듣기 좋아서도 아니다. 물보라가 그리워서 갈매기가 보고파서 가는 것도 다 아니다. 살기 위해서 돈 한 푼이라도 벌기 위해서 바다로 간다. 내 고향 완도를 등지고 제주를 지나 추자도 먼 바다까지, 뺨을 치는 파도를 뚫고, 옥죄는 회오리 거센 비바람을 헤집고서. 아버지… 지금쯤 아버지는 어느 망망한 바다에서 '진짜' 칼바람에 잘 펴지지도 않는 곱은 손으로 주낙 낚시 바늘에 새우를 하나하나 끼우고 계시리.

나는 하루도 빠짐없이 일기예보를 듣고 보고 확인한다. 내일 비가 올까 눈이 올까, 우산을 가지고 가야 하나 말아야 하나가 궁금해서가 아니다. 오늘, 아니, 내일엔 파도가 몇 미터로 칠까, 바람은 초속 몇 미터로 불까, 혹시 돌풍이 불고 태풍이 올라오지는 않나 하는 게 궁금해서 매일 일기 예보를 듣고 본다. 바로 우리 아버지가 아주 먼 바다에 나가 계시기 때문이다. 우리 아버지가….

제1부 나, 인간, 세계 **133**

"Cyworld Fever"

(임주원)

난 지금 싸이월드 열병에 걸려있다. 이건 마치 도저히 끊을 수 없는 마약과 같고 벗어나려고 하면 더 깊이 빠져드는 늪과 같다.

싸이월드는 아는 사람은 이미 잘 알고 있는 인터넷 커뮤니티다. 여기에 가입하면 자신의 미니 홈페이지를 꾸밀 수가 있다. 난 사실 만사를 귀찮아 하는 사람이라 이런 홈페이지를 꾸미는 사람을 이해할 수가 없었다. 더군다나 이런 데에 열을 내고 열심히 하는 사람을 참 한심하게 보았다. 그러다 갑자기 한 번 그곳에 발을 들이게 된 후부터 정말 하루에 최소한 1시간 이상을 마치 인터넷 중독자처럼 싸이월드에서 헤매 다닌다.

싸이월드에는 친한 사람끼리 '1촌'이라는 것을 맺는다. 그 일촌 맺은 사람은 홈페이지가 연결되어 있다. 그리고 그 사람의 홈피를 통해 그의 다른 일촌들의 홈피까지도 건너갈 수 있다. 그러다 보면 정말 온갖 사람들의 홈피에 다다르게 된다. 심지어 사람 찾기를 통해서 잊고 있었던 초등학교 동창들한테 연락이 오기도 하고 옛사랑을 찾기도 한다. 이런 점은 참 좋다. 그러나 또한 싸이월드 때문에 깨지는 커플도 여럿 보았다. '싸이월드 비밀'이란 것은 전혀 존재하지 않기 때문에 자칫하다가는 연인한테 한 거짓말이 들통 나서 다 깨지게 마련이다. 나도 사람 찾기를 통해 옛날에 좋아했던 사람을 찾아 몰래 혼자 보고 나오고, 그 사람이 요즘 뭐하고 사는지 사진들과 심지어 그 사람의 여자 친구랑 친구들의 사진까지 보고 나오고, 옛날 친구들의 홈피를 기어코 찾아내어 사진을 구경하며 돌아다니기도 한다. 이러다 보면 시간이 정말 후딱 지나가고 날이 새고 어느새 동이 터온다. 밤새 컴퓨터 앞에 있다가 날이 환해지는 것을 보고 있노라면 나 자신이 이토록 한심할 수가 없다. 그런데도 항상 컴퓨터 앞에 앉아서 싸이월드를 하고 있다. 지금도 과제를 하러 컴퓨터를 켰다가 싸이질만 죽도록 했다. 미쳤다!! 이걸 언제 그만 둘 수 있을까?

그러나 나는 또 싸이월드로 가야 한다. 나를 유혹하는 그곳으로. 아….

서울로 올라가야겠네"

(신은정)

중간고사가 끝나 오랜만에 집에 왔지만 다시 서울로 갈려니 아쉽다.

난 다시 서울로 올라가야겠네, 그 삭막한 서울로, 그 도시로.
필요한 건 오직 버스 한 대와 학교로 안내해 줄 지하철 한 량.
버스의 경적과 사람들의 외침, 흔들리는 지하철
그리고 서울의 회색 빛 스모그, 동터 오는 회색 빛 새벽뿐.

난 다시 서울로 올라가야겠네. 대학교 강의실이 부르는 소리
세차게 또렷이 들려와 차마 거절할 수가 없네.
필요한 건 오직 높은 콘크리트 언덕에 적응된 튼튼한 다리
무거운 가방과 나오는 한숨, 빡빡한 시간표뿐.

난 다시 서울로 올라가야겠네, 분주한 대학 생활로.
피 묻은 칼 같은 학점, 날아오는 학사경고, 유랑의 길로
필요한 건 오직 한 줌의 후회와 위로될 만한 얘기 한 토막
오랜 방황 끝낸 뒤 새로운 마음가짐과 독한 결심뿐.

모작(模作) 둘   "산(山) 열병"

(박지혜)

난 다시 산을 올라야 한다오, 그 고요한 산과 그 푸른 하늘로,
필요한 건 오직 잘 맞는 운동화와 작은 생수통 하나.
건강한 육체와 바람의 노래, 그리고 흩날리는 손수건
그리고 어스름한 산안개, 어슴푸레 트여오는 새벽하늘뿐이라오.

난 다시 산을 올라야 한다오, 넘실대는 나뭇잎들이 부르는 소리
미칠 듯이 그리고 또렷이 들려와 차마 저버릴 수가 없다오.
필요한 건 오직 구름 한 점 없는 파란 하늘의 쾌청한 날과,
이슬 머금은 풀잎들과 향긋한 나무내음, 흙내음, 산새의 지저귐뿐

난 다시 산을 올라야 한다오, 정처 없이 떠도는 방랑자처럼
울창한 나무 숲 사이로 곧게 뻗은 주인 없는 길로
필요한 건 오직 흥얼대는 콧노래 소리,
그리고 정상에서의 환희와 내리막길의 뿌듯함뿐이라오.

장진주(將進酒)

- 이백(李白)

君不見(군불견) 黃河之水天上來(황하지수천상래)
　　　　　　　奔流到海不復回(분류도해불부회)
君不見(군불견) 高堂明鏡悲白髮(고당명경비백발)
　　　　　　　朝如靑絲暮成雪(조여청사모성설)
人生得意須盡歡(인생득의수진환) 莫使金樽空對月(막사금준공대월)
天生我材必有用(천생아재필유용) 千金散盡還復來(천금산진환부래)
烹羊宰牛且爲樂(팽양재우차위락) 會須一飮三百杯(회수일음삼백배)
岑夫子 丹丘生(잠부자 단구생) 進酒君莫停(진주군막정)
與君歌一曲(여군가일곡) 請君爲我傾耳聽(청군위아경이청)
鐘鼓饌玉不足貴(종고찬옥부족귀) 但願長醉不用醒(단원장취불용성)
古來聖賢皆寂寞(고래성현개적막) 惟有飮者留其名(유유음자류기명)
陳王昔時宴平樂(진왕석시연평락) 斗酒十千恣歡謔(두주십천자환학)
主人何爲言少錢(주인하위언소전) 徑須沽取對君酌(경수고취대군작)
五花馬(오화마) 千金裘(천금구)
呼兒將出換美酒(호아장출환미주) 與爾同銷萬古愁(여이동소만고수)

Chiang Chin Chiu[2)]

- Li Po

See the waters of the Yellow River leap down from Heaven,
Roll away to the deep sea and never turn again!
See at the mirror in the High Hall
Aged men bewailing white locks—
In the morning, threads of silk,
In the evening flakes of snow.
Snatch the joys of life as they come and use them to the full;
Do not leave the silver cup idly glinting at the moon.
The things that Heaven made
Man was meant to use;
A thousand guilders scattered to the wind may come back again.
Roast mutton and sliced beef will only taste well
If you drink with them at one sitting three hundred cups.
Great Master Ts'etien, Doctor Tan-ch'iu,
Here is wine, do not stop drinking
But listen, please, and I will sing you a song.
Bells and drums and fine food, what are they to me
Who only want to get drunk and never again be sober?
The Saints and Sages of old times are all stock and still,
Only the might drinkers of wine have left a name behind.
When the prince of Ch'een gave a feast in the Palace of P'ing-lo
With twenty thousand gallons of wine he loosed mirth and play.
The master of the feast must not cry that his money is all spent;
Let him send to the tavern and fetch
wine to keep our tankards filled.
His five-flower horse and thousand-guilder coat—
Let him call the boy to take them along
and pawn them for good wine,
That drinking together we may drive away
the sorrows of a thousand years.

---

2) 인터넷에 올라와 있던 「장진주」의 영문번역. 하지만 세월이 너무 흘러 다시 출처와 역자의 이름을 찾을 길이 없음.

장 진 주³⁾

- 이 백

황하의 강물이 하늘에서 콸콸 내려와
깊은 바다로 굴러가서 다시는 돌아오지 않음을 아는가!
높은 저택 거울에 비친,
백발을 못내 슬퍼하는 노인들을 보라—
아침에는 비단 실,
저녁에는 눈발.
인생의 기쁨들 오는 대로 낚아채어 마음껏 이용하게'
은 술잔 하릴없이 달빛에 반짝이게 내버려두지 말게.
하늘이 만든 모든 것은
인간 용도였던 것을'
바람에 흩어진 천금도 다시 돌아오게 마련.
구운 양고기 저민 쇠고기도
그에 곁들여 한 자리 삼백 잔은 들이켜야 제 맛.
잠 대 사부, 단구 선생,
술 받게, 술잔일랑은 놓지 말고
한 번 들어보게, 내 한 곡조 부를 터니.
종소리 북소리 좋은 음식 저것들이 다 무언가
나는 다만 술에 취해 다신 깨고 싶지 않을 뿐?
옛 성자나 현인들 다 말없이 침묵할 제,
저 위대한 술꾼들만 훗날 이름을 남겼느니.
진의 왕이 그 옛날 평락궁에서 잔치를 열었을 제
족히 사백 섬 술을 풀어
희희낙락 놀이가 흘러 넘쳤느니.
잔치 주인은 돈 다 썼다고 울상지면 안 되는 법'
그 님을 주막 보내 술 가져오라 하소
술통마다 그득그득 채우도록.
그의 오색 화-마(花馬)와 천-냥 갑옷—
아들놈 불러 그것 가져가 저당 잡히고 좋은 술 바꿔오라 하소
술과 더불어 우리 천 년 근심 쫓아보리니.

---

3) 이는 앞에 있는 영시를 번역한 것임.

이야기 하나

"맨 땅에 헤딩!"

'이 백,' 참 멋지고 매력 있는 사람이지 않은가! 술 한 잔에 노래 한 수라! 그래도 참 슬픈 사람이었나 보다. '천년 근심을 술로 쫓는다' 하니. 오죽했으면… 이 서울에는 이 백 같은 사람이 몇이나 될까? 족히 이백만은 되지 않을까? 대한민국에는 천만 명, 왜 그리 되었을까?

우리나라 사람처럼 술 잘 마시는 사람이 없다고 한다. 어느 티브이 프로에서 본 술꾼들의 웃지 못할 우스운 장면 장면들이 생각난다. 대학가에서도 술 잘 먹기로 소문난 이 동네에서도 심심찮게 목격하는 장면들이다. 추위에 벌벌 떨면서도 윗도리를 몽땅 벗어 젖힌 채 상반신 알몸으로 어깨동무를 하고 빙글빙글 돌면서 목이 터져라 구호를 외치고 노래를 부르는 청년들! 이 백은 술에 취했을 때 어떤 행동을 했을까? 그 분도 이렇게 웃지 못할 우스운 장면을 연출했을까?

이따금 술을 먹거나 술에 관한 얘기, 술 취한 얘기를 하다가 내심 '자랑도 아닌 자랑' 하나를 늘어놓고는 한다. 그 일은 한 7년 전 술에 취하여 일어난 정말 웃지 못할 '아픈' 사건이다.

어느 종강파티. 오랜만에 마음이 통하는 술꾼들이 총 집합한 자리였다. 아줌마, 아저씨, 총각, 처녀 할 것 없이 도무지 집에 갈 생각은 않고 자리가 바뀌는 곳마다 그곳이 마치 집인 양 편안하게 둘러앉아 마냥 즐거이 '부어라 마셔라'를 연발하고 있었다. 저녁 여섯 시도 안돼서 시작된 술자리는 여기저기를 거쳐 다섯 번째 장소로 이동하고 시간은 다음 날 새벽 네 시로 치닫고 있었다. 그때 난데없는 사건이 터진 것이었다. 나는 화장실에 갔고, 화장실이 만원이었다. 급하기는 하고 기다리다가는 불미스러운 일이 일어날 것 같은 위기감마저 들어서 으슥한 '전봇대'를 찾아 비틀비틀 걸어가고 있었다. "어이구 추워" 하며 코트 깃을 추켜세우고 바지 주머니에 손을 깊

숙이 집어넣은 채 한참을 걸어가다가 갑자기 '미끈!', "쾅!" 그리고 정신을 잃었다. 깨어보니 병원 응급실이 아닌가! 옆에서 지켜보고 있던 후배한테 어떻게 된 것이냐고 물어보니, 화장실에 잠깐 갔다 온다고 나간 내가 아무리 기다려도 오지 않자 자기가 찾아 나섰고 길바닥에 웅크린 채 피를 뚝뚝 떨구며 끙끙거리고 있는 내가 보이더란다. 그렇게 술판은 끝났고 다른 사람들은 집으로, 자기는 나를 택시에 태워 급히 병원으로 왔다고…. 그리고 병원에 도착, 치료하는 과정에서 내가 담당 의사한테 말도 안 되는 소리들을 지껄이며 강짜를 부렸다는 등 어쨌다는 등 하는 얘기들… 치료를 받고 아침에 병원 문을 나오면서 보았던 거울에 비친 내 모습…. 정말 볼 만(?) 했다.

사건의 내막을 정리하면 대충 이랬다. 호주머니에 손을 집어넣은 채 걷다가 빙판에 미끄러져 미처 손을 빼지도 못한 채 얼굴로 시멘트 바닥을 박은 것. 소위 "맨 땅에 헤딩!"이었다.

그리고 그 후로 겨울에는 항상 주머니보다 장갑을 챙기는 버릇이 생겼다.

이야기 둘

"소주가 있는 저녁 풍경"

(최윤희)

내게 있어 술이 있는 가장 아름다운 장면은 종종 있는 우리 집 저녁식사 풍경이다. 그다지 넓지 않은 거실에 신문지 대여섯 장 펼쳐 놓는다. 그리고 온가족이 뺑 둘러 앉아 불판위에 삼겹살을 구워먹는다. 그리고 그곳에 늘 빠지지 않는 것은 아버지와 어머니의 소주잔이다. 소주가 있는 저녁 풍경은 아버지, 어머니의 과거와 현재와 미래를 볼 수 있는 타임머신과 같다. 어렵게 시작한 아버지와 어머니의 신혼일기에서부터 삼남매가 자라난 과정들, 이웃이야기, 세상 돌아가는 이야기, 앞으로의 계획들로 이야기꽃을 피워나간다. 평소에는 과묵하고 무뚝뚝한 아버지도 사뭇 말문을 여는 때는 이런 자리다. 운이 좋으면 간혹 아버지의 생음악 "아빠의 청춘"도 들을 수 있다. 과연 소주의 힘은 실로 대단한 것이다. 아버지가 삼겹살을 직접 뒤적거리며 익혀서 "어여 먹어라"고 손수 챙겨주실 때만큼 무언의 가슴 뭉클한 부정(父精)을 느낀 적도 없다. 아버지 한잔, 어머니 한잔 서로 주거니 받거니, 과하지도 않게 부족하지도 않게 누가 정한 것도 아니지만 두 분의 정량은 언제나 소주 한 병이다. 그 소주 한 병에 부모님은 마치 구름 위에서 신선놀음 하듯 세상을 초탈한 평온한 표정을 지으신다. '이 다음에 우리 삼남매가 돈 많이 벌면 아버지 어머니께 무엇을 제일 먼저 해드릴까요?' 라고 물으면 늘 대답은 한결 같다. "아빠, 엄마는 아무 것도 바라지 않아. 그래도 너희들이 정 무엇을 해주고 싶다면, 아빠, 엄마 집에 찾아올 때 술이랑 고기만 사들고 오니라잉~." 정말 소탈하고 욕심 없이 사시는 나의 부모님. 내가 한 해 두 해 나이를 먹어갈 때 나도 모르는 사이에 부모님은 주름과 흰머리가 눈에 띄게 부쩍 느셨고, 365일 약봉지를 달고 사는 날이 그렇지 않은 날보다 많아졌다. 벌써 두 번이나 허리 수술을 하신 아버지는 고질병 허리디스크가 다시 도져 요즘에는 어머니 도움이 없이는 혼자 머리도 감지 못하신단다. 어머니도 만성두통으로 늘 힘겨워하시고. 두 분의 좋은 피만 빨아먹고 살았던 나는 먼 타지에서 간절한 기도와 안부전화만 할뿐 아무 것도 해줄 수 없는 무력감에 조용히 눈물만 훔칠 뿐이다. 뭐하나 제대로 하지 못하는 나는 정말 바보 멍청이다.

"강촌"

예전 '비둘기호'를 타고 '강촌'에 갔던 생각이 난다. 때는 1988년 10월 1일, '88 서울 올림픽'이 막바지에 이를 무렵 우리는 강촌으로 M.T.를 갔다. 산기슭의 삼악산장, 아직도 거기 그대로 있는지 모르겠다. 하룻밤을 보내고 산장 윗길로 삼악산을 넘어 구곡폭포든가 등선폭포든가 하는 폭포 쪽으로 산을 오르내렸는데, 30여 명의 친구들 중에서 내가 제일 먼저 산 정상에 올랐다. 그리고 거기서 내려다 본 춘천 쪽 정경! 거대한 호수를 중심으로 한없이 펼쳐진 주변 풍경, 산이 그리 좋고 물이 그리 좋고 모든 것이 그렇게 조화를 이룬 풍경은 난생 처음이었다. 바다와는 분명 다른 무언가가 있었다. 바닷가에서 스무 해를 살면서도 그런 마음은 느껴보지 못했는데, 그때는 정말 그 호수에 풍덩 뛰어내리고 싶을 정도였다. 하산해서 만난 포천 막걸리, 그렇게 맛좋은 술이 있을 줄이야! 정상에서 느낀 그 기쁨과 설렘이 막걸리 속으로 들어갔으리라. 차비만 남겨놓고 벌인 술상, 안주는 빙어 튀김과 감자전… 그런데 술이 부족했다. 아쉬움에 입맛만 다시다가, 벌건 대낮이라 그런지 여학생들이 건배만 하고 술잔을 그냥 내려놓는 것을 보았다. 바로 그거였다. "내가 먹어도 되니?" "이리 줘" "이야!" 그러면서 열 댓 명 여학생들의 술잔을 하나하나 남김없이 다 비웠다. 그리고 강촌역에서 기념 촬영을 하고 서울의 전철 같이 생긴 "비둘기호"를 타고 서울로 돌아 왔다. 오는 길에 창문을 열고 차창 밖으로 막걸리, 감자전, 빙어튀김이 짬뽕된 뭔가를 쏟아내면서…. 담배를 피우지 않았던(?) 내가 담배를 하늘 향해 꽂아 물고 다리를 꼰 채 강촌 역 어느 난간에 기대어 찍은 사진은 "난 절대 담배 안 피웠어"라는 내 주장을 잔인하게 묵살시켜 버렸다.

지금은 대구에서도 서울에서도, 전국 방방곡곡에서 '포천' 막걸리를 만들어서 판다고 한다. 한국에도 고속철로가 놓여 초고속 열차가 운행되고 있는데, 아직도 그때의 그 느리고 지저분하고 시끌벅적했던 "비둘기호"가 다니는지 모르겠다. 아마 다시는 비둘기호를 타고 강촌에 갈 수는 없겠지? 아무리 고속열차 안에 호텔 같은 시설을 갖춘들, 비둘기호의 그 낭만을 따라갈 수 있을까?

"Blue"

(조성민)

Blue

밤의 정적을 깨는 전화벨 소리. 그의 이름이 찍혔다. 잘못 본 건 아닌지 한참 전화기에 찍힌 이름을 보고 있었다. 그의 이름이 분명했다. 심장이 요동쳤다. 손이 마구 떨렸다. 혹시나 끊어질까 전화기를 조심스레 연다. 온몸의 기가 빠져나가는 듯했다. 하마터면 전화기를 놓쳐버릴 뻔했다. 온 힘을 다해 전화기를 거머쥐고 있다.

'나야.' 전화기 저편에서 그의 목소리가 들렸다. 9개월 만에 듣는 그 사람의 목소리였다. 떨리는 내 목소리를 그가 눈치 챌까봐 전화기를 막은 채 큰 숨을 한 번 내쉬어본다.

'잘 지내니?' 뜨거운 눈물이 소리 없이 흘렀다.

'응.'

한 마디 대답밖엔 아무 말도 생각나지 않는다. 그의 목소리는 술에 절어 있었다. 그가 먼저 전화를 끊었다. 전화가 끊겼다는 걸 알면서도 한동안 전화기를 덮을 수가 없었다. 그의 입김이 전화기에 그대로 남아 있는 듯했다. 그의 전화가 너무나 고맙고도 고맙다. 술 취한 그의 목소리가 많이 아프다. 그는 술을 좋아하지 않는 사람이다. 어느 누구와 술자리를 해도 취한 모습을 절대 보이지 않는 그다. 다만 힘이 들 땐 취할 때까지 술을 마신다. 취해서야 내게 전화를 한다. 한없는 눈물이 흐른다. 그 사람의 목소리가 귓가를 떠나지 않는다. 떨어지는 눈물 속에도 그가 보인다. 가슴 저린 행복으로 그가 또다시 나를 뒤흔들어 버린다. 온통 그의 생각뿐이고 너무나도 절실히 그가 그립다. 얼마간은 그 때문에 또 아플 것 같다. 아무리 오랜 시간 아파도 이 가슴 저린 행복을 잃고 싶지는 않다.

그의 냄새가 좋았다. 향수를 쓰지 않는 사람인데, 꼭 그 사람한테만 나는 냄새가 있었다. 딴 사람한테 나는 담배 냄새는 역했지만 그 사람 입술에서 나는 담배 냄새는 고소했다. 담배 피는 모습도 멋있었다.—그래서 굳이 끊으라고 하지 않았다. 그 냄새 때문에 그가 생각났고, 그리웠다.

스산한 어느 날, 얇게 입고 온 나를 위해 잠바를 빌려줬다. 그 잠바에서 그의 냄새가 났다. 그날 밤 잠바를 안고 잠을 잤다. 그에게 옷을 돌려주기가 싫었다. 그렇게라도 냄새를 남기고 싶었기 때문이었다. 흔적 없이 사라진 그의 흔적들을 떠올려본다. 냄새밖에 떠오르는 것이 없다. 문득 겨울 냄새와 비슷한 것 같기도 하다. 겨울에 들어서 그의 냄새를 많이 느낀 것 같다. 두터운 옷을 끌어당기며 겨울을 느껴본다.

"술을 마시게 된다"

(최지만)

술! 난 사실 술을 잘 마시지 못한다!
그래도 꼭 술을 마시게 된다.
좋은 일이 있을 때 술을 마신다.
나쁜 일이 있을 때 술을 마신다.
축하할 일이 있을 때 술을 마신다.
친해지기 위해 술을 마신다.
고백하기 위해 술을 마신다.
그리운 그 사람을 잊기 위해 술을 마신다.
속이 상할 때 술을 마신다.
누군가 보고 싶을 때 술을 마신다.

울적하면, 비가 올 때면, 피로에 지쳤을 때, 한없이 외로울 때, 마음이 아
플 때, 화가 날 때, 이별했을 때, 반가운 사람을 만나면, 스트레스 받으면,
울고 웃기 위해 술을, 그냥 술을 마신다.

그렇게 난 인생에게 매번 술을 사준다.
그런데 웬 일인지 이놈의 인생은 내게 단 한번 술을 사주지 않았다.

그래도 이제, 지쳐가는 나에게 술 한 잔 사주려 한다.
어떤 술을 사줄까?
좀 쓰지만 기분 좋아지는 술?
쓰고 독하고 나를 잊고 싶은 술?
달콤하지만 나중에 정신없이 취해버리는 술?
어떤, 어떤 술을 사줄까?

상상 하나

"논개"

(김지우)

이 시를 읽으면서 이렇게 "술을 가져오라, 술을 가져와!" 하며 연회에 정신이 팔려 있을 사람이 누굴까 생각해 봤다. 답은 의외로 쉽게 나왔다. 왜장 게야무라 로구스케(毛谷村六助)가 바로 그 주인공이었다. 1592년 임진왜란이 일어나 5월 4일에 이미 서울을 빼앗기고 진주성만이 남았을 때 왜병 6만을 맞아 싸우던 수많은 군관민이 전사 또는 자결하고 마침내 성이 함락되자 왜장들은 촉석루(矗石樓)에서 주연을 벌였다. 기생으로서 이 자리에 있던 논개가 술에 취한 왜장 게야무라를 보면서 어떤 생각을 떠올렸을까? 논개의 심정을 헤아려보려고 노력했다.

그래 더욱 부어라, 부어 마셔라. 마시고 모든 의심을 이 술잔에 모두 담아 나와 함께 이 가락지로 자물쇠 채워 여기 촉석루 아래 바위 위에서 검푸른 바다 속으로 우리 몸을 담그자.

너의 술 한 모금이 우리 조국에 광명을 줄 것이요, 너의 빈 잔이 우리 백성에게 찬란한 태양 빛을 줄 것이다. 부족하다면 천리 먼 길에서도 술통을 날라 올 테니, 너는 계속 부어라.

그리고… 이 밤 지나면 승전 기념 주연도 끝날 테니 너는 인색하게 술을 아끼지 마라. 술로 달궈진 네 몸둥아리를 내 품 안에 넣어 검푸른 남강 물보다도 차갑게 식혀 줄 테니 너는 걱정 말고 네 잔에 술을 더 채워 넣어라.

내 열 마디마디마다 끼운 가락지가 너의 몸을 붙들어 넓고 깊은 강물 어디로도 흘러내려가지 못하게 너를 붙잡아 놓을 테니 너는 걱정 말고 네 온몸 가득 독한 술로 채워 그때를 기다려라.

1593년 7월 7일 儀岩 논개

Negro

- Langston Hughes

I am a Negro:
> Black as the night is black
> Black like the depths of my Africa.

I' ve been a slave:
> Caesar told me to keep his door-steps clean.
> I brushed the boots of Washington.

I' ve been a worker:
> Under my hand the pyramids arose.
> I made mortar for the Woolworth Building.

I' ve been a singer:
> All the way from Africa to Georgia
> I carried my sorrow songs.
> I made ragtime.

I' ve been a victim:
> The Belgians cut off my hands in Congo.
> They lynch me still in Mississippi.

I am a Negro:
> Black as the night is black,
> Black like the depths of my Africa.

깜둥이

- 랭스턴 휴즈

나는 깜둥이다:
밤이 까맣듯 까맣다
내 아프리카 오지처럼 까맣다.

나는 노예였다:
시저는 내게 문간 층층대를 닦으라고 말했다.
나는 워싱턴의 군화를 닦았다.

나는 일꾼이었다:
내 손아래서 피라미드들이 솟아났다.
나는 울워쓰 빌딩을 세울 회반죽을 했다.

나는 가수였다:
아프리카에서 조지아 주로 가는 길 내내
나는 내 슬픈 노래들을 날라 왔다.
나는 랙타임을 만들었다.

나는 희생자였다:
벨기에 인들이 콩고에서 내 손을 잘랐다.
그들은 아직도 미시시피에서 나를 폭행한다.

나는 깜둥이다:
밤이 까맣듯 까맣다,
내 아프리카 오지처럼 까맣다.

I Know Why the Caged Bird Sings

- Maya Angelou

A free bird leaps

on the back of the wind

and floats downstream

till the current ends

and dips his wings

in the orange sun rays

and dares to claim the sky.

But a bird that stalks

down his narrow cage

can seldom see through

his bars of rage

his wings are clipped and

his feet are tied

so he opens his throat to sing.

The caged bird sings

with fearful trill

of things unknown
but longed for still
and his tune is heard
on the distant hill
for the caged bird
sings of freedom.

The free bird thinks of another breeze
and the trade winds soft through the sighing trees
and the fat worms waiting on a dawn-bright lawn
and he names the sky his own.

But a caged bird stands on the grave of dreams
his shadow shouts on a nightmare scream
his wings are clipped and his feet are tied
so he opens his throat to sing.

The caged bird sings
with a fearful trill
of things unknown
but longed for still
and his tune is heard
on the distant hill
for the caged bird
sings of freedom.

나는 새장의 새가 노래하는 이유를 알고 있다

- 마야 앤절루

자유로운 새는 뛰어 올라
바람의 등을 타고
기류가 끝날 때까지
하류로 떠내려가다가
오렌지 빛 햇살에
날개를 적시고는
감히 하늘의 주인을 칭한다.

그러나 제 좁은 새장
버팀대에 내려앉은 새는
제 분노의 창살 밖을
거의 보지 못한 채
날개 잘리고
발이 묶여서
목 놓아 노래한다.

그 새장의 새는
무시무시한 떨림으로

모르지만 언제나 갈망했던
것들에 대해 노래한다
그래서 그의 곡조는
먼 산에서도 들린다
그 새장의 새는
자유에 대해 노래하니까.

자유로운 새는 생각한다 또 다른 미풍과
한숨 쉬는 나무들을 지나오는 따스한 무역풍과
새벽빛 밝은 잔디에서 대기하고 있는 살찐 벌레들을
그리고 그는 하늘을 자기 것으로 명명한다.

그러나 새장의 새는 꿈들의 무덤에 서 있다
그의 그림자는 악몽의 비명을 연달아 질러댄다
날개 잘리고 발이 묶여서
목 놓아 노래한다.

새장의 새는
무시무시한 떨림으로
모르지만 언제나 갈망했던
것들에 대해서 노래한다
그래서 그의 곡조는
먼 산에서도 들린다
새장의 새는
자유에 대해 노래하니까.

이야기 하나
"쟨 뭐니?"

(김수연)

차별받는 기분은 그걸 당해보는 사람만이 안다. 대한민국 천지에서 우리 집만큼 사람 차별하는 곳이 또 어디 있을까? 내가 받는 차별의 슬픔은 아침부터 시작된다. 우리 엄마는 나를 깨울 때 방문을 활짝 열어젖히고 딱 한마디 하신다. "야~ 일어나!" 하지만 내 동생을 깨울 때는 정반대다. 이불 속에 들어가서 일단 어깨를 주무른다. 그리고 한껏 애교 있는 목소리로 "아들아~ 일어나야지~~♡" 정말 못 봐주겠다. 이뿐만이 아니다. 식사 시간에는 집에 있는 온갖 맛있는 반찬을 내 동생 앞에 놓는다. 미치겠다. 이것만이 아니다. 학교 끝나고 집에 가면 나보고는 "왔니? 청소기 좀 밀어라" 이런다. 그런데 내 동생보고는 "피곤하지? 뭐 먹고 싶니?" 젠장, 나도 피곤해 죽겠는데….

어제 난 또 하나의 차별을 당했다. 어제 친구들이랑 놀다가 조금 늦게 들어갔었다. 혼날까봐 난 동생이 집에 가는 시간에 맞춰 동생이랑 같이 들어갔다. 예상했던 대로, 엄마는 문을 열어주면서 나를 막 째려봤다. 헉! 그런데 이게 웬일인가. 내 동생 보고 하는 한마디, "쟨 뭐니? 얘, 너만 들어와라."

우리 엄마의 차별을 늘어놓자면 정말 한도 끝도 없다. 난 정말 주워온 애 같다. 그렇기 때문에 난 흑인뿐만 아니라 세상의 모든 차별받는 이들에게 연민의 감정이 아주 많다. 차별받는 이 서러움, 누가 알아주리….ㅜ_ㅠ

이야기 둘

"엄마는 권사님"

(김은혜)

나는 우리 집에서 막내다. 딸 부잣집 막내. 어쩌다가 이렇게 많은 딸을 낳게 되었는지 귀에 못이 박히도록 들었지만 언제나 내겐 미스터리다. 고등학교를 졸업하자마자 '띠 동갑'인 아빠를 만나 짧지만 불타는 연애 끝에 결혼한 엄마는 청춘과 열정을 다 바쳐가며 우리 가정을 일구어 내셨다.

셋방살이부터 시작해서 아빠가 사업을 이루기까지 엄마는 남모르게 많은 어려움과 슬픔을 겪었으리라. 그런 마음속의 괴로움을 나름대로 해소하는 방법 중 하나가 교회에 나가는 거였다. 물건 사재끼는 것이나 무도장에 드나드는 것보다는 훨씬 건설적인 스트레스 해소 방법인데다가 '권사'라는 감투까지 쓰셨기에 우리 가족은 엄마가 신실한 기독교인이라 믿었고, 가족을 위해 일요일에도 교회에 나가 열심히 기도하실 엄마를 생각하며 마음 한구석이 든든하고, 감사했다.

내가 초등학교 6학년 때, 아빠 사업이 매우 잘되던 터라 좀 더 큰집으로 이사를 가게 되었다. 나는 꿈에 그리던 2층집에다 작지만 내 방을 갖게 된 것이 너무 좋았고, 아빠도 널찍한 마당에 자기만의 정원을 가꿀 수 있어서 좋아하셨다. 엄마는 햇빛이 잘 들어 환한 게 너무 좋다고 하셨다. 온가족이 나름의 이유를 갖고 한마음으로 기뻐했고, 이사한 후로 한동안 나는 신이 나서 내방에 윤상 브로마이드를 붙이네, 피아노 커버를 새로 사네 하면서 호들갑을 떨고 방바닥을 매일 닦고 또 닦았다.

어느 나른한 일요일 오후 1시쯤이었던 것 같다. 소파에서 졸고 있던 나는 새로 옮긴 교회에 갔다 돌아와 아빠에게 투덜거리는 엄마의 목소리를 들었다. "이 교회는 도대체 성도들이 왜 이리 힘이 없나 몰라. 찬송을 어찌나 모기소리만 하게 하는지들 원. 난 화통 삶아 먹은 듯이 우렁차게 한바탕 불러야 속이 시원한데 말이에요. 신나는 찬송을 왜들 그렇게 부르나 몰라. 버스타고 다니더라도 옛날 다니던 교회로 다시 갈까봐." 숨죽여 듣고 있던 나는 터져 나오는 웃음을 참느라 입을 막아야했다. 엄마에게 권사직분을 준 목사님이 엄마가 열심히 교회에 다니셨던 진짜 이유를 알면 권사자리 도로 무르라고 하실 거라 생각하면서 어이없이 웃었다.

그땐 그렇게 웃고 말았는데, 지금 생각해 보면 다른 사람들 목소리에 숨어 은근슬쩍 시끄럽게 찬송하는 것을 자기 나름의 카타르시스로 삼았을 엄마가 참 가련하고 귀엽기도 하다. 아침 일찍 일어나 도시락 7개씩 싸고, 집안 청소하고 빨래하고, 아빠 일 도와주는, 다람쥐 쳇바퀴 도는 듯한 삶을 평생 살아오면서 엄마는 자기 자신을 그렇게 새장 속에 가두어 두신 것 같다. 한문 선생님이 되고 싶었다던 꿈을 가슴속 깊이깊이 파묻고, 단풍구경 벚꽃구경 가고 싶은 마음속 날개를 모두 꺾어버리고, 엄마는 자신의 발에 전족을 한 채 새장 속에 스스로를 가둬놓고 살아온 것이다. 하도 꾹꾹 누르고 참아 와서 얼음처럼 딱딱하게 굳어버린 가슴속 한을 열심히 교회에 나가 목청껏 찬송가 부르는 것으로 조금씩 녹여온 것은 아닌지.

미련하고 답답하다는 것이 엄마에 대한 변함없는 나의 생각이다. 왜 스스로를 가두고, 바보처럼 위안하면서 사는 것인지. 나는 절대로 엄마처럼 살지 않을 것이라고 다짐하고 또 다짐한다. 하지만 엄마의 찬송가 소리를 들을 때마다 내 마음속에 밀려오는 알 수 없는 느낌을 거부할 수가 없다. 갈망한다는 것의 아름다움, 가슴깊이 바라는 것의 아름다움을 느끼면서 엄마가 한없이 예뻐 보이는 것이다. 이미 쟁취했을 때보다 기다리고 희망할 때의 가슴 벅찬 소중함이 내 무딘 감각에도 전해져, 마치 엄마가 인생의 모든 번뇌를 초월해 해탈의 경지에 올라 여신으로 변한 것처럼 느껴지는 것이다.

새장 속에 갇힌 새가 노래하는 이유를 나는 잘 모른다. 그렇지만 그것이 적막을 깨고 멀리까지 아름답게 퍼져나가는 이유는 조금 알 것 같기도 하다.

4. 삶과 죽음, 그리고 삶

오늘은 아주 죽기 좋은 날이다.
모든 생명체가 나와 조화를 이루고 있다.
온갖 소리가 내 안에서 합창한다.
온갖 미(美)가 다가와 내 눈에서 쉬고 있다.
오늘은 아주 죽기 좋은 날이다.
내 땅은 나를 둘러 평화롭다.
내 밭들도 마무리 쟁기질되었다.
내 집은 웃음이 가득하다.
내 아이들도 돌아왔다.
그래, 오늘은 아주 죽기 좋은 날이다.

- 낸시 우드의 「오늘」 전문

After Work

- Gary Snyder

The shack and a few trees

float in the blowing fog

I pull out your blouse,

warm my cold hands

on your breasts.

you laugh and shudder

peeling garlic by the

hot iron stove.

bring in the axe, the rake,

the wood

we'll lean on the wall

against each other

stew simmering on the fire

as it grows dark

drinking wine.

일과 후

- 게리 스나이더

오두막과 나무 몇 그루
흐르는 안개 속에 떠있다

나는 당신의 블라우스 헤치고,
내 언 손을 녹인다
당신 가슴에.
당신은 웃으며 바들거린다
뜨거운 철 난로 옆에서
마늘을 까다가.
도끼, 갈퀴,
나무나 들여놔요

우린 벽에 기대리
서로 등 맞댄 채
찌개는 화롯불에서 지글지글
진국 우러나면
술 한 잔.

"I am You"

(권민선)

　며칠 전에 커피숍에 가서 한 두 시간 동안 친구와 수다를 떨었다. 그곳에서 친구와 나눈 얘기는 전혀 기억나지 않지만 그 커피숍에 있던 예쁜 커피잔이 기억에 남는다. 예쁜 찻잔과 쿠키를 담아주던 특이한 그릇들이 이상하게 무척이나 갖고 싶었다. 엄마들처럼 이제 내게도 그릇 욕심이 생겼나보다. 얼마 전부터 인테리어 사이트에 가입하여 예쁘게 집 꾸미기, 가구 리폼하기 등에 관심을 가지면서 나만의 파라다이스를 설계하고 있다.

　달그락 소리를 내는 예쁜 식기들, 앉아서 따뜻한 커피를 마시고픈 벨벳 소파, 금방이라도 뛰어들고 싶은 하얀 캐노피가 달린 공주풍의 푹신한 침대, 그리고 겨울이 다가오는 요즘 같은 때엔 따뜻한 벽난로와 사랑하는 사람…. 어쩌면 이런 것들을 가지기 위해 지금 내가 공부하고 있다는 생각도 든다. 스무 살이 갓 넘었을 때는 나만의 개성이 가득 담긴 혼자 사는 자취방을 갖고 싶었지만, 이제는 사랑하는 사람과 함께 살 따뜻한 가정에 대한 로망이 더 크다.

　소설 『폭풍의 언덕』에 이런 구절이 나온다. "Nelly, I am Heathcliff— He is always in my mind—not as a pleasure, any more than I am always a pleasure to myself—but as my own being." 캐서린은 히스클리프가 곧 자기라고 말하고 있다. 내 자신이 언제나 나의 기쁨이 아닌 것처럼 그도 언제나 나의 기쁨은 아니지만 그가 곧 나라고 말한다. 나 자신보다 더 나 같은 존재라고 말한다. 진정한 사랑은 'I am You'가 되는 것이라는데 요즘 들어 난 그게 매우 어렵다는 것을 몸소 느끼고 있다. 나와 다른 생각을 하고, 다른 걸 좋아하는 그 사람을 그대로 인정하는 건 쉬울지 모르나 그 사람이 좋아하는 것을 나도 완벽히 좋아하기란 정말이지 쉽지 않은 것 같다. 그가 좋아하는 힙합의 가사는 내게는 유치하기 짝이 없고 많이 들으면 귀가 아플 지경이다. 10분이면 만들 음악 같다. 그래도 나는 그를 사랑한다. 그건 분명하다. 서로 다른 것을 좋아해서 다른 일을 하지만 하나로 어우러질 수 있는 모습이 바로 시의 정경과 같은 모습은 아닐까 하고 생각해본다. 참 어렵다….

이야기 둘

"해질 무렵"

(송우리)

나는 해가 저물어갈 무렵, 낮도 아니고 저녁도 아닌 딱 그때의 구름 빛깔과 하늘의 밝기와 공기의 내음과 온도, 잦아드는 주변의 소리들을 너무도 좋아한다. 그 분위기는 정말로 내 감성을 자극한다. 먼 산을 바라 봤을 때 해의 끄트머리가 막 사그라들어 그 주위가 오렌지 빛으로 살포시 물들어있는 모습을 보면서 학교에서 집으로 돌아오는 길에 우리 동네 아파트 단지를 걷고 있을 때보다 내 심장의 규칙적인 심박수가 평화롭고 고요할 때가 없다. 그리고 시간이 아주 약간만, 온 세상에 보랏빛 안개가 살며시 스밀 정도로 적당히 흐르면, 거대한 직육면체의 콘크리트와 시멘트로 된 상아색 박스에서 하나 둘씩 하얀 별이 뜨기 시작하면서 된장찌개의 구수한 향과 김치찌개의 알싸한 향이 내 코끝을 자극한다. 나는 그 자극을 매우 사랑한다. 막 퇴근한 아버지들이 초인종을 누르는 소리에 동동동 달려가며 "누구세요~" 하는 앙증맞은 아이들의 목소리, 그리고 뒤이어 들리는 자지러지는 듯한 아이들의 까르르 웃음소리는 내 가슴 한 쪽을 찡하게 울리면서 또 다른 쾌락을 준다. 내 폐포 하나하나에 남보랏빛 저녁 공기가 가득 차있는 순간을 즐기면서 아스팔트 위를 걷는 내 발걸음은 어느새 리듬을 타고 이제 막 켜진 가로등의 주홍빛 불빛에 바알갛게 얼굴이 달아오른 은행잎들을 올려다본다. 이 시간대에 집으로 돌아오는 그 길이 너무 좋다.

Today

- Nancy Wood

Today is a very good day to die.

Every living thing is in harmony with me.

Every voice sings a chorus within me.

All beauty has come to rest in my eyes.

All bad thoughts have departed from me.

Today is a very good day to die.

My land is peaceful around me.

My fields have been turned for the last time.

My house is filled with laughter.

My children have come home.

Yes, today is a very good day to die.

오 늘

- 낸시 우드

오늘은 아주 죽기 좋은 날이다.

모든 생명체가 나와 조화를 이루고 있다.

온갖 소리가 내 안에서 합창한다.

온갖 미(美)가 다가와 내 눈에서 쉬고 있다.

오늘은 아주 죽기 좋은 날이다.

내 땅은 나를 둘러 평화롭다.

내 밭들도 마무리 쟁기질되었다.

내 집은 웃음이 가득하다.

내 아이들도 돌아왔다.

그래, 오늘은 아주 죽기 좋은 날이다.

"상상하는 삶"

「일과 후」는 내가 학생들의 마음을 엿보고자 즐겨 시험에 내고는 했던 시다. 답안지를 제출하고 나가는 아이들이 '너무 멋지다, 시험 시간이 이렇게 즐거운 적이 없었다'고 말해주기도 했던 그 시.

내 기대대로 학생들의 반응은 실로 다양했다. 이 시에 대해 그들은 '노동자의 삶'을 그린 시로 보고 가난한 사람에게 동정을 보내는가 하면, 너무 돈이 많아 한적한 시골에 '별장'을 짓고 거기에서 한가롭게 시간을 보내는 '부자의 삶'을 상상하기도 하였다. 그리고 아마 평생 잊지 못할 추억 한 자락도 내게 선사했다. 그것은 이 시를 정말 엉큼하게 감상하여, '마늘 벗기는 상황'을 양파껍질에 비유하여 '옷 벗기는 상황'으로, '스튜 끓는 것'을 '타오르는 열정'으로, '와인 마시는 것'에서 '그 이후에 있었을지도 모를 성애'까지 상상하는 정말로 놀라운 한 학생의 해석과 감상이었다. 당시, 나는 도서관에서 채점을 하고 있었는데, 절로 북받쳐 오르는 웃음에 정말 죽는 줄 알았다. 혹시 나도 몰래 '웃음이 폭발하면 어쩌나?' 염려되어, 한 줄 한 줄 넘어가기가 얼마나 조심스러웠던지! 그 답안을 읽는데 도서관의 안과 밖을 최소 두 번은 왔다 갔다 했다. 한 번은 담배로 진정하고 두 번째는 커피와 담배로 진정하느라…. 안타까운 것은 그 답안지를 이사 다니다가 잃어버렸다는 것이다. 물론, 그런 시각을 질타라도 하듯, 어떤 여학생은 이 시에서 '남성 우월주의와 여성을 상품, 성적인 놀이개로 보는 시각'을 지적하고 비판하기도 하였다. 나는 그냥 평범한 일상, 조금 짓궂은 남편, 그래서 더욱 신선한 충격, 부러움, 평화, 동양화, 여운, 흡족함 등의 느낌들을 체험하기를 바랐는데….

아무튼, 인간의 마음에 품고 있는 생각과 상상력은 참으로 놀라운 것임에 틀림없다. 눈에 보이고 손으로 만질 수 있는 현실과 사실을 우선시하는 세상, 이 세상살이를 좀 더 멋지고 즐겁게 만드는 것은 어쩌면 저런 '엉뚱한 상상'은 아닐지? 얼굴 벌개지면서 '일부러 재밌게 쓸려고 그랬어요' 하던 그 아이가 보고 싶다.

이야기 하나
"아빠와 크리스마스트리"

(한정자)

「오늘」을 읽고 일순간에 아빠가 생각났다. 아빠! 참 오랜만에 불러보는 말이다. 아빠랑 같이 살면 하루에도 여러 번 불러볼 텐데, 4년 동안 떨어져 지내다보니 거의 불러볼 기회가 없어, 가끔 용돈 떨어져 전화할 때는 조금 어색하기까지 할 정도다. 우리 아빠는 참 엄격하신 분이어서 어렸을 적 친구들은 우리 집에 놀러와 아빠를 한 번 보면 다시는 놀러오는 법이 없었다. 지금은 이빨 없는 호랑이 마냥 한없이 다정하고 위트가 넘치지만 어렸을 때는 예의와 사람됨을 누구보다도 강조하며 자식들을 엄격하게 키우셨다.

호랑이로 소문난 아빠가 초등학교 5학년이던 해 겨울에 우리 학교 스타가 된 적이 있다. 그 해 난 우리 반 반장이었고, 12월이 다가오자 젊은 여인이던 담임선생님이 꼭 크리스마스트리를 만들었으면 좋겠다고 했다. 아무 것도 없는 시골에서 어떻게 크리스마스트리를 만든다고 하시나 싶었는데, 트리에 다는 장식물은 각자 몇 개씩 만들어오고 나무는 집에서 누가 가지고 왔으면 좋겠다고 하셨다. "소나무 누가 가져올래?" 아무도 손을 드는 이가 없었고 반장이라는 책임감에 내 손은 벌써 들려있었다.

집에 돌아가면서 주위를 살피니 잎 달린 나무가 없는 게 아닌가! 눈에 덮인 앙상한 나무들 뿐…. 저녁 식사 자리에서 어렵게 아빠에게 말씀드렸더니 아빠가 새벽에 초상집을 가야한다는 것이었다. 엄마 역시 그건 무리한 요구라고 하셨다. 내일 학교 가서 애들과 선생님 얼굴을 어찌 볼지 걱정하며 잠을 설쳤던 것 같다. 아이들은 모두 제각기 장식물을 만들어왔고 내게 와서 나무는 언제 오냐고 물어보는 애들도 있었다. 사실을 말하기에도 너무 늦었던 터라 나는 말없이 고개를 숙이고 있었는데, 한 아이가 소리를 지르면서 창밖을 보라는 것이었다. 아빠! 아빠였다. 아빠보다 더 큰 소나무를 어깨에 메고 눈길을 두 시간도 더 걸어오셨단다. 눈물이 핑 돌았다. 집에 돌아와 보니 아빠 손은 나무에 긁히고 추위에 얼어 있었지만 아빠는 "예쁘게 만들었냐?"는 한마디로 나의 걱정을 덮어주려 하셨다.

학기 초에는 마늘 한 접씩 자식 셋의 담임선생님들께 드리며 잘 부탁한다는 인사를 대신하시고, 체육대회 날이면 절편 한 상자와 딸기 한 상자를 교실 문 앞에 소리 없이 두고 가셨다. 당신은 10년 전 입었던 헤진 바지를 입으면서도 자식들에게는 항상 가진 걸 다 주려고 하셨다.

가끔 마음이 답답해 집에 내려가고 싶어 전화를 하면 아빠는 몇 시에 오든 내가 제일 좋아하는 통닭을 사놓고 기차역에 나오셔서 기다리신다. 딸 셋을 모두 서울로 보내놓고 허전하고 적적해 우셨다는 우리 아빠… 오늘은 아빠가 너무 보고 싶다.

생각하나

"자잘한 행복"

이런 멋과 맛과 행복감, 편안함을 한 번 느껴봤으면… 세상 사람들은 저마다 '큰 것'을 찾아 오늘도 분주히 움직이고 있다. 나도 그 중 한 사람. 그러나 큰 것을 버렸다고 말하고 싶다. 나는 내일보다는 어제보다는 오늘을 살고 싶은 사람이길 자청했기에. 물론 내 무의식에 그 큰 것에 대한 욕심을 차곡차곡 쌓아 가다가 언제인지 모르게 폭발할 지도 모르지만.

도대체 '내'가 찾는 큰 것은 무얼까? 큰 돈, 큰 명예, 큰 여자, 큰 책, 큰차, 큰 머리, 큰 코, 큰 귀, 큰 눈, 큰 발, 큰 손…?

'큰'이라는 형용사가 가리키는 명사를 써서 나열해 보면, 금방 '큰'이 어울리는 게 있고 아닌 게 드러난다. '큰 행복'도 있고 '작은 행복'도 있을 것이다. 그러나 크나 작으나 '행복'이다.

「오늘」이라는 시가 맛있고, 시속의 화자가 멋있어 보이는 것은, 여기에는 큰 것보다 자잘한 것들이 널려 있고 그 속의 화자가 그런 작은 것들에서 무한한 행복을 미소 짓고 있는 듯이 느껴지기 때문이다.

생각 둘

"죽이는데?"

(변일경)

우리는 '죽음', '죽는다'는 말을 두려워하기도 하지만 때론 너무 쉽게 아무생각 없이 쓰기도 한다. "야, 너 오늘 죽이는데?"라든지 "오늘 날씨 죽인다" 혹은 눈앞의 망망대해를 접할 때면 "저 바다에 빠져 죽고 싶다"며 감탄사를 연발한다. 또는 너무 행복할 때, 예를 들어 남자친구가 모처럼 벌인 이벤트에 감격하여 "행복해 죽을 것 같애"라고 한다. 실제로 우리는 정말 끝내주는 것 또는 정말 환상적이고 좋은 것을 대할 때 최고의 찬사로 "죽음"이라는 단어를 들먹인다. 여기에 나오는 시적 화자도 오늘 이 순간이 가장 극도로 정말 끝내주게 행복한 날이다. 그래서 죽을 만큼 행복하다는 표현을 "오늘은 죽기에 딱 좋은 날이오"라고 말하고 있다.

사람은 더 커지는 욕심 때문에 불로장생을 갈망했던 진시황제만큼은 아니지만 생명의 끈을 놓기가 어렵다. 오히려 더욱 더 악착같이 생명의 줄을 잡아당긴다. 과연 죽기 좋은 날이 있을까? 지금 내가 자살을 강요하거나 죽음을 미화시키려는 게 아니다. 우리에게 일회적인 삶은 소중하다. 단, 여기서는 죽음의 의미를 좀 더 다른 각도에서 보자는 것이다. 이 시의 화자처럼, 또는 이 시에서라면 죽음의 의미는 '극도의 행복감'이라고 할 수 있지 않을까? 심리학적으로 죽음과 행복 또는 쾌락 사이에 어떤 상관관계가 있는지 조사해 보지는 않았지만 분명 관계가 있으리라. 또한 시적 화자는 소박한 사람임을 알 수 있다. 자신이 가꾸는 논과 밭을 열심히 갈아 논과 밭이 제대로 제 모습을 갖추고 있고 아이들도 때 되면 집에 돌아오고 나쁜 생각보다는 좋은 생각만 하고 아름다운 것만 보려는 그의 태도에서 어찌 보면 욕심 없는 소박한 자연인의 모습을 보여주기도 한다.

오늘도 나는 내 안에 또 다른 나로 인해 욕심과 미운 생각을 가지고 살아가고 있다. 이 순간 소박한 생활에 행복하다고 발악하고 있는 이 시가 나에게 많은 생각을 하게 만든다.

모작(模作) 하나
"오늘은 아니라고 본다"

(신고은)

오 늘

오늘은 아니라고 본다.
이래도 오늘이 죽기에 좋은 날이냐?
모든 죽은 것들은 지하에서 벌레들과 조화를 이룬다.
모든 소음들이 내 안에서 관현악을 이룬다.
모든 추악한 것들이 내 눈에 놀러온다.
모든 부정적인 생각들이 내 속에서 살아 숨 쉰다.
나의 땅은 차압으로 넘어갔다.
나의 친구들은 비웃음으로 가득 차있다.
나의 아이들은 집을 나갔다.
봐라, 이래도 오늘이 죽기에 좋은 날인가.

사람들은 때로 너무 행복해서 걱정할 것이 없을 때 죽고 싶다는 생각을 하는 것 같다. 모든 것이 완벽할 때 떠나고 싶은 것일까? 이런 생각을 혹시라도 하고 있다면 내가 걱정거리를 줄 테니 제발 죽지는 말았으면 좋겠다. 010-0000-0000으로 전화하면 죽고 싶다는 생각을 할 틈도 없게 만들어 줄 것이다. 그러니 배부른 소리는 이제 그만하고 열심히 살아라. 세상엔 살고 싶어도 죽을 수밖에 없는 운명을 갖고 태어난 사람이 많다는 사실을 기억했으면 좋겠다.

모작(模作) 둘

"숙제하기 싫은 날"

(이윤경)

오 늘

오늘은 정말 숙제하기 싫은 날이다.
모든 환경이 나와 조화를 이룬다.
친구들의 놀자는 음성이 내 안에서 합창한다.
많은 술병들이 내 눈 속에 와 쉬고 있다.
모든 영어 단어들은 내게서 멀어졌다.
오늘은 정말 숙제하기 싫은 날이다.
내 방은 나를 둘러싸고 평화롭다.
놀러갈까 하는 내 고민은 순환을 마쳤다.
내 눈은 졸음으로 가득 찼고
내 몸은 벌써 침대에 가 있다.
그렇다, 오늘은 정말 숙제하기 싫은 날이다.

모작(模作) 셋
"사랑을 시작할 때"

(김지우)

오 늘

오늘은 사랑을 시작할 때인가 봅니다.
그토록 눈부셨던 빨강 꽃도
검정 휴지 조각 되어
모두 발아래 시들어 버리니

오늘은 사랑을 시작할 때인가 봅니다.
파랗게 선명했던 빗방울의 흐느낌도
모두 어둠속으로 흩어져 버리니

오늘은 사랑을 시작할 때인가 봅니다.
의미 있던 모양들이 모두 동그라미 되어
그대 얼굴만 그리려하니

뜨거운 태양 볕 작은 틈새로 그대 흔적만 찾고 있으니,
내 귀는 오직 그대만 알아들으려 하니
그토록 한참을 헤매던 시가 저절로 써지는 걸 보니

오늘은 사랑을 시작할 때인가 봅니다.

귀 천

- 천상병

나 하늘로 돌아가리라
새벽빛 와 닿으면 스러지는
이슬 더불어 손에 손을 잡고,

나 하늘로 돌아가리라
노을 빛 함께 단 둘이서
기슭에서 놀다가 구름 손짓하면은,

나 하늘로 돌아가리라
아름다운 이 세상 소풍 끝나는 날,
가서 아름다웠다고 말하리라.

"노래의 출처"

(최윤희)

　이 세상 소풍…. 살았던 날보다 앞으로 살아갈 날이 더 많기에 아직 이 세상 소풍이 아름다웠노라고 말하기는 이른 감이 있지만, 그때로 돌아가고 싶고 그때의 순수함이 너무 좋아 늘 가슴속에 품고 사는 시절이 있다. 그래서 가장 되돌아가보고 싶고 행복했던 시절에 대해 글을 써보라고 하면, 난 늘 주저 없이 이 이야기를 쓰곤 했다. 그 시절은 너무도 오랜 과거가 되어 버려 돌아갈 수조차 없고 늘 꿈속에서나 그리워하는 추억이자 동경의 시절이다. 때는 유치원도 채 들어가지 않은 대여섯 살 무렵이다.

　그 당시 우리 집은 TV보다는 라디오를 줄곧 틀어놓아 자연스레 애청하게 되었다. 나의 주 관심 분야는 음악프로였는데, 노래가 좋아서라기보다는 DJ가 잠깐씩 쉬는 사이에 흘러나오는 노래의 출처가 너무도 궁금해서였다. 그래서 음악프로만 하면 라디오 앞에 누워 턱을 괴고는 어떻게 노래가 흘러나오는지에 대해 나만의 공상 세계에 빠지기 일쑤였다. 그때까지만 해도 난 레코드판이나 카세트 테이프의 존재를 전혀 알지 못했기 때문이다. 몇날 며칠을 생각한 후에 난 기가 막힌 답을 찾아냈다. 그것은 바로 DJ와 미리 약속이 되어 있는 가수들이 DJ가 애청자들에게 이런 저런 얘기를 하는 동안 DJ의 방 문 밖에서 한 줄로 쭉 서 있다. 그리고 DJ가 쉴 때 가수들에게 신호를 보내면 한사람씩 문을 열고 방에 들어와 노래를 부르고 집에 돌아가는 것이다. 하루 동안 같은 노래가 몇 번 나오기라도 하면 그 가수는 '일도 참 열심히 하는 사람'이라 생각했다. 그러니 나의 그런 엉뚱한 상상은 그 시절 가수들을 고되고 힘든 일을 하는 막노동꾼으로 여기게끔 만드는데 충분했다. 이 답을 찾아내고는 어른들이 가르쳐주지 않아도 나 스스로 답을 알아내니 혹시 내가 너무 똑똑한 아이는 아닌가 하는 얼토당토 않는 착각에 빠지기도 했다. 시간이 많이 흐른 후 내가 찾아낸 답이 오답이었다는 것을 알게 되었을 때는 어찌나 창피하던지.

　하지만 나는 주눅 들지 않았고, 나의 공상의 세계도 여기서 그치지 않았다. 곧장 다른 곳에 관심을 가지기 시작했는데 그것은 사람의 목소리였다. 사람이 어떻게 목소리를 낼 수 있는지, 얼마나 오래 낼 수 있는지는 나에게 굉장한 호기심을 불러일으킬 만한 수수께끼였다. 그리고 난 또 몇 날 며칠을 그 문제에만 매달렸다. 그 문제는 의외로 아주 쉽게 풀렸다. 난 그 실마리를 벽시계와 건전지에서 찾았다. 건전지의 전지가 충분할 때는 시계도 힘차게 잘 돌지만 전지가 다 닳았을 때는 힘없이 멈추는 것처럼, 사람의 목소리도 몸속에 있는 어떤 건전지의 힘으로 인해 나오는 것이고 이걸 빨리 써버리는 날에는 사람도 더 이상 말을 할 수가 없다고 생각했다. 그랬기 때문에 젊은 사람들은 말을 또렷이 길게 하지만, 할머니 할아버지들은 말도 흐리고 오래 하질 못하는 것이라 생각했고, 어떤 사람들은(농아장애인) 아예 말을 할 수조차 없다고 생각했다. 그리고 이 신비한 비밀을 알아냈다고 생각한 순간부터, 난 내 몸속의 건전지를 최대한 아끼기 위해 필요한 말 외에는 입을 다물고 지냈다. 지금에 와서 남보다 말수가 적은 것도 한창 성장기에 입을 다물고 살았던 그때의 여파 때문인지 모른다. 어쨌건, 먼 훗날 그 답 또한 오답임을 알았을 때는 더 이상 나의 천재성을 거론하지 않게 됐다.

내가 나만의 공상에서 헤어 나와 조금씩 세상에 눈을 뜨게 된 것은 돈과 숫자의 개념을 알고부터였던 것 같다. 엄마를 따라 5일장에 가면 엄마는 어떤 요리 재료를 골라 바구니에 담을 때마다 그 재료를 가지고 있던 아줌마에게 늘 네모난 종이와 둥그런 쇠붙이를 건네시는 것이었다. 부피로 보나 무게로 보나 종이딱지나 둥근 쇠붙이보다는 요리 재료가 훨씬 커보였기에 어른들은 참 바보 같다고 생각했다. 그러던 어느 날, 엄마가 안 계실 때 엄마의 반짇고리에서 우연히 둥근 쇠붙이 하나를 발견하게 되었다. 과연 그걸로 내가 원하는 것과 바꿀 수 있을지 반신반의하며 수퍼로 달려갔고, 그 둥근 쇠붙이 하나로 아이스크림 두 개와 바꿔 친구와 맛있게 나눠 먹을 수 있었다. 그날 저녁 이 사실은 엄마에게 곧 발각이 됐고… 태어나서 처음으로 정말 되지게 얻어맞았다. 그 일로 난 그 네모난 종이와 둥그런 쇠붙이가 어른들이 무척이나 소중히 여기는 것! 돈의 존재를 알게 되었고, 더불어 남의 물건을 허락 없이 절대 가져가서는 안 된다는 것도 그때 처음 배우게 되었다. 그 시절의 나를 떠올리며 글을 쓸 적마다 늘 즐겁고 웃음이 난다. 단지 잊어먹고 살 뿐이지 누구에게나 이런 어리숙하면서도 세상 물정 몰랐던 추억을 하나씩은 가지고 있을 것이다. 지금은 세상을 욕할 줄 알고 탓하거나 원망할 줄도 알만큼 때로 얼룩져 살지만, 천진난만 티끌하나 묻지 않은 그 순수했던 시절, 그 동심의 추억이 텁텁한 세상살이를 풍요롭게 해주는 버팀목이 되고 있다. 황혼의 문턱 백발이 되어 아름다운 이 세상 소풍 끝나는 날을 맞이할 그때까지도 나는 그 시절을 영원히 잊지 못할 것이다.

이야기 둘

"홍티"

(허영화)

천상병의 「귀천」 잊을 수 없는 시다. 첨에 〈언어와 문학〉 교재를 훑어보면서 맨 마지막에 있는 이 시를 보며 피식 웃음이 퍼져 나왔다. 고등학교 1학년 때 일이다. 부산에서 울산으로 전학가게 되었다. 평소 영어에 관심이 많고 좋아했던 터라 영어 시간에는 절대 딴 짓도 자지도 않은 나였지만, 전학간 학교에서는 도저히 수업을 들을 수가 없었다. 나이 많은 선생님들의 부정확한 발음, 지루한 문법 설명. 생각만 해도 잠이 온다….

그렇게 새 학교에 차츰 차츰 적응해 갔고 겨울 방학이 되었다. 치열한 입시 경쟁으로 아직 어린 고등학교 1학년인 나도 보충수업을 받게 되었다. 보충수업 첫날 여태까지 보지 못한 새로운 영어 선생님이 등장했다. 그 이름은 말로만 듣던 '홍티'(이유는 잘 모르지만 '홍종국' 선생님의 별명이었다). 소문만 무성했던 그 선생님이 우리 반 영어 보충수업에 들어온 거였다. 그냥 두려웠다. 한 명 한 명 영어 해석을 시켜서 못하면 무시무시한 벌을 준다는데… 벌 1단계는 교실 문에 학생을 매달아 놓고 팔에 힘이 빠진다 싶으면 빗자루로 때리는 것, 벌 2단계는 창문 틈에 얼굴을 내밀게 하고는 창문 닫기, 벌 3단계는 청소 용구함에 학생을 들어가게 한 다음 흔들기. 난 2, 3 단계는 실제로 보지 못했지만, 선배들에 의하면 홍티의 악명 높은 벌들은 방송에도 나왔다고 했다.

내가 천상병의 「귀천」을 알게 된 것도 다 홍티 때문이다. 겨울 보충학습 교재가 『리더스 뱅크』라는 독해 교재였는데, 이 교재 맨 마지막 부분에 「귀천」이 영시로 번역되어 나와 있었다. 역시나 홍티는 우리에게 이 시를 다 외워 올 것을 강요했고, 못 외울 시에는 벌을 받아야 했다. 우리는 보충수업 내내 이 시를 외웠다. 쉬는 시간에도 청소 시간에도, 난 꿈에서도 외웠다. 정말 아찔한 경험이었다. 이렇게 노력한 결과 나는 다행히 홍티 앞에서 멋지게 외워 보였지만, 미처 외우지 못한 몇몇 친구들은 가혹한 벌을 받아야 했다. 음… 문제는 그렇게 열심히 외웠던 시인데도 지금은 생각이 잘 나지 않는다는 것.

얼마 전이 '스승의 날' 이어서 더 홍티가 생각난다. 증오하긴 했지만 지금 생각해 보면 즐거웠던 추억 같기도 하다. 그 홍티 덕분에 영어 실력도 많이 늘었기에….

이야기 셋

"하늘을 보아"

(김수현)

하늘을 보아

오늘도 젖은 눈으로 하늘을 본다
아무에게도 나의 마음을 털어놓지 못한 안타까움에
하늘을 높게 올려다보아야 했다

하늘 역시,
이런 나의 마음을 이해한 듯
미소로 나를 내려보고,

나 또한 그 미소에
쓰디쓴 웃음으로 답변했다
속삭이는 소리에 귀를 기울이며.

힘들고 지칠 땐
파란 마음의
저 하늘을 보아

옅게 깔린 연보라 빛 구름과
그 사이로 보이는 하늘색 바탕의 하늘
그 구름과 하늘을 환히 비추는 햇살을

나의 마음을 애태우는 그 모든 것들을
훌훌 털어 버린 채
그저 순수하고 행복한 마음으로
하늘을 바라보아

이 세상의 모든 행복이
모두 나에게 올 수는 없지만
아주 작은 행복을 위해서,

단지 오늘 이 순간의 행복을 위해서
아주 단순한 넉넉한 마음으로
저 넓디넓은 하늘을

가슴이 답답하고
아무도 나의 얘기를 들어주려 하지 않을 땐,
그래서 너무나 쓰라려 아플 땐,

눈가에 고인 내 눈물에 비친
깨끗한 눈빛으로
묵묵히 나를 감싸는

저 하늘을
그 하늘을 보아

3년 전에 썼던 시로 기억된다. 그때나 지금이나 힘이 들어 지칠 땐 난 잠시 하늘을 올려다본다. 하루를 살아가면서 하늘을 몇 번이나 올려다보는가? 하늘은 우리의 모든 것을 내려다보며 자신을 쳐다봐 주기를 바라지만 정작 우리가 하늘을 위해 고개를 드는 경우는 거의 없는 것 같다. 신기한 것은 한숨을 쉴 수밖에 없는 상황에서도 하늘을 올려다보면 마음이 한층 가라앉고 모든 걸 품을 수 있을 것 같은 마음이 든다는 것이다. 내가 고작 이런 일 때문에 화를 내야 하는 걸까? 충분히 할 수 있는 것인데도 괜히 짜증내며 아파하고 있구나. 지금 내가 처한 상황과는 비교할 수 없을 정도로 힘든 사람이 많은데 난 만족하지 못하고 있구나. 하늘은 내게 이런 생각을 하게 한다. 그리고 내가 고개를 끄덕이며 인정의 미소를 짓는 순간, 하늘은 내게 따사로운 햇살과 바람으로 보답한다.

생각하나
"살아있는 것은 모두 죽는다"

(신재열)

살아 있는 것은 모두 죽는다. 그것이 생명의 실상이고, 사람도 예외는 아니다. 반드시 죽는데, 다만 언제 죽을지 모르고 살아갈 뿐이다. 요즘 신문을 보면, 테러를 당하거나 사고사, 자살 등 죽음에 대한 기사가 참으로 많다. 자연사를 제외하고 다른 원인으로 죽어 저승에 간다면 거기 가서 이 시에서처럼 "이 세상이 아름다웠다"고 말할 수 있을까?

죽음을 어떻게 이해하느냐에 따라 삶의 태도도 달라진다. 죽음을 진지한 태도로 받아들이는 사람은 삶도 진지할 것이고, 죽음을 경멸하거나 값싸게 여기는 사람은 그의 삶도 그럴 것이다. 대화에서 '뭐뭐 죽겠다'는 말을 많이 쓴다. 힘들어 죽겠다, 배고파 죽겠다, 심지어 '재밌어 죽겠다' 등등. 그리고 지하철에서 어린 학생들의 대화에서 '콱 죽어 버릴꺼야'라는 말을 그냥 너무도 가볍게 쓰는 장면을 종종 목격한다. 그리고 술 마시기 전에 어떤 사람들은 '우리 오늘 한번 죽어보자'라고 말한다. 개똥밭에 굴러도 이승이 낫다는데, 이런 말을 너무 가볍게 쓰는 것 같다.

나는 두 가지 죽음관이 있다고 생각한다. 하나는 '삶의 끝'으로 생각하는 태도이고 또 하나는 죽음을 새로운 '삶의 시작'으로 이해하는 태도다. '끝'으로 보면 절망 소멸 등의 느낌이 든다. 하지만 '시작'으로 보면 죽음은 밝음, 희망 또는 새 존재로의 변화 계기로, 삶은 그런 것을 향해 가는 과정이 될 것이다. 그렇게 생각하면 우리의 고작 80년도 안 되는 삶이 더 좋아 보이지 않을까?

요즘 테러니, 그걸 방지하기 위한 전쟁이니 하면서 말이 많다. 내 생각에는 생명을 너무 가볍게 보는 게 아닌가 하는 느낌이다. 우리의 죽음관이 천박해졌거나 실종되어 그런 것은 아닌지? '호랑이는 죽어 가죽을 남기고 사람은 죽어 이름을 남긴다'는 속담처럼, 요즘 세상에 죽어서 이름을 남길 사람이 과연 몇이나 될까? 이 마지막 물음에 대한 답을 찾는 길, 그게 어쩌면 우리가 70~80년의 시간에 해야 할 진짜 과제인지도 모르겠다.

"옛 생각"

'기슭에서 놀다가 구름 손짓하면은 하늘로 돌아간다.'

하늘은 집
구름은 엄마
나는 구름의 아들.

내 고향 완도 우리 집 바로 밑, 친구네 논에서 친구들과 공차기 야구하던 때가 생각난다. 가을걷이가 끝나고 보리 심으려고 쟁기로 갈아엎기 직전. 해지는 줄 모르고 놀다 보면 사방에서 부르는 소리, "영호야~", "현종아~", "천봉아~", "상곤아~", "희성아~", "기봉아~", 그리고 똑 같은 엄마들의 소리, "어지간히 놀고 밥 먹어야, 이 썩을 놈들아!", 그러면서 똑같이 손짓하던 엄마들의 모습….
천상병 시인은 그런 엄마의 소리와 손짓을 따라 하늘 집으로 갔을 것이다.

"귀천 알림문"

(김지우)

귀천 알림문

소풍을 떠나셨더군요,
어스름한 새벽 그대에게 보낸
빛의 요정 라이트라를 만나셨나요?
돌아올 때까지 길을 안내해 드릴 거예요.

소풍가선 무슨 놀이를 하실 건가요?
혼자선 외로울 테니
노을 요정 글로우를 보내드릴게요.
멀리 가지 마시고 기슭에서 한참 노시다보면
발아래 구름이 기다리고 있을 테니
차비걱정은 마시고 타고 오세요.

째깍째깍

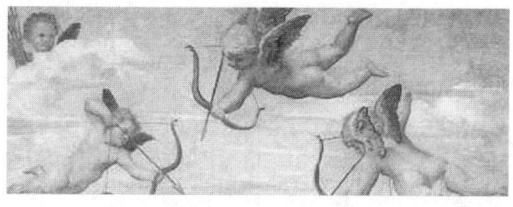

...

앗! 이제 돌아올 시간이
다되어가네요. 아쉽겠지만 손에 쥔 풀잎과
열매는 모두 내어 버리고 그냥 오세요
하늘에선 이 모든 게 필요 없으니까요.

소풍은…

재미있었나요?

무슨 일들이 있었나요?

어서 와서 저에게 들려주세요.

The Arrow and the Song

- H. W. Longfellow

I shot an arrow into the air,
It fell to earth, I knew not where
For, so swiftly it flew, the sight
Could not follow it in its flight.

I breathed a song into the air,
It fell to earth, I knew not where.
For who has sight so keen and strong,
That it can follow the flight of song?

Long, long afterward, in an oak
I found the arrow, still unbroke
And the song, from beginning to end,
I found again in the heart of a friend.

화살과 노래

- H. W. 롱펠로우

나는 공중으로 화살 하나를 쏘았다,
그게 땅에 떨어졌는데, 어디 있는지 몰랐다
왜냐면, 너무 빨리 날아가, 시력이
날아가는 화살을 따라갈 수 없었다.

나는 허공으로 노래를 속삭였다,
그게 땅에 떨어졌는데, 어디 있는지 몰랐다
날카롭고 강한 시력의 사람이라도
누가 노래의 비행을 따라갈 수 있을까?

먼, 먼 훗날, 어느 떡갈나무에서
나는 그 화살을 찾았다, 아직 부러지지 않은,
그리고 그 노래를, 처음부터 끝까지,
나는 한 친구의 가슴에서 다시 찾았다.

"삔추"

"내 고향 완도에서는…" 하고 말을 꺼내기 시작하면 내 학생들은 박수 치고 책상을 두드리며 좋아들 한다. 게 중에는 나처럼 시골 구석진 곳에서 나고 자라 내 얘기에 맞장구쳐줄 아이도 있으련만, 물어보면 절대 대구 한 번 안 한다. 왜 그럴까?

'화살' 하니까 어린 시절 어느 한 때의 일이 떠오른다. 언제인지는 정확지 않지만 아마 아홉이나 열 살쯤이었을 것이다.

산에서 단단하고 신축성 좋은 생나무를 한 가지 잘라, 보기 좋게 껍질을 벗기고 적당히 휜 다음 그물 수선용 줄로 활시위를 달아 활을 만들고, 다시 낫을 들고 우리 집 뒤뜰 대나무 숲으로 가서 곧은 대 몇 개를 잘라 가지를 치고 마디를 다듬어 만든 화살과 수수깡 끝에 못을 거꾸로 박고 실로 단단히 동여맨 화살을 몇 개 보태 들고서, "삔추"('삑삑' 소리가 나는 새였다)가 사는 동백나무 숲으로 갔다.

활을 겨누고 화살 쏘기를 수십 번…. 그런데 갑자기 새 한 마리가 휘청휘청 떨어지는 것이었다. (그때를 생각하면 지금도 가슴이 덜컹거린다.) 얼른 쫓아가 양손으로 생포하고 떨리는 마음으로 집으로 돌아가, 바느질 실을 적당한 크기로 잘라 한쪽은 새의 다리에 다른 한쪽은 토방 기둥에 묶은 다음, 공기가 잘 통하는 쓰레기통을 새장 삼아 덮어놓고, 동무들한테 가서 자랑, 자랑, 자랑!

그렇게 한 나절이나 지났을까? 이 삔추가 시름시름 맥을 못 추는 것이었다. 왜 그럴까(?) 하는 마음으로 한참을 지켜보다가 한 순간 갑자기 딱한 마음이 들었다. 다시 실을 풀고 조심스레 삔추를 손에 담아 동백나무 숲으로 갔다. 그리고 우거진 동백나무 잎 위에 놓았다. "가, 가" 하며 날개를 밀어도 전혀 미동도 않는 삔추를 한참을 지켜보다가 못내 아쉬운 마음에 자꾸 뒤돌아보며 집으로 돌아갔다.

그리고 20년. 그 삔추는 어떻게 되었을까? 다시 가 보았을 때 거기 없었는데…. 그때는 '살았겠지' 하며 안도의 한숨을 내쉬었는데, 스무 해가 지난 지금 와서 생각해보니, '어쩌면 도둑고양이한테 죽었을지 모른다'는 생각. 그리고 알 수 없는 미안스러움과 희미한 두려움…. 아직까지 그때 그 삔추의 크기, 깃털색깔, 생김새, 눈빛이 모두 눈에 선한데, 참!

이야기 둘

"갈마골"

(김미경)

화살의 비행을 인간의 눈으로 제대로 볼 수는 없을 것이다. 노래의 소리를 인간은 볼 수 없을 것이다. 이 시에서 화살과 노래는 '시간'인 것 같다. 시간은 보이지 않는 화살같이 쌩~ 하고 지나가지만, 오크나무에 친구의 마음에 잊혀 지지 않는 기억이 새겨져 있다는 것. 이 시를 읽으면서 잊고 살았던 추억들이 떠올랐다.

내가 태어난 곳은 전라남도 영광군 낙월면 상낙월리 432 번지다. 버젓하게 번지까지 있는 곳이지만 아마 큰 지도가 아니면 그곳이 도대체 어디 있는지 찾아볼 수도 없을 것이다. 큰 바위 틈에서 거친 바닷바람을 피해 옆집 친구들과 빠꿈살이(소꿉놀이)를 하면서 놀기도 하고, 귀찮아하는 오빠를 따라다니며 나무로 만든 총을 들고 총싸움을 하기도 했다. 여름이면 '빤스' 하나만 입고 창피한 줄 모르고 갈마골 백사장에서 수영을 했다. 봄가을의 소풍과 가을 운동회, 그럴 때면 늘 갈마골에서는 마을 잔치가 열렸다. 아이들이 먼저 가서 준비하고 있으면 가족과 친척들이 대야에 김밥 등 먹을 것을 장만해서 갈마골 가는 백사장 길을 내려온다. 지금 생각하면, 운동회 끝나고 맛있는 것을 먹을 때가 가장 행복했던 것 같다.

지금은 그 행복한 기억들이 많이 잊혔지만, 고맙게도 이 시가 내 고향 낙월도를 다시 한 번 떠올리게 하고, 내 입가에 살짝 미소도 피어오르게 한다.

상상 하나

"사랑의 멜로디"

(선정우)

   내가 곡을 만들게 된다면 이런 식으로 가사를 붙여보려 생각하고 있다. 난 비주얼 락의 열렬한 팬이기 때문이다.

여기저기서 울려 퍼지는 사랑의 멜로디
토요일 늦은 밤 나의 상대는 허접한 블랙 코미디

기다려도 그대에게 전화는 오지 않겠지
울리지 않는 핸드폰을 걷어차고 위태로운 상심에 잠긴다

난 또 무슨 잘못을 한 걸까
그대의 변덕스러움에 사랑은 부서진다

너의 싸늘한 미소와 시칠리아의 하늘처럼 맑은 눈은
너무나도 매치가 되지 않아 날 혼란스럽게 해

말하다 말았던 냉소적인 말 다음에
한숨을 쉬기도 하고 울어보기도 하고

넌 언제나 영원한 사랑 따윈 없다고
그래서 날 언제나 공허한 사막의 한복판에 버리고 가곤했지

그러나 슬픔을 머금은 그대의 말에
아 나는 구원받았다 살아간다는 죄마저도

유리창 사이로 부는 바람은 언제나 산뜻하지
그대만이 구름에 가려진 한밤의 달인가

달을 보며 빌어 그대의 꿈은 아름답기를
서툴게 살아온 삶의 궤적 끝에서 겨우 다다른 사랑에 이를 악문다

울고 싶어지도록 안타까운 밤에는 환영이여 부디 사라지지 말아줘
흘리는 눈물을 닦을 힘조차 남아있지 않으니까

잔잔히 미소 지으며 언제까지나 곁에 있어줘…

난 부탁했다

- 무명씨

나는 신에게 나를 강하게 만들어 달라고 부탁했다.
내가 원하는 모든 걸 이룰 수 있도록.
하지만 신은 나를 약하게 만들었다. 겸손해지는 법을 배우도록

나는 신에게 건강을 부탁했다. 더 큰 일을 할 수 있도록.
하지만 신은 내게 허약함을 주었다. 더 의미 있는 일을 하도록

나는 부자가 되게 해달라고 부탁했다. 행복할 수 있도록
하지만 난 가난을 선물 받았다. 지혜로운 사람이 되도록

나는 재능을 달라고 부탁했다. 그래서 사람들의 찬사를 받을 수 있도록
하지만 난 열등감을 선물 받았다. 신의 필요성을 느끼도록

나는 신에게 모든 것을 부탁했다. 삶을 누릴 수 있도록
하지만 신은 내게 삶을 선물했다. 모든 것을 누릴 수 있도록

나는 내가 부탁한 것을 하나도 받지 못했지만
내게 필요한 모든 걸 선물 받았다.
나는 작은 존재임에도 불구하고
신은 내 무언의 기도를 다 들어주셨다.

모든 사람들 중에서
나는 가장 축복 받은 자이다.

류시화 엮음. 『지금 알고 있는 걸 그때도 알았더라면』 中
《〈신체 장애자 회관〉에 적힌 시 – 작자미상》

"나는 눈이 네 개다"

(최윤희)

　문득, 류시화 시인이 엮은 『지금 알고 있는 걸 그때도 알았더라면』이라는 잠언 시집에 수록되어 있던 이 시가 떠오른다. 삶의 매 순간순간이 지나놓고 보면 실수투성이고 후회막심인 일들이 한둘이 아니어서 그런지 더 마음에 와 닿는 것 같다. 지금 알고 있는 걸 그때도 알았더라면, 땅을 치고 통곡하며 울지 않아도 되었을 내 지난날의 수많은 일들…. 비단 그런 일들뿐만이 아니다. 평상시에는 어떤 존재의 소중함을 잘 모르다가도 막상 그 존재를 잃었을 때의 허탈함과 밀려드는 후회감은 삶의 비애감마저 느끼게 한다. 그게 사랑하는 사람이건, 그 무엇이건 말이다. 그러니 나 또한 어리석은 바보가 아니고 무엇이겠는가.

　나는 눈이 네 개다. 원래 눈 두 개와 세상을 선명하게 보게 해주는 안경의 눈 두 개. 나도 처음부터 안경을 쓰고 태어난 것은 아니다. 시력 좋은 부모님 밑에서 태어나 나 또한 아주 건강한 시력을 가지고 있었다. 하지만 한순간의 부질없고 허황된 부러움 때문에 내 의지로 철저하게 내 눈을 버리고 만 것이다. 초등학교 저학년 때에는 안경 쓴 아이들이 없었지만 고학년이 되어 안경 쓴 아이들이 한반에 두셋 정도 생겼다. 그때는 안경 디자인이 지금보다 훨씬 세련되지 않았던 터라, 안경이 조막만한 아이 얼굴을 다 뒤덮을 만큼 동그랗고 큼직했다. 하지만 내 눈에는 안경 쓴 아이들이 답답해 보인다거나 안쓰럽게 여겨지기보다는 무언가 있어 보이고 멋져 보이기만 했다. 특히나 그 아이들이 어떤 얘기를 주고받을 때, 가끔씩 손가락 하나로 쳐진 안경을 한 번 쓸어 올릴 때마다 어찌나 지적으로 보이던지…. 게다가, 안경 쓴 애들이 공부도 잘하는 아이들이어서 어린 마음에 안경이 공부를 잘하게 해주는 마력의 요술봉처럼 보였다. 그리고 중학생이 되어, 나도 안경을 쓰기 위해 아주 무던히도 애를 썼다. 텔레비전도 가까이서 보고, 교과서는 물론이거니와 숙제도 노을 지는 저녁 무렵 불도 켜지 않은 어두컴컴한 방에서만 했다. 부모님은 그런 내 모습을 보실 적마다 잘못하다가는 눈 버리겠다며 조심하라고 신신당부하셨지만, 안경 쓰고 싶은 맘에 그런 충고는 귀에 들어오지도 않았다. 그러나 선천적으로 좋은 눈이라 아무리 혹사시켜도 빨리 나빠질 줄을 몰랐다. 그렇게 좋았던 시력에 가끔씩은 짜증나기도 했다. 하지만 나의 노력은 중3 말에 가서야 서서히 효력을 발휘했고 졸업식을 며칠 앞두고서 드디어 안경을 쓰게 되었다.

돌이켜보건대, 내 인생 최대의 실수였다. 그렇게 한번 나빠진 눈은 더 이상 좋아질 줄을 모르고 점점 도수 높은 안경을 맞춰야 했다. 그리고 지금은 안경 없이는 아무 일도 할 수 없게 되어버렸다. 다섯 명의 가족 중 안경 쓴 사람은 딱 나 하나다. 그래서 식구들 모두가 안경 쓴 나를 외계인 취급한다. 가족들은 내 안경을 한 번씩 써보더니 모두가 일축에 고개를 절레절레 흔들며 혀를 내둘렀다. 어떻게 이런 해괴망측한 것을 쓰고서 앞을 볼 수 있느냐고 말이다.

시간이 흐를수록 내 잃어버린 시력에 대한 후회감은 점점 더 커져간다. 남들은 아침에 눈을 뜨면 제일 먼저 하는 일이 거울을 보거나 시계를 보는 거라지만, 내가 하는 일은 안경이 어디에 있는지 더듬거리며 찾는 일이다. 아침마다 느끼는 그 비참함과 씁쓸함은 이루 다 말로 표현할 수가 없다. 남들처럼 공부를 열심히 해서, 혹은 책을 많이 읽어서 나빠졌다면 이렇게도 서글프고 후회스럽지는 않았을 거다. 안경 속에 갇힌 내 눈동자는 그 안경 속에서만 뱅글뱅글 돌뿐 테두리 바깥세상은 쳐다볼 엄두조차 내지 못한다. 불쌍한 내 눈! 어리석은 주인을 만나, 일찌감치 안경 속에 갇혀서 예전에 봤던 그 선명한 세상을 동경만 하고 있다. 부모님의 거듭된 충고를 한귀로 듣고 한귀로 흘렸던 나는 이리 되어도 싸다. 시력이 나빠지고 나서야 뒤늦게 얻은 교훈이 있다면 남이 하는 것, 남이 가진 것을 부러워하고 추종할 게 아니라 내 뚜렷한 주관을 가지고 소신 있게 살아야 한다는 것. 이런 지혜를 좀 더 일찍 알았더라면 무모하고 어리석은 짓은 저지르지 않았을 텐데…. 한번 쏟아진 물은 다시 주워 담기 힘들고, 이제 와서 소 잃고 외양간 고친다 한들 무슨 소용이 있겠는가? 그저 가슴을 치며 한숨만 쉴 뿐이다. 비록 이 깨달음을 얻기까지 난 내 좋은 시력을 바꾸는 엄청난 대가를 치러야 했지만, 그래도 내가 신께 감사하는 것은 이만하기 다행이라는 것과, 앞으로는 두 번 다시 이런 실수를 저질러 후회하는 일이 없도록, 일어나는 순간과 잠자는 순간, 안경을 쓰고 벗으면서, 항상 내 과오를 돌이켜 볼 수 있는 기회를 주셨다는 것이다. 앞으로는 더 진지하고 신중을 기하는 삶을 살려고 노력하는 내가 되기를, 내 자신에게 기대해본다.

이야기 둘

"또 우나보다"

(윤혜정)

나는 여간해서는 잘 안 운다. 어렸을 때부터 울면 큰일 나는 것처럼 교육을 받아서 그런지 눈물 흘리는 게 아주 싫다. 그래서 아무리 눈물이 나도 이를 악물고 참곤 했다. 그리고 나는 턱관절이 좋지 않아서 입을 갑자기 크게 벌리거나 하면 소리가 나고 아픈 증상이 있는데, 어느 날 신문을 보니까 특히 20대 여성 중에서 눈물이나 스트레스를 억지로 이 악물고 참아 턱관절이 나빠지는 경우가 많다는 뉴스를 보았다. 저게 내 얘기구나 싶어 좀 서글픈 생각도 들었다. 내가 너무 독한 사람이라는 생각도 들고….

친구 중에 헤어진 남자친구 얘기만 하면 우는 애가 있다. 처음에는 그 얘기를 하며 너무 울길래 놀라서 어찌 위로해야 하나 고민했지만, 시간이 흐를수록 계속 똑 같은 얘기가 반복되자 지겨워지기 시작했다. 시간이 많이 흘렀는데도 계속 똑같은 그 애의 생각도 지겹고, 그 애를 위로하는 것도 지치기 시작했다. 그러다 보니 이젠 '또 우나보다' 그랬다. 그런데 시간이 흘러 나도 생각만 해도 눈물 날 만큼 좋아하는 사람을 만나게 되고, 나름대로 사랑의 아픔이라는 것도 경험하게 되었다. 나와 상관없는 줄 알았던 일이 내게도 일어난 것이다. 사랑 때문에 이틀 밤낮을 싸매고 누워 울어보기는 평생 처음이었는데, 지금 생각하면 그것도 소중한 삶의 경험이었다는 생각이 든다. 그리 오랫동안 그 고통에서 헤어나지 못한 그 친구는 얼마나 힘들었을까. 내 괴로움을 누군가에게 위로받고 싶었지만, 막상 내가 그런 상황에 처하고 보니 그 친구의 아픔을 진심으로 함께 할 수 없었던 미안함에 그 친구에게조차 그런 얘기를 할 수 없었다.

다른 사람의 아픔을 이해한다는 것이 얼마나 어려운 일인지, 내가 아파보지 않고서는 질대 그 아픔을 이해할 수 없다. 누군가에게 내 위로가 필요할 때 나는 다른 생각을 하고, 내가 누군가를 절실히 필요로 할 때 그 사람은 내 그런 마음을 몰라주고… 그렇게 평생을 어긋나면서 사는 게 인생인가보다. 남의 아픔을 이해하기 때문이 아니라 단지 상대에게 위로가 되려고 노력하는 것, 그 자체가 위로가 되는 것을….

이야기 셋

"모나고 뻗치는 사람"

(장수영)

거울을 볼 때마다 나의 오른쪽 머리칼은 항상 밖으로 뻗쳐있다. 왼쪽을 두 어 번 만지면 오른쪽은 다섯 번 이상은 만져주어야 양쪽의 밸런스가 맞아 단정하고 얌전해진다. 아침에 머리를 감고 급히 나갈라치면 어김없이 오른쪽 머리가 밖으로 뻗어 나와 나의 동그란 단발머리에 어깃장을 놓는다. 그런 날은 하루 종일 모습이 비춰지는 거울이건 쇼윈도이건, 하다못해 그림자를 보고도 오른쪽을 열심히 매만지고 쓰다듬는다. 오늘도 아침에 샴푸를 했기에 여전히 밖으로 삐친 나의 오른쪽머리를 열심히 만져주다가 문득 '열 손가락 깨물어 더 아픈 손가락이 있다'고 하시던 엄마의 말씀이 생각났다. 특별히 더 약하고 병치레 잦던 내 바로 밑의, 지금은 시집가서 아이 엄마가 된 동생이 엄마는 더 애틋하고 사랑이 간다고 하신다. 귀찮고 불편한 나의 오른쪽 머리칼을 애써 쓰다듬어 다른 머리칼과 함께 예쁘게 자리잡아주는 나처럼 말이다. 하물며 자식은 오죽하겠는가… 부족한 것 투성이인 자신이, 알고 보니 신의 사랑을 가장 많이 받은 존재였다는 것을 깨닫는 시인을 보면서 머리를 매만지는 심정으로 신의 사랑을 아주 조금 헤아려본다.

내 머리칼 뿐 아니라, 여러 면에서 나는 순응하는 사람이기보다는 모나고 뻗치는 사람이다. 고교 시절 특별히 반항기는 없었지만 그렇다고 선생님 말씀에 순종했던 것도 아니다. 사회에서는 항상 야당 쪽이었고 늘 불만을 달고 다니는 사람이었다. 대학에서는 내가 가는 길만 막지 않으면 그 어떤 것에도 관심 없는 방관자이거나, 혹 내 길을 막는 사람에게는 한 치 여유도 없는 냉정함으로 대하며 살고 있다. 그래서 맞지 않아도 될 정─모난 돌이 맞는—을 많이 맞게 되나보다. 한마디로 고집이 센 것이다. 얌전히 드라이를 해도 얼마 지나지 않아 서서히 방향을 틀어버리는 나의 오른쪽 머리칼처럼, 고집쟁이에 이기적인 아이… 하지만 신은 항상 부드러운 손으로 내 방향을 새롭게 잡아준다. 내가 언제 다시 밖으로 방향을 틀지 모른다. 그러나 하루 종일 뻗친 머리칼을 손으로 돌돌 말아 다시 제자리를 찾아주는 나와 비교할 수 없을 정도로, 신은 더 큰 사랑과 참을성이 있는 분임을 나는 믿는다. 한 없이 부족한 나도 오래 참고 기다리는 신의 사랑과 축복을 받은 자임을 다시 한 번 깨닫는다.

이야기 넷   # "見物生心"

'남과 다르다는 것,' 그것은 '나'이기 때문일 것이다. 하지만 혼자 살 수 있을까? 그런데도 이 나라에는 혼자만 살려는 사람이 너무 많다.

오늘 기말 시험을 보았다. '시험대형'으로 자리를 정돈하여 학생간 거리를 띄워놓았던데도, 내가 시선 돌린 틈을 놓칠새라 옆 사람과 상의하는 몇몇 아이들이 보였다. 그런 아이들을 겨냥하여 "옆 사람과 상의하지 말고 나한테 물어봐라!"를 두어 번… 그러나 한 명도 상의하는 이가 없었다. 솔직히, 난 물어보면, 가르쳐주기 위해 최선을 다 하는데, 바보 같은 놈들….

이런 사람들은 '나'도 되지 못한다. 나보다 남이 낫고 나보다 남이 더 잘한다고 생각하여 그 사람한테 의지하니 '내'가 아니라 '그'가 되고 그가 되려는 것 아닌가?

중학교 2학년 때였다. 한문 시험. 한 문제만 풀면 100점이었다. 사자성어 문제였는데 그게 뇌리에서 눈앞에서 그 중간에서 가물가물 할 뿐 도무지 생각이 나지 않는 것이었다. 답안지 한 칸만을 비워 놓은 채, '뭐드라, 뭐드라'를 속으로 되뇌이며 고개를 갸우뚱갸우뚱 하고 있었다. 그런데, 옆에 있던 한 친구가 그 하는 모양을 본 모양이다. 그게 못내 안쓰럽고 안타까웠던지 볼펜으로 옆구리를 찌르면서, 자기의 답지를 기울여서 보여주려고 한다. 두려움과 공포, 불안한 초긴장 상태의 그 몇 초… 친구의 유혹보다는 감독 선생님께 들키는 것이 더 무서웠던 나는 친구의 유혹을 애써 무시, 모른 채 하면서 다시 고개를 갸우뚱거리고 있었다. 그러기를 또 몇 초… 그런데, 그 친구가 자기 시험지 위쪽 여백에 답을 쓰고 그것을 소리 나지 않게 천천히 오려내서는 선생님의 시선을 피해 몰래 몰래 내게 건네주는 게 아닌가! 가슴이 콩당콩당콩당… 바로 그 친구—내 친구 박웅영—가 건네준 종이 위에 씌어 있던 글자가 바로 '見物生心'이었다. 그리하여 내가 받은 한문 시험 점수는 100점이었다. 그때 느낀 그 공포와 불안감을 어떻게 표현할 것인가? 나는 이 사건 이후 100점보다는 차라리 96점이 더 나을 수 있다는 생각을 수없이 했다. 그리고 그 이후 어떤 시험이든 내가 아는 것과 지어낸 것만 썼음을 자부한다.

요즘 시험 때면 학내 게시판, 벤치, 심지어 화장실에도 '부정행위 추방'이라는 캠페인 문구들을 쉽사리 찾아볼 수 있다. 이런 캠페인이 있을 정도로 대학 내 시험에서 부정행위가 '판을 치고 있다'는 증거일 것이다. 가끔 선생들의 시험 감독 경험담을 듣고 있노라면, 어떤 경우는 웬만한 첩보 영화 뺨을 칠 정도로 재미있다. 대학이 왜 이리 되었을까?

그래도 언제나 희망은 있는 법! 내가 한 6년 전에 가르쳤던 법대 소속의 한 학생이 생각난다. 그는 "교양영어"기말 Lab 시험을 결시했었다. 나는 무슨 문제가 있었겠지 하면서 그에게 다시 한 번 기회를 주려고 'Reading' 시험 시간에, "야, 선형아, 너 기말 Lab 점수는 어떻게 처리할까?" 하고 물어 보았다. 그 학생은 거의 주저 없이, "0점으로 처리해 주십시오"라고 대답했다. "공통 시험이니 다른 반에서 보고 나서 나한테 답안지만 제출하면 될 텐데?", "아닙니다, 제 잘못 때문에 시험을 못 봤으니까 그냥 0점 맞겠습니다", "도대체 왜 못 본 건데?", "사실, 그 전날 술을 너무 많이 먹어서 일어나지 못했습니다. 죄송합니다" "그럼, 중간시험에서 10점 감점해서 처리해도 되겠니?", "고맙습니다."

기회가 있음에도 불구하고 '0점'을 고집하던 그 아이가 '우직해' 보일 법도 했지만, 그 솔직한 눈과 마음이 어찌나 내 마음에 들고 자랑스러웠던지… 그 아이의 더욱 멋지고 의미 있는 인생을 기대해본다.

A Little Song of Life

- Lizette Woodworth Reese

Glad that I live am I;
That the sky is blue;
Glad for the country lanes,
And the fall of dew.

After the sun the rain;
After the rain the sun;
This is the way of life,
Till the work be done.

All that we need to do,
Be we low or high,
Is to see that we grow
Nearer the sky.

삶의 작은 노래

- 리제트 우드워스 리스

내가 살아 있다는 것이,
하늘이 푸르다는 것이 나는 기쁘다.
시골의 오솔길과,
이슬 내림이 기쁘다.

해 떴다가 비,
비 왔다가 해,
이것이 삶의 길이다,
그 일이 끝날 때까지.

우리가 할 일은 오로지,
낮건 높건 간에,
우리는 점점 하늘 가까이 가고 있음을
아는 것이다.

"엄마의 편지"

(나누리)

어느 날 눈을 뜨니 찬바람 싸아하니 콧속으로 스며들어 가을인가 했었다. 아침 커피향이 유난히 좋아서 정말 가을이네 했다. 길가에 흐드러지게 핀 코스모스를 보며 어쩜 계절은 어김없구나, 감탄했다. 오늘전하나 찍히지 않은 높디높은 하늘아래 만국기 펄럭이는 운동장에 하연 먼지 뒤집어쓰고 함성 지르는 아이들 보면서 내 어린 날의 가을을 생각했었다. 누가 시키지도 않는데 세월은 그렇게 달려간다. 아주 알찬 스물 한 살의 가을이 되길, 그래서 뒤돌아보았을 때 후회되지 않는 시간으로 이어가길… 사랑한다.

난 지방에서 올라온 유학생이기 때문에 부모님과 떨어져 지낸다. 이렇게 지낸 지도 벌써 2년을 채워간다. 처음에는 낯선 서울에 대한 동경과 두려움이 뒤범벅되어 나름대로 바쁘게 산답시고 하루가 멀다 하고 걸려오는 엄마의 안부 전화를 가끔 귀찮게 느낀 것도 사실이다. 난 이렇게 잘 해내고 있는데 엄마는 아직도 내가 어린애인 줄 안다고 내심 우쭐해하던 것도 사실이다.

엄마는 가끔 계절이 바뀔 때마다 옷가지를 조금씩 보내온다. 그 속에는 항상 엄마 특유의 글씨로 무늬 없는 소박한 하얀 편지지에 적힌 편지가 들어 있곤 한다. 엄마는 고등학교 때도 전날 밤 크게 다투고 나서는 (철없는 나의 일방적인 떼쓰기라고 해도 무방하다) 아침에 퉁퉁 부은 얼굴로 학교 길에 나서는 내게 엄마의 마음이 담긴 편지를 쥐어주고는 했다. 난 학교에 도착하자마자 그걸 읽고 후회감과 미안함으로 굵은 눈물 뚝뚝 떨어뜨리며 숨죽여 울곤 했다. 서울에 와서도 엄마는 그러한 편지들로 날 가끔 울린다. 백 마디 말보다 엄마의 따스한 마음이 적힌 편지를 보면 그 감동에 눈물 흘리지 않을 수가 없다.

얼마 전 엄마는 어린 동생의 가을 운동회에 다녀와서 나에게 편지를 보냈다. 위에 적힌 것이 그것인데, 엄마는 매번 후회되지 않는 고등학교 생활이 되기를, 알차게 보내는 스무 살의 시간들이 되기를, 그리고 알찬 스물한 살의 가을이 되라고 끊임없이 당부해 왔다. 나도 항상 다짐한다. 이렇게한 해를 보냈으니까 다음 해에는 정말 열심히, 멋지게 사는 한 해가 되어보자고. 하지만 그렇게 다짐한 지 얼마 되지 않아서 그 야무진 포부들이 물거품처럼 사라져버리는 게 다반사였다.

이제 내년이면 마흔 아홉이 되시는 우리 엄마가 나에게 그토록 알찬 시간을 보내라고 당부하시는 까닭을 머리로는 알 것 같은데 이렇게 몸이 따르질 않으니 나도 나중에 정작 나는 해내지 못했으면서 내 딸에게 알차게보내라, 후회되지 않는 하루하루를 보내라 말하지는 않을지 조금은 걱정도된다.

사실 인생에 대해 깊이 생각해 본 적은 없다. 허나 '운명'이라는 말을 듣는 순간 느껴지는 막막함은 누구에게나 마찬가지일 것이라고 생각한다. 나는 진취적인 사고가 부족해서인지 모르겠지만 인생은 정해져 있는 거라고생각하는 편이다. 많은 시행착오를 겪었더라도 결국은 그것이 원래부터 내가 겪어야 하는 하나의 과정이기 때문에 겪는 것이지, 쓸데없이 내가 모험을 했다가 겪는 고통이라고는 생각하지 않는다. 그렇기에 지금까지 고작스물 하나가 되는 인생을 살아왔지만 내가 느끼는 인생이란, 한편으로는굉장히 무난하고 한편으로는 굉장히 지루하다. 괴짜가 되지 않는 이상, 내가 이 지리멸렬한 인생을 즐겁고 유쾌하게 즐기는 방법이 과연 있을까 나름대로 고민스러운 부분이기도 하다.

요약하자면, 아직 인생에 대해서 아무 것도 모르겠다. 분명 만들어 왔고만들어 가는 과정 속에 내가 존재하고 있음에도 인생은 자신에 대해 쉽게실토하지 않는다. 결국 내가 하는, 좋든 나쁘든 그 모든 것을 끌어안을 사람은 나밖에 없다는 게 사실이라면, 난 나를 자유롭게 해주고 싶다. 인생은어차피 한 번 뿐이니까 좁고 얕게 생각하지 말고 자유롭게 비행하는 새처럼 어디에든 생각이 미치고 행동을 하게 되는 내가 되도록 해주고 싶다. 무엇이든 해도 되는 젊음이라는 것이 지금 나의 가장 큰 축복이라면 엄마가그토록 바라는 알차게, 후회하지 않는 하루하루를 보내는 것이 생각해 보면 그리 어려운 것도 아닐 것 같아 조금은 유쾌한 생각이 든다.

"마마 걸"

(박지혜)

나는 상당한 마마 걸입니다. 감히 나 자신보다 우리 엄마를 더 사랑한다고, 우리 엄마가 죽는 대신에 내가 죽어도 상관없다고 말할 수도 있습니다.

우리네 부모님 세대가 어려운 시절을 겪으며 자랐다고들 하지만, 우리 엄마는 특히 더 못 먹고, 더 못 입고, 못 배우며 자라셨습니다. 어린 나이에 경상북도 촌구석에서 부산으로 올라와 남의 집 더부살이를 하셨고, 배운 것 하나 가진 것 하나 없어, 퀘퀘한 연기 속 공장 그늘 아래서 이팔청춘을 보내기도 하셨습니다. '찢어지게 가난함'을 겪었던 아버지를 만난 것도 그 시절이라 합니다. 마치 드라마의 한 장면처럼, 단칸방에 없는 살림을 차리고, 배를 타셨던 아주버님, 철없는 큰 시누이, 말썽장이 시동생, 초등학교를 갓 졸업한 작은 시누이 수발을 번갈아 가며 하셨습니다. 그리고 스물을 갓 넘겨 나를 낳으셨고, 이 년 후에는 아들도 낳으셨습니다.

20대에 이미 '학부형'이라는 타이틀을 얻은 우리 엄마. 초등학교 시절 내 등교 길은 항상 같이 걸어주셨고, 중학교 사춘기 시절 전문가 못지않은 솜씨로 내 고민상담자 역할을 톡톡히 해주셨고, 천방지축 고등학교 시절에는 어떤 강요나 부담도 주지 않으시고 묵묵히 지켜봐 주셨습니다. 그리고 지금 철없는 넋두리에 함께 울어주고 웃어주며 더 없는 술친구 역할을 해주고 계십니다.

양말 하나 제 손으로 빨지 않는 시근 없는 딸네미를 키워온 우리 엄마의 삶을, 그 마음을 내가 다 알 수가 있겠는지요. 어머니의 그 크나큰 애정 앞에 내가 어찌 감히 '우리 엄마를 사랑한다'고 말할 수 있겠습니까. 어머니의 그 끝없는 헌신 앞에 내가 어찌 감히 '우리 엄마 위해 희생할 수 있다'고 말할 수 있겠습니까. 종이 한 장에 단 몇 줄로 우리 엄마의 삶을 옮긴다는 일 자체가 그저 부끄럽기만 합니다.

오늘은 우리 엄마가 많이 아팠습니다. '휴식'을 모르고 살아오신 분이 장사도 못 나가시고 종일 누워만 계십니다. 그러고 보니 요즘 '갱년기'란 것이 찾아 온 듯도 싶습니다. 이제 겨우 마흔 셋이라 이른 감이 없지 않아 당황스럽기도 합니다. 휴… 세상이 아무리 잔인하다지만, 사는 게 지독히 고통스럽다지만, 앞으로 우리 엄마 삶에는 잔인함도 고통도 없었으면 합니다.

"살고 싶다"

그래, 이런 마음으로 살아야지. 언제인가(1992.10.27) 한 청년은 이런
마음으로 살기를 기원했다고 한다.

> 살고 싶다
> 사는 것처럼 살고 싶다
> 세상 부끄럼 아랑곳 않고
> 울면서 웃으면서
> 마음 이끄는 대로 살고 싶다
>
> 저 하늘 흘러가는 뭉게구름처럼 살고 싶다
> 바람 불면 바람에 쫓기고
> 아니 불면 그런 대로
> 파란 지면에 낙서하듯
> 마음대로 그림 그리며 살고 싶다
>
> 가을 하늘처럼 살고 싶다
> 먹구름 비 몰아오고
> 간간이 지나가는 참새에게조차
> 미소 머금고 활짝 웃는
> 저 푸른 하늘처럼 살고 싶다

은하수 이름 모를 한 별 되어 살고 싶다
밤하늘 달 쳐다보며 다들 사랑 운운하고
저만 외면할지라도
홀로 즐거이 빛 발하는
저 별이 내별인 듯 살고 싶다

태양처럼 살고 싶다
새벽 동녘에 불 밝히고
아쉬움에 겨워 눈물 머금고
급히 고개 숙여버릴 지라도
별들 드밀고 달 떠받치는
저 보랏빛 우울한 황혼의
태양처럼 살고 싶다

살고 싶다
정말 사는 듯이 살고 싶다
술도 마시다가
격렬한 사랑의 불꽃 터뜨리면서
내 멋대로 한 번 살고 싶다

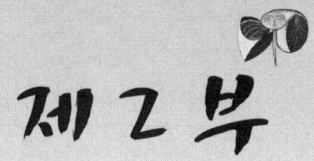

제 2 부

나, 자연, 환경

I. 겨울 가을 여름 봄

숲에서 일하다
샌드위치를 먹는데,

암사슴 한 마리 눈 속 수풀을 야금야금
서로 바라보며,
함께 씹는다.

게리 스나이더, 「우리는 모든 존재와 맹세한다」에서

We Make Our Vows With All Beings

- Gary Snyder

Eating a sandwich
At work in the woods,

As a doe nibbles buckbrush in snow
Watching each other
chewing together.

A Bomber from Beale
over the clouds,
Fills the sky with a roar.

She lifts head, listens,
Waits till the sound has gone by.

So do I.

우리는 모든 존재와 맹세한다

- 게리 스나이더

숲에서 일하다
샌드위치를 먹는데,

암사슴 한 마리 눈 속 수풀을 야금야금
서로 바라보며,
함께 씹는다.

빌에서 폭격기 한 대
구름 위로,
하늘은 굉음 가득.

암사슴 머리 들어, 듣는다,
기다린다 그 소리 사라질 때까지.

나도 그리 한다.

"다람쥐와 나"

(이상미)

화자가 숲속에서 일을 하면서 샌드위치를 먹는 것이나 사슴이 눈 속에서 먹이를 찾아 돌아다니는 모습이 평화롭고 여유로워 보인다. 특히 화자와 사슴의 눈이 마주쳐서 서로를 응시하는 모습에서 인간과 자연의 만남과 동화를 볼 수 있다.

초등학교 시절 시골 할머니 댁에 갔을 때, 졸린 눈을 부비며 아빠 손을 잡고 근처 뒷산에 놀러갔던 기억이 난다. 도시에서는 찾아보기 힘든 신선하고 맑은 공기, 사방이 순백의 눈으로 뒤덮인 산과, 사람 발자국이라고는 찾아볼 수 없는 그 처녀지 같은 눈길을 걸었다. 혼자서 여기저기 돌아다니다가 건너편 나무 뒤에서 바스락거리는 소리와 함께 그림책이나 사진으로만 보았던 다람쥐를 봤다. 그리고 아주 짧은 순간이었지만 다람쥐와 내 눈이 마주쳤다. 그때 나도 모르게 숨이 멈춰졌다. 숨을 쉬면 그 떨림에 다람쥐가 도망갈 것 같았다.

곰이 죽은 사람을 해치지 않는다는 어느 동화처럼, 숨 쉬지 않고 움직이지 않으면 다람쥐가 도망갈 것 같지 않았다. 그런데 아빠가 부르는 소리에 다람쥐는 다시 나무 위로 올라가 버리고 더 이상 보이지 않았다. 하지만 그때 그 순간 보았던 그 다람쥐의 눈과 모습이 아직도 기억 한 편에 한 장의 사진처럼 선명히 남아 있다.

이 시를 보면서 어린 시절 그 겨울이 생각났다. 화자가 먹이를 찾으러 나온 사슴과 눈이 마주치고 서로가 각자의 식사를 음미하면서 동시에 서로를 음미(?)하는 모습. 자연과 하나 된 느낌. 그때 그 평화로움을 깨는 폭격기 소리. 그리고 그 굉음이 사라지기를 기다리는 두 존재….

인간의 자연 파괴나 침범에 대해 이야기할 수도 있겠지만, 나는 이 시 속에서 그동안 잊고 있었던 그 겨울 산의 다람쥐를 떠올리며 어린 시절의 평화로움에 다시 한 번 젖어본다.

이야기 둘
"복날"

(이현미)

우리 시골에서는 매년 복날마다 개를 잡아먹는다. 고모부 세 분께서 몸 보신을 그리도 좋아하셔서 매년 열리는 행사인데, 지금은 안 그러지만 내가 어렸을 때만 해도 집에서 키운 개를 잡아먹고는 했다. 어린 나이에 어른들이 뭐 하는지도 모르고 방에서 텔레비전 보며 놀고 있다가, 나와서 고기 먹으라는 엄마 말에 쪼르르 달려 나와 냉큼냉큼 받아먹고는 했다. 그 고기가 바로 나와 같이 뛰놀던 소중한 친구인 줄도 모르고… 어른들이 그냥 쇠고기래서 그런가보다 하고 먹었는데, 진실을 알게 된 것은 초등학교 3학년 때쯤이었던 것 같다. 그때도 여느 복날과 다름없이 시골에 룰루랄라 놀러 가서 친척 아이들과 놀고 있었다. 그런데 어디서 '깨갱깨갱' 하는 소리가 들리는 것이었다. 호기심이 발동하여 우리는 소리 나는 쪽으로 살금살금 가 보았다. 이게 웬일인가? 고모부들과 동네 어른들이 우리 집 메리를 질질 끌고 뒷산으로 올라가고 있는 게 아닌가! 그 전까지는 애들 못 보게 한다며 몰래몰래 했는데, 그 해에는 어쩌다가 우리에게 그만 딱 걸려버린 것이었다. 그 광경을 목격하고도 우리는 무얼 하는 건지 정확히 감을 못 잡고, 얼른 방에 들어가라는 고모부의 당황스런 목소리에 우르르 집으로 들어가 한참동안 심각한 토론을 벌였다. 토론 결과, 우리는 마침내 정답을 알아내고는 미친 듯이 뒷산으로 뛰어 올라갔다. 그러나 상황은 이미 끝나있었다. 아, 그때의 절망감을 생각하면… 우리랑 대문에서 마을 우물까지 달리기 경주도 하고, 경운기 뒤에 타고 할아버지 논에 놀러가 논두렁에서 신나게 뛰어놀았던 예쁜 메리… 바로 얼마 전에 지나치면서 짧은 순간이었지만 자신의 운명을 알고 있는 듯이 그렁그렁한 눈빛으로 나를 간절히 바라보던 메리의 눈동자가 떠올랐다. 바보같이 그것도 눈치 못 챘다니… 내 자신이 한없이 미웠고, 나는 그저 메리의 새끼와 멍하니 슬픈 눈빛만 주고받고 있었다. 아무 말은 없었지만 우리의 슬픔은 하나였다. 메리의 새끼는 어미를 잃은 충격 때문인지 잘 뛰어다니지도 않는 바보가 되어버렸다.

이야기 셋

"당근 주세요"

(장지원)

서울 어린이 대공원에 가면 동물원이 있는데 한 구석에 사슴농장도 있다. 이곳에서는 하루 한 시간 동안 관람객들이 손으로 직접 먹이를 주는 시간을 갖는다. 먹이는 곡물로 만든 듯한 사료와 얇게 썬 당근이다. 손으로 사료를 한 움큼 집어 철조망너머 사슴에게 건네면 손바닥까지 싹싹 핥는다. 그리고 당근을 내밀면 아주 빠른 속도로 갉아먹기 때문에 당근 잡은 손가락까지 빨려 들어가는 게 아닌가 하는 의외의 짜릿함도 경험하게 된다.

사슴은 정말 생긴 그대로 순하다. 크고 맑고 그렁그렁한 눈은 늘 이야기를 건네는 것 같고, 꽃사슴일 경우에는 날씬하고 아담한 체구여서 우리에서 풍기는 묘한 거름냄새도 잊은 채 고것들을 한번 꼭 안아주고 싶은 생각마저 들게 한다.

그런데 이 아이들에게는 한 가지 이상한 습관이 있다. 사실, 그리 깨끗해 보이지도 않은데 요것들은 땅에 떨어진 먹이는 절대 안 먹는다. 손바닥에 담긴 사료는 코를 킁킁대며 혓바닥으로 싹싹 잘 핥아먹는데, 땅에 떨어진 알갱이는 거들떠보지도 않는다. 그러면서 마치 '먹을 게 없어요'라고 말하는 듯, 아주 호소력 있고 정말 애처로운 눈빛으로 공격하여 새 먹이를 주지 않을 수 없게 만든다. 불현듯, 아주 못돼 먹었다는 생각이 스치고 지나간다. 사실, 개네들 집뿐만 아니라 몸 상태를 봤을 때도 딱히 목욕을 자주 하는 것도 아닌 것 같은데, 먹을 것에만 유난을 떠는 모양새가 말이다. 그래도 바닥에 수북이 떨어진 당근과 사료를 두고도 깔끔한 먹이를 찾는 것을 보면, 어쩌면 이 아이들은 먹이보다는 사람 손을 싹싹 핥는 재미를 바라고 또 즐기고 있는지도 모르겠다는 생각이 든다.

이야기 넷

"밥"

누군가와 같이 밥을 먹을 때면 거의 식탁에 서로 마주보고 앉게 된다. 친밀한 사이라면 서로 마주보고 얘기 주고받으면서 밥도 한 소쿰씩 떠먹는다. 그렇지 않을 경우에는 밥그릇에 아주 중요한 볼 일이 있는 듯이 오로지 밥 먹는 일만 전투적으로 수행한다. 전자나 후자에 상관없이, 나는 상대를 쳐다보지 않고 밥을 먹는다. 입안에 뭔가를 넣는 그리 달갑지 않은 모습을 보여야 하고, 눈을 마주대하고 밥을 소화시키기가 수월치 않기 때문이다. 물론 상대가 나를 쳐다보는 것을 피할 수 없는 상황도 있다. 다른 사람과 밥을 먹으면 서로 식사 속도가 달라서 먼저 식사를 마치고 덜 먹은 사람을 기다려 줄 때가 많다. 내게는 그럴 때가 제일 난감하다. 기다려주는 이가 나의 밥 먹는 모습을 빤히 쳐다보고 있으면, 나는 밥이 입으로 들어가는지 코로 들어가는지 모를 정도로 불안스레 밥을 떠먹게 된다. 그렇게 먹은 밥은 체하기도 한다. 그게 싫으면 마주보고 앉지 말고 옆에 와서 먹으면 되지 않느냐고들 하는데, 그거 역시 낯간지럽다. 연인이 아니고서야 옆자리에 달싹 붙어 앉아 팔 부대껴가며 밥 먹는 일은 정말이지 불편하기 짝이 없다. 그럼 혼자 먹으라고? 그건 또 도저히 쓸쓸해서 못한다. 그렇다고 밥을 안 먹을 수는 없는 일! 결국 내가 고안해낸 방법은 아주 간단하다. 데면데면하지 않을 정도로 상대방 옷 정도에 시선을 두고 밥을 먹는 방법이다. 물론, 그래도 상대방의 시선이 느껴지면, 무조건 고개 숙이고 죄인마냥 먹는 일밖에는 없다. 참 밥 한번 먹기도 곤욕스럽다.

Mi Madre

- Pat Mora

I say feed me.
She serves red prickly pear on a spiked cactus.

I say tease me.
She sprinkles raindrops in my face on a sunny day.

I say frighten me.
She shouts thunder, flashes lightening.

I say comfort me.
She invites me to lay on her firm body.

I say heal me.
She gives me manzanilla, oregano, dormilon.

I say caress me.
she strokes my skin with her warm breath.

I say make me beautiful.
She offers turquoise for my fingers, a pink blossom for my hair.

I say sing to me.
She chants lonely women's songs of femaleness.

I say teach me.
She endures : glaring heat.
                   numbing cold
                   frightening dryness.

She : the desert
She : strong woman.

나의 어머니

- 팻 모라

나는 말한다 밥 줘.
그녀는 뾰족한 선인장에 연 빨간 가시 배를 내놓는다.

나는 말한다 간지럼 펴줘.
그녀는 양지바른 날 내 얼굴에 빗방울을 흩뿌린다.

나는 말한다 놀래켜 줘.
그녀는 천둥소리치고, 번갯불을 번쩍인다.

나는 말한다 위로해줘.
그녀는 자신의 단단한 몸 위에 나를 눕힌다.

나는 말한다 호~ 해줘.
그녀는 내게 만사니아, 오레가노, 도르미온 풀을 준다.

나는 말한다 달래 줘.
그녀는 따뜻한 숨결로 내 살갗을 쓰다듬는다.

나는 말한다 예쁘게 해줘.
그녀는 손가락에는 터키석을, 머리에는 분홍 꽃을 꽂아준다.

나는 말한다 노래해줘.
그녀는 외론 여인들의 여생(女生)을 노래한다.

나는 말한다 가르쳐줘.
그녀는 참아낸다: 타는 열
얼얼한 추위
무서운 목마름을.

그녀: 사막
그녀: 강한 여인.

이야기 하나 # "소녀 같은 우리 엄마"

(주혜원)

　우리 엄마는 소녀 같다. 항상 노래와 춤, 즉 가무를 곁들여 사신다. 60이 훌쩍 넘은 연세인데도 말이다. 서른일곱 늦은 나이로 늦둥이인 나를 낳으시고 나를 보면서 즐거움에, 이제껏 즐거움에 사셨단다. 물론, 지금도 행복하고 즐겁지만….

　어릴 적 우리 엄마는 정말 다양한 모습으로 내게 다가왔다. 3살 애기 때부터 하자. 어디를 가든 모든 놀이터의 주인은 나였다. 이사를 가는 곳마다, 내가 제일 먼저 장악하는 곳은 바로 놀이터였다. 내가 떴다 하면 모든 아이들이 두려움에 떨었다고 전해지고 있다. 나는 내가 타고 싶은 것은 무슨 수를 써서든 다 타야했고, 그 후 해질 무렵에야 퇴근하는 아버지 팔에

꽁꽁 묶인 채로 집에 돌아가곤 했다.

어느 날 이런 나의 존재를 모르는 한 아이가 날 무시한 채 그네를 내주지 않는 일이 발생했다. 나도 참 웃겼지. 4개의 그네 중에서 유독 그 아이가 타고 있는 그네를 뺏고 싶었다는 게 사건의 발단이었다. 목적이 달성되지 않자, 나는 우리 집 베란다를 향하여 외친다. "엄마! 엄마! 엄마!" 온 아파트가 쩌렁쩌렁 울리게 부르면, 어디선가 누구에게 무슨 일이 생기면 어김없이 나타나는 '짱가'처럼, 바로 엄마가 나타나서 그네를 내게 넘기셨고, 다른 아이들은 자리를 피할 수밖에 다른 도리가 없었다. 그래서 나를 대적할 아이가 한 명도 없었던 것이다. 우리 엄마는 그야말로 천하무적이었다.

그리고 우리 엄마는 팔 힘이 아주 세다. 특히, 때를 밀어 줄 때 그 힘은 정말 감당할 수 없을 정도다. 때를 밀며 그동안 쌓인 스트레스를 다 푸는 것인지, 한번 잡히면 내 피부는 늘 아주 흉측하게 변해 있었다. 한 번은 왼쪽 팔에 '불 주사'를 맞았는데, 방향을 바꾸는 과정에서 아예 그 도톰한 불 주사자국까지 밀어버리고 말았다. 아마 그때부터 나의 목욕탕 '목훈'은 '자기 때는 자기가 밀자'로 바뀌었을 것이다.

중고등학교를 마치고 대학까지 오는 과정에 나와 엄마의 추억거리는 무수히 많지만, 현재 엄마와의 주된 트러블은 돈이다. 이제는 서로 빌려 주고 떼먹고 이자 붙이고 갚기 등 채무자와 채권자의 놀이를 동시에 하고 있다. 아직 내가 엄마에게 갚아야 할 돈이 많다. 예전에는 그냥 주시던 돈이 이제는 차곡차곡 장부에 기록되고 이자까지 계산되니 참으로 기가 막힐 일이다. 우리 엄마에게 내가 갚아야 할 빚은 내가 뱃속에서부터 지금까지, 그리고 내가 결혼하고 이쁜 손자 놓고 할 때까지, 갚아도 갚아도 끝이 없을 것이다. 나를 아껴주고, 밤새도록 대신 숙제해주시고, 도시락 싸주시고, 화내도 나를 이해해 주시고, 때는 화끈하게 밀어주시고, 채무자와 채권자의 관계를 통해 확실히 경제 교육 시켜주시는 우리 엄마, 이런 어머니 세상에 또 있을까? 엄마가 보고 싶다. 소녀같이 순수한 어머니, 친구 같은 어머니, 오늘 당신이 참 그립습니다.^^

이야기 둘

"세상의 어머니들"

(최윤희)

　난 여자로 태어나서 참 행복하다. 한 어머니의 딸로서 늘 한결같고 푸근한 사랑을 받으며 살고 있으니 그렇고, 머지않아 결혼이란 걸 하게 되면 남자들은 죽었다 깨도 절대 경험할 수 없는 산모의 진통을 겪으면서 나도 내 딸들과 아들들의 한 어머니가 될 것이기에 그렇다. 사실 웃기는 얘기지만, 난 미래의 내 2세들에게 붙일 이름도 이미 지어놓았다. 한 다섯 개쯤? 어렸을 적부터 콤플렉스였던 흔해빠진 내 이름에 대한 철저한 한풀이라고나 할까. 그나마 10개 중에서 공들여 5개로 줄여놨는데 여기서 또 줄이려니 지어놓은 이름이 아깝다. 그렇다고 애 다섯을 낳는 것도 민망하고… 뭐～ 어떤가! 이 시에서도 말하듯 '여자는 강하다' 하지 않았던가! 까짓껏 힘닿는 데까지 한번 낳아보지 뭐～. (하하, 말해 놓고 보니 나도 참 주책이라는 생각이 든다. 쩝!)
　D-1095일?(3년?) 혹은 D-1825일?(5년?)…. 먼 훗날에나 만나게 될 내 아이들 이름까지 벌써부터 특별히 지어주고 싶고, 더 멋진 모습으로 만나기 위해 매일 열심히 공부하고 있고, 속병 앓지 않게 삼시 세 끼 꼬박꼬박 챙겨먹는 내 모습이 내가 봐도 참 대견스럽다. 이렇게 나 스스로도 내 2세들과의 미래 대면식을 위해 아주 사소한 것부터 차근차근히 애쓰는데, 이 세상 모든 어머니들의 자식 대하는 마음이야 오죽하겠는가? 하지만 연일 터지는 신문, 뉴스 보도와 인터넷을 접하다보면 그렇지 않은 안타까운 어머니들이 너무 많은 것 같아 한숨이 절로 나오고 기분이 씁쓸하다. 무엇이 문제일까. 어디서부터 잘못된 것일까? 무지(無知)로 작은 생명을 꽃피워 놓고는 무책임하게 등 돌리는 미혼모, 그 놈의 돈이 뭔지 경제적 이유로

자식을 길에다 버리거나 동반 자살을 감행하는 어머니, 기형아라는 이유로 자식을 살해하는 어머니, 알코올, 도박, 종교, 인터넷 중독에 빠져 그 속에서 헤어 나오지 못하는 어머니, 자식을 학대하는 어머니 등등, 어머니이기를 포기한 어머니들이 늘어가고 있다. 정말이지 이런 어머니들! 진정한 우리들 어머니 이름에 먹칠하니 분통터지고 억장이 무너질 노릇이다. 무덤 속에 누워계신 호랭이 같은 우리 증조 외할아버지가 이 사태를 아셨더라면 무덤을 박차고 나와 야무지게 호통을 치셨으리라. 자고로 어머니가 바로 서야 가정이 바로 서고 더 나아가 사회와 나라, 세계가 바로 서는 법이거늘 왜 그걸 모른단 말인가.

이런 어머니들을 볼 때 난 다시 한 번 우리 엄마 딸로 태어난 걸 감사히 생각하고, 그래서 난 행복하다. 많이 배우지는 못하셨어도, 형편이 넉넉지 않으셔도, 외모가 특출나지 않으셔도, 난 다시 태어나도 우리 엄마 딸로 태어날 거다. 철없던 철부지 시절에는 엄마 같은 삶이 싫었고 엄마와는 정반대되는 사람이 되고 싶어 했지만, 지금은 오히려 엄마의 아주 사소한 습관부터 취미까지 모든 걸 닮아가려고 노력한다. 우리 엄마의 반만이라도 닮아, 나도 이 다음에 내 아이들을 현명하게 키우고 싶고, 엄마처럼 아주 곱게 곱게 늙어가고 싶다.

"편지와 일기"

(김수현)

이 시를 읽으니 작년 내 생일날 짤막히 적어보았던 글이 생각나 옮겨본다.

작은 소리 한두 번 부르기만 해도
목이 메는 그 이름 어머니…
오늘도 그 이름 앞에 여지없이 작아집니다.

2003년 10월 26일 나의 20번째 생일날 난 세상에서 가장 큰 선물을 받았다. 그것은 다름 아닌 어머니의 편지. 첫 번째 말, '생일을 진심으로 축하한다' 며 '매일 열심히 살아가려는 네 모습을 볼 때마다 든든하다' 는 그 말에 눈물이 흐르기 시작한다.

난 이 집안의 맏딸로서 결코 든든한 사람이 되지 못한다. 그래도 항상 나를 믿으시는 어머니… 이젠 내가 아니라, 그녀가 내게 기대셔야 할 때인데, 나는 과연 얼마나 자랐나 하는 실망감에 죄송함을 감출 수 없다.

그리고 또 하나, '갖고 싶은 것 다 사주지 못해 미안하구나' 하시는 어머니. 나는 머리를 뜯으며 울지 않을 수 없다. 어머니, 어머니…. 도대체 뭐가 미안하단 말씀이신가요. 지금까지 채워주신 걸로 충분해요. 이젠 제가 채워드릴 차례인데요. 미안하단 말씀 하지 마세요. 제발….

그리고 평소 나를 위해 읽어주시던 성경구절로 끝을 맺으셨다. '사랑한다' 는 말과 함께… 운다 운다 울고 울고 또 운다. 잠을 잘 수가 없다.

나는 지금 세상에서 가장 죄스럽고, 그리고 가장 행복하다. 불러도 불러도 끝없는 그 이름, 어머니 사랑합니다. 존경합니다.

어머니… 어머니… 어머니….

이야기 넷

"엄마"

(황지민)

'엄마.'

내게는 아련한 단어다. 내 입에선 좀처럼 나올 수 없는 단어다. 하지만 항상 마음에 품고 있는 단어. 엄마… 엄마.

내가 초등학교 6학년이던 겨울에 나는 엄마를 떠나보내야 했다. 다신 볼 수 없는 먼 곳으로…. 엄마는 위암이셨다. 사람들은 내게 말했다. 엄마는 이젠 그 곳에서 아프지 않고 편히 쉴 수 있을 거라고, 그러니까 슬퍼하지 말라고 나를 위로했다. 하지만 그 당시 나는 죽음이라는 게 슬프기보단 신기하게만 느껴졌었다. 언제나 그랬듯이, 학교가 끝나고 집에 돌아가면 엄마가 저녁 준비를 하고 있을 것 같았고, 내 방이 너저분하면 엄마가 청소하라며 꾸짖을 것만 같았다. 그러나 그렇지 않다는 것을, 그럴 수 없다는 것을 알게 되면서부터 슬프지도 않은데 그냥 눈물이 나곤 했다.

그래도 주위 분들의 관심과 사랑으로 나는 외로움을 모르며 자랐다. 그리고 지금은 어엿한 대학생이 되었다. 난 지금도 슬프지 않다. 내겐 어릴 적 엄마와 함께 했던 아름다운 추억들이 살아 있으니까…. 나는 엄마를 떠나보냈지만 그 대신 많은 것을 얻고 배웠으니까…. 엄마는 내게 마지막까지 선물을 주고 떠나신 거다. 그런 엄마에게 난 많이많이 고맙다.

날씨가 많이 따뜻해졌다. 조만간 엄마를 찾아뵈러 가야겠다. 엄마가 좋아하던 오렌지 몇 개 들고서….

이야기 다섯

"코피"

(김보경)

누구나가 그렇듯이, 나 또한 이 시를 보면서 멀리 강원도에 계시는 엄마가 떠올랐다. 여자인 나도 나중에 엄마가 될 텐데…. 그러면서 나를 키워주시고 여태까지 길러주신 엄마의 인생을 떠올려 본다. 미흡하지만 말이다.

우리 엄마는 엄마의 친구들보다 조금 늦게 결혼하신 탓인지, 첫딸인 나를 유독 사랑해주셨다. 이 시에 표현되어 있는 그대로다. 나를 안아주시고, 맛있는 것 먼저 챙겨주시고, 지나가다 예쁜 옷, 예쁜 머리끈 따위가 보이면 그것들을 사다가 나를 치장해주셨다.

어릴 때였다. 한번은 내가 갑자기 코피를 많이 쏟은 적이 있었다. 강원도 태백이 고향인 우리 집에서 서울까지는 요즘도 4~5시간이 걸리는 먼 거리인데, 우리 엄마는 너무 놀란 나머지, 코피를 쏟는 나를 안고 택시를 잡아타고 서울에 있는 병원에 입원시켰다. 물론, 당시 근처의 병원을 다 들렀는데, 자꾸 큰 병원으로 가보라는 말에 서울까지 온 것이었다. 자식이 코피 쏟는 게 뭐 그리 큰일이라고, 엄마는 그렇게 맨발로 뛰어다니셨을까?

엄마가 나를 생각하는 것에 비해 내가 엄마께 해드린 것도, 해드릴 것도 없어 늘 마음이 아프다. 특히 요즘은 아빠의 사업실패로 우리 집이 경제적으로 더 힘들다. 그런 생각에 아빠가 한없이 원망스럽기도 하다. 사실 아빠는 더 힘드실 텐데, 그런 아빠께 나는 맨 날 화내고 짜증내다 울고는 한다. 모르는 건 아니지만, 잘 고쳐지지가 않는다.

어느 날이었다. 이렇게 짜증내는 내게 더 철든 것 같은 동생이 문자로, '누나, 엄마 아빠 너무 미워하지 마. 아빠가 잘못했어도, 엄마 아빠가 있어서 우리가 있는 거잖아. 너무 아빠 원망 말고, 열심히 살자~' 라는 메시지를 보내 주었다. 그 메시지를 받고서 얼마나 울었는지 모른다. 그래, 엄마 아빠는 '우리의 뿌리야. 지금까지 고생하셨을 엄마 아빠 위해 이제라도 내가 그분들을 받쳐주는 그릇이 되어야지.

상상 하나

"시 수업"

(김지우)

(2교시 국어시간) 띵동댕동띵동댕동♬

선생님 : 이번 시간은 지난 시간에 이어 외국시를 감상하는 시간이죠?
오늘은 Pat Mora의 시를 한번 감상해 보도록 하겠습니다.
지난 시간에 한 번씩 읽고 해석해 오라고 했던 것 같은데,
다 읽어 봤어요? 어땠어요?

아이들 : (여기저기서 볼멘소리로) 너무 길어요~,
모르는 단어가 너무 많아요~.

선생님 : 다 같이 제목 한번 읽어보죠, 스페인말로 돼있네요.

아이들 : Mi Madre

선생님 : mi는 '나의' 라는 뜻이고 madre는 '어머니' 를 뜻하죠, 합치면
'나 의 어머니.' 근데 우리나라에선 말할 때 보통 '우리 엄마, 우리
엄마' 하지, '나의 엄마' 라고는 하지 않죠. 모두 시의 맨 마지막
행을 보세요, *she: the desert , she: strong woman* ,
이 부분을 보고 지난 시간에 배운 게 생각 나야 하는데… 뭐였죠?
지난 시간에 배운 거 생각나는 사람? 손?

똑똑한 아이들 : (일제히 손을 들며)은유법이요~~

선생님 : 예에~ 여기서 우리가 지난 시간에 배운 표현이 나오네요. 엄마는
사막, 엄마는 강한 여자 바로 'a=b이다' 형식의 은유법을 사용했
네요. 자, 이제 1연을 보세요. 여기서 she는 그럼 무엇일까요?
자, 그럼 1연과 2연을 다 같이 한 목소리로 읽어 보죠. 시~작~

아이들 : *젖을 달라고 말합니다. 엄마는 뾰족한 선인장 위에 난 빨갛고 가시*

많은 배를 주십니다. 골려달라고 말합니다. 엄마는 화창한 날 내
얼굴에 빗방울을 뿌리십니다.

선생님 : 그만~ 여러분 여기서 한 번 생각해보죠. 아이가 젖을 달라고 하
는 걸 보니 'she'는 아이의 엄마를 가리키는 것일까요? 그렇다면
애가 배고파서 젖을 달라하는데 젖은커녕 엄마란 사람이 선인장
가시가 따갑게 난 배를 준답니다. 또 아이가 골려달라고 하니깐
이번엔 화창한 날에 빗방울을 아이 얼굴에 뿌린답니다. 엄마가 좀
'이상하다'는 생각 안 드나요? 따가운 선인장도 모자라서 자기
애가 심심하다고 하는데 애 얼굴에 비를 퍼붓고….

호 승 : (짝꿍인 영철이를 가리키며) 선생님, 애가 엄마가 싸이코래요~
ㅋㄷㅋㄷ (아이들 일제히 웃는다) 까르르르

선생님 : 그만 웃고, 그 다음 연을 더 읽어보죠. 시~작~

아이들 : 놀라게 해달라고 말합니다. 엄마는 천둥소리를 내고 번쩍 빛을 발
하십니다.

선생님 : 아니, 아까는 비를 퍼붓더니 이제는 천둥과 번개라… 어때요, 여
러분은 뭔가 이상하지 않나요? 뭔가 팍 느낌이 오지 않나요?

병 화 : 'she'는 '엄마'가 아니라 마지막 연에 시인이 쓴 대로 '사막'인거
같은데요. she: the desert를 여기 나온 1, 2, 3연에 나온 'she'
에 쭈~욱 대입해보면 말이 되는데… 보세요, 사막이니깐 물도 뿌
려주고 덥고 건조하고, 그리고 선인장도 사막에 있는 거잖아요.

지 우 : (손을 들고) 선생님! 저 엄마는 혹시 '신'이 아닐까요?

선생님 : 오~ 지우! 근데 그렇게 생각한 이유가 뭐죠?

지 우 : 아니 그냥… (긁적거리며) 여기서 애가 '뭐해 주세요, 뭐해 주세
요'라고 이것저것을 자꾸 요구하는데, 우리 인간들이 하나님한
테 맨 날 건강하게 돈 잘 벌고 행복하게 살게 해달라고 기도하잖
아요. 그리고 엄마가 어떻게 천둥 번개를 애한테 줄 수 있겠어요,
신도 아니면서….

선생님 : 지우 말고 또 엄마를 신이나 다른 것으로 해석한 사람~?

노 해 : 저도 이 시를 처음 읽을 때는 제목도 「나의 어머니」이고 그래서 당
연히 엄마에 대한 시라고 생각했는데요. 'she'가 꼭 엄마가 되라
는 법은 없는 것 같아요. 지지난 주 시간에 선생님이 한용운님의
시 「님의 침묵」에서도 '님'은 조국도 될 수 있고 여인이나 부처도

될 수 있다고 하셨잖아요.

선생님: 노해의 말을 들어 보니 정말 'she'는 여러 가지로 해석할 수 있을 것 같아요. 아까 병화가 말한 것처럼 이 시 마지막 행에 나온 대로 사막을 뜻하는 것도 같고 지우 말대로 전지전능한 신도 될 수 있을 것 같네요. 아참, 영철이 말대로 만약 she를 엄마로 보면 싸이코일 수도 있겠네요. ㅎㅎ 여러분 생각은 어때요? 여러분, 이 시를 쓴 작가 Mora는 사막을 나를 먹이고 놀려주고 놀라게도 하고 위로해주고, 치료해주고 돌봐주고 노래 해주고 가르쳐주는 강한 엄마로 의인화했어요.

아이들: (이제야 시를 이해한다는 듯이) 아~ 아~

선생님: 하지만 병화의 말도 지우 말도 노해가 한 말도 모두 맞는 말이에요. 왜냐, 시에는 정답이 없으니까요. 시는 정말 시를 읽는 사람이 그 시를 어떻게 받아들이느냐에 따라 여러 가지로 해석이 될 수 있답니다.

(수업 종료 종이 울린다) 땡동댕동땡동댕동♬

선생님: 자, 그럼 오늘은 이것으로 수업을 마치겠습니다.

아이들: 감사합니다~.

상상 둘

"내 어머니, 우리 어머니"[4]

세상 모든 어머니는 사막.
그 어머니를 사막으로 만든 것은 바람, '나.'
난데없이 들이닥쳐
단물 쓴 물 다 빨아 먹고
배부르면 안절부절 못하다가
다시 휭~ 떠나는 바람, '나.'

지상에서 가장 투명한 시, 눈물로[4]
어떻게든 젖을 만들고
한 방울 남김없이
자식에게 물려주며
기꺼이 사막이 되어서야
웃음이 되는 어머니.

나의 어머니, 투덜이 어머니.
그래도, 한 번을 이길 줄 모르더라.

내 어머니,
우리 어머니.

---

4) 이외수, 『감성사전』 (서울: 동숭동, 1994), 213.

모작(模作) 하나

"내 엄마"

내가 배고프다고 하면
그녀는 안 먹어도 불러있는 네 배를 내려다보라고 한다.

날 놀려보라고 하면
그녀는 평소에도 잘 놀려먹고 있는데 굳이 그럴 필요가 있냐고 한다.

날 겁에 질리게 해보라고 하면
그녀는 지하실에 날 가두고 3일 동안 굶길 거라고 나직이 말한다.

날 편안하게 해달라고 하면
그녀는 심각한 얼굴로 영원히 편안하게 해주겠다고 말한다.

날 치료해 달라고 하면
그녀는 페레로 로쉐 한 박스와 웰치스 열 캔과 게임 CD를 건네준다.

날 껴안아달라고 하면
그녀는 외계인을 껴안는 취미는 없다고 한다.

날 아름답게 해달라고 하면
그녀는 신이 아니기에 인간이 들어 줄 수 있는 부탁을 하라고 한다.

노래 불러달라고 하면
그녀는 질색하는 날 끌고 노래방에 데려간다.

내게 가르치라고 하면
그녀는 인간이기 때문에 외계인은 가르칠 수 없다고 말한다.

마지막으로,
이런 그녀에게 전화해서,
찢어진 내 심장의 통증을 호소하면
그녀는 자신의 눈물로 그 고통을 덜어간다.

그녀는 친구이다.
그녀는 멋진 여성이다.

Winter-Blooming Flower

- Park Jung-soon

Beauty can be seen only by the flower
Blooming in winter.
No life goes without stopping,
Without being lost.

Warmth can only be felt by the flower
Blooming in winter.
No road goes by without
Being touched by wind,
Without being ashed by rain.

The flower blooming in winter stands alone,
Slapped by cold waves from the river,
Silver rays knocking against its heart
And a wind that kisses it.
Where would they go?

Longing can be known only by the flower
Blooming in winter.
No autumn can flourish without
spring or summer.
No one goest without
Passing through hills or along wandering roads.

겨울에 피는 꽃

- 박정순

아름다움은 오직 겨울에 피는 꽃만이
볼 수 있다.
어떤 생도 멈추기 마련,
멸하기 마련.

따스함은 오직 겨울에 피는 꽃만이
느낄 수 있다.
어떤 길도 바람에 부딪치고
비 맞아 더러워지기 마련.

겨울에 피는 꽃은 홀로 서서,
강에서 몰아치는 찬 파도를 맞는다,
그것의 가슴을 두드리는 은 햇살과,
그것에 키스하는 바람을.
그들은 어디로 갈까?

갈망은 오직 겨울에 피는 꽃만이
알 수 있다.
가을은 번성할 수 없다
봄이나 여름 없이는.
아무도 갈 수 없다
언덕 혹은 굽이진 길을 지나지 않고는.

"동백꽃"

(최유선)

이 시를 번역하면서 내내 가슴이 추웠다. 그리고 난 강원도 여행의 기억 속에 있었다. 지독히도 추웠던 날씨에 겁먹은 고속도로는 텅 비어 있고 씽씽 달리는 차창 밖의 풍경은 온통 백색… 하염없이 내리는 눈을 바라보며 감상에 젖었던 지난 일들을 까맣게 잊어버릴 수 있었다. 난 그림보다 더 그림 같은 푸른 겨울 하늘색과 설원의 환상적인 풍경에 흠뻑 빠져버리고 말았다. 백색나라의 꿈같은 여행은 꽁꽁 얼어버린 서울에 도착하면서 다시 현실에 빠져들기 시작했다.

동백나무는 찬바람이 불 때 비로소 꽃망울을 부풀린다. 대부분의 다른 꽃들이 시들고 잎마저 말라죽고 나면 동백은 오히려 푸른 잎을 반짝인다. 바닷바람을 맞으며 다소곳이 고개 숙인 동백꽃의 그 붉은 색깔은 겨울에 피기에 더욱 가치가 있다. 동백꽃은 아무도 찾지 않는 바닷가에서 누구를 기다리는 듯한 그리움의 꽃이다.

그리움이 쌓이면 병이 된다고 누가 말했던가? 마음속 그리움의 병을 치유하기 위해 난 매일같이 사람들을 만나고 웃으면서 아픔을 달랬다. 떠나보낸 사랑을 후회하는 건 소용없는 일이라고, 상처받은 사람들은 술 한 잔에 기대어 그렇게 말했다. 마음속 후회를 잠재우기 위해 난 겉으로 웃고, 그러면서 가끔씩 울곤 했다. 아니 눈물은 나지 않았으니 그저 마음으로만 울었을 뿐이다. 그리고 나는 동백꽃처럼 누군가를 기다린다.

이야기 둘

"冬花"

　대학교 3학년 때 "동양철학의 이해"라는 수업을 들은 적이 있다. 『주역의 이해』라는 책을 교재로 한 것 같은데, 그제나 이제나 생각나는 것은 그 선생님의 '오르락내리락' 하는 어투와 이 말, "올라가는 길이 내려가는 길이요, 내려가는 길이 올라가는 길이여!" 정말 멋진 말이다.

　예전 어떤 박사님께서 특강을 하실 때면 강의 끝 무렵에 언제나 이 말을 하셨다고 한다: "겨울이 오면 어찌 봄이 멀리 있다 하리요?" (If Winter Comes / Can Spring be far behind?) 그런데 그 박사님이 노망났다는 소리도 들린다. 누구한테 들었는지는 모른다.

　겨울 꽃은 그렇게 철저한 고독, 굶주림과 목마름 속에서 나날을 보내고 거기에서 피어나는 꽃이기에, 모든 환경이 유리한 봄여름가을에 피는 꽃에 감히 비길 수 없으리라.

　대학교 1학년 때의 기억. 수많은 학생, 노동자들이 몸에 시너를 뿌리고 제 몸을 불살라 죽어 갔다. 마치 유행처럼, 들불처럼 무섭게 번져가던 그 화염의 물결… 그 중 한 사람이 생각난다.

　"광주는 살아 있다. 청년학도여 단결하라"는 구호를 외치며 죽어간 그 사람… 신촌의 어느 병원, 시꺼먼 숯검댕처럼 그을린 온 몸, 그 몸으로도 한 손을 치켜든 채 무언가를 애써 말하려했던 그 사람의 그 사진이 벌써 15년이 훌쩍 넘어 20년이 가까워오는 지금도 눈앞에 아른거려, 다시 안쓰럽고 마음이 찡하게 저려온다. 바로 그 사람이 남긴 유고시집에 「동화(冬花)」라는 시가 있다. 그리고 그는 해남에서 난 국문과 형이었는데, 그 사람이 평소에 필명으로 즐겨 사용하던 이름이 바로 '동화'였단다. 그의 이름은 박래전. 그 冬花들은 다 어디 갔는지?

"冬花" [5)]

- 박래전

당신들이 제게 돌아오지 않을 것을
아는 까닭에
저는 당신들의 코끝이나 간지르는
가을꽃일 수 없습니다

제게 돌아오지 못할 것을 아는 까닭에
저는 풍성한 가을에도 뜨거운 여름에도
따사로운 봄에도 필 수 없습니다
그러나 떠나지 못하는 건
그래도 꽃을 피워야 하는 건
내 발의 사슬 때문이지요

겨울꽃이 되어버린 지금
피기도 전에 시들지도 모릅니다
그러나 진정한 향기를 위해
내 이름은 冬花라고 합니다

세찬 눈보라만이 몰아치는
당신들의 나라에서
그래도 몸을 비틀며 피어나는 꽃입니다

---

5) 冬花 박래전, 『반도의 노래』,(숭실대학교 박래전 기념사업회 편, 1988), 36.

이야기 하나

"나의 가을은"

(최유선)

나의 가을은… 난 가을이 오고 있음을 언제나 입술이 먼저 알아챈다. 따끔따끔해지면서 트려고 하면, 아, 입술이 트는 계절이 다가오는구나. 가을이 왔고 이제 겨울이 오겠구나 싶다. 이렇게 언제나 가슴은 몸보다 더딘 것 같다. 그 뒤에 따라오는 것이 수많은 고민거리인데, 가을에 막 접어들기 시작하면 언제나 조바심이 난다. 꼭 1년 치 고민을 쌓아두었다가 가을에 몽땅 하는 듯이 온갖 걱정거리가 생기면서 머릿속이 전쟁터가 되어버린다. 올해도 어김없이 내게 찾아온 가을은 역시나 한 보따리 고민과 함께였다. 졸업을 코앞에 두고 남들과는 다른 야심 찬 계획들로 여름 내 충만해 있던 내 자신감은 차가운 바람 속에서 바로 고개를 숙이고 만다. 왜 그런지 난 항상 쌀쌀한 바람결에 마음까지 움츠려 든다.

Immortal Autumn

- Archibald Macleish

I speak this poem now with grave and level voice
In praise of autumn of the far-horn-winding fall
I praise the flower-barren fields the clouds the tall
Unanswering branches where the wind makes sullen noise

I praise the fall it is the human season now
No more foreign sun does meddle at our earth
Enforce the green and bring the fallow land to birth
Nor winter yet weigh all with silence the pine bough

But now in autumn with the black and outcast crows
Share we the spacious world the whispering year is gone
There is more room to live now the once secret dawn
Comes late by daylight and the dark unguarded goes

Between the multitudinous brave burning of the leaves
And winter's covering of our hearts with his deep snow
We are alone there are no evening birds we know
The naked moon the tame stars circle at our eaves

It is the human season on this sterile air
Do words outcarry breath the sound goes on and on
I hear a dead man's cry from autumn long since gone
I cry to you beyond upon this bitter air

불멸의 가을

- 아키볼드 맥리쉬

내 이제 이 시를 말한다 장중하고 차분한 목소리로
아득히 뿔 굽이진 낭떠러지의 가을을 찬미하며
나는 또 찬미한다 꽃 황량한 메마른 들판 구름들 바람이
음침하게 소란 피우는 곳에서 대답 없는 키 큰 가지들을

나는 가을을 찬미한다 지금은 인간의 계절
더 이상 낯선 태양이 우리의 대지를 간섭하여
초록을 부추겨 휴한지에 생명을 틔워내지도 않는다
겨울도 아무 말 없이 솔가지를 저울질하지 않는다

하지만 이 가을에는 새까만 부랑자 까마귀들과
우리가 광활한 세상을 공유한다 속삭이는 시절은 지나갔다
살 공간은 더 많다 이제 예전의 은밀한 새벽이
뒤늦게 일광이 되고 무방비한 어둠은 물러난다

나뭇잎들이 수없이 화려하게 불붙고
겨울이 깊은 눈으로 우리 가슴을 덮는 사이
우리는 외롭다 거기에는 우리가 아는 저녁 새도 없다
헐벗은 달 길들여진 별들이 우리 처마에서 맴돈다

인간의 계절이다 이 불모의 대기에
말들은 숨을 실어 보낸다 그 소리가 계속 나아간다
오래 전 가을로부터 한 사자(死者)의 외침이 들린다
나는 이 쓰라린 대기너머 너에게 외친다

제2부 나, 자연, 환경 **231**

"낙엽 줍는 어머니"

(한항아)

 어머니께서는 여전히 소녀 같은 미소와 마음을 갖고 계신다. 아름다운 풍경을 바라보면 꼭 우리 자매를 불러 함께 나누고, 겨울 첫눈이 오면 우리 강아지보다 더 좋아하신다.

 특히 가을이 되면, 어머니께서는 낙엽을 하나씩 하나씩 주우신다. 그리고 여기저기 그 낙엽들을 고이 모신다. 책장으로 달려가서 제일 두꺼운 책 몇 권을 골라 그 속에 넣으신다. 제대로 말리기를 원하시는 것이다. 혹은 책상이나 식탁 유리 밑에 나름대로 예쁘게 배열한다. 가끔은 그 유리가 움직여 배열이 흩어질 때가 있는데, 그 흐트러짐조차도 재미있다면서 이게 더 멋지다고 받아들이는 여유도 있으시다. 그리고 어머니께서는 두꺼운 책 속에 꼭꼭 눌려있는 빨갛고 샛노란 잎들을 코팅까지 해 와서 우리에게 선물로 주신다. 책갈피로 예쁘게 쓰라고. 또 어머니께서는 낙엽 밟는 소리를 좋아하신다. 아자작 와자작 바스락… 짜랑짜랑한 낙엽소리… 특히 완전히 마른 잎들이 제일 멋진 소리를 낸다면서 여기저기 낙엽을 밟던 어머니….

 여기 작은 낙엽이 있다. 식탁에서 몰래 빼온 것이다. 물론, 잎들은 재배열되었다.^^ 비록 작지만 난 어머니의 마음을 충분히 느낄 수 있었다. 나 또한 어머니와 같은 순수한 마음을 잃어버리지 않았으면 한다. 순수함을 잃어버린 어른들이 많다고 하지만, 내 바로 곁에서 항상 순수한 모습을 보고 있는 나는 정말 행복한 사람이다. 나도 먼 훗날, 지금 우리 어머니 같은 어머니가 되는 게 내 꿈이고 희망이다.

 (이 학생은 엄마의 식탁에서 몰래 빼온 낙엽 한 장을 자신의 글 다음에 스카치테이프로 곱게 정성스레 붙여서 제출했다.)

"옷 벗겨진 플라타너스"

한 잎이라도 붙들고 싶은 마음. 삶에 대한 미련 때문이리라. 그만큼 소중하기 때문이리라.

지난 여름 길을 가다가 이상한 장면을 목격했다. 플라타너스가 너무 더워 땀을 흘리다 못해 껍질 옷을 다 벗고 부채질을 하던 때. 어느 환경 미화원 아저씨가 땀을 뻘뻘 흘리면서, 딱딱한 플라스틱 빗자루로 그 껍질 옷들을 마구 벗겨내는 게 아닌가! 설렁탕 집 아줌마 왈, "왜 저런다냐 잉, 쯔쯔, 그냥 놔두면 저절로 떨어질 텐데, 참 이상도 하시네…." 한참동안 나도 걸음을 옮기지 못한 채 멍하니 서 있었다. 그 동안 '마음속의 나' 는 그 아저씨의 멱살을 쥐어 잡고 을씬 두들겨 패고 있었다. 그 아저씨도 분명 할 말이 있을 게다. "니놈이 청소를 알어?"

하지만 이런 세상. 멀쩡한 나무의 옷을 강제로 벗기는 세상. 나무는 그럴수록 한 잎이라도 더 붙잡으려고 안간힘을 쓸 텐데. 그 한 잎이라도 붙들려는 잔가지 많은 세상이 되어야 할 텐데….

"가을과 외로움"

(유원선)

우리에게 있어 가을은 두 가지 상반된 심상을 떠올리게 한다. 여름의 뜨거운 태양 아래서 알차게 성장한 식물들이 결실을 맺고 농부들은 추수를 하기 시작한다. 드높은 푸른 하늘과 오색의 불타는 단풍이 그 여유와 풍요의 느낌을 갖게 만든다. 이때의 가을은 상쾌하고 아늑하며 말할 수 없이 청명하다. 그러나 겨울을 맞이하기 시작하는 11월에 접어들면 가을은 새롭게 다가온다. 수명을 다한 단풍들이 힘을 잃고 낙엽이 되어 떨어지기 시작하며, 들판에는 추수가 끝난 공허함이 그루터기 속에서 묻어나고, 나뭇가지에는 어느덧 찬바람이 소리 내며 불어대기 시작한다. 이쯤 되면 그 쓸쓸함과 고독감, 허탈한 감정을 피할 수 있는 사람이 과연 몇이나 될까.

이 시는 위에 제시한 심상 중에서 후자에 중심을 둔 것으로 보인다. 도입부에서부터 진지한 톤으로 출발하여 그 분위기가 전체를 휩싸고 있다. 시적 화자는 가을을 찬양한다고 말하고 있으나, 이는 어딘지 모르게 역설적으로 들린다. 모든 생명이 그 절정이 아니라 결말을 준비하며, 온통 어둡고 음침한 분위기가 제시된다. 낭떠러지, 메마른 들판, 음울한 소리를 내는 나뭇가지 등은 하강의 의미를 가지며, 죽음과도 연결된다. 겨울이 다가오기 전의 가을에서 생명의 약동과 탄생, 즐거움은 부정되고, 오로지 버림받은 까마귀의 울부짖음과 공허한 삶의 공간만이 주어지고 있는 것이다.

가을에는 극도의 외로움이 존재한다. 우리에게 친근한 환경이 아니다. 알고 있던 새들도 따뜻함을 찾아 날아가버리고, 달마저 추위를 피해 저 멀리 달아나고 없다. 사람의 속내를 드러내는 말을 해도, 그게 타자에게 전달되는 것이 아니라 어딘가로 계속 퍼져나갈 뿐이다. 들리는 것이라곤 오로지 죽은 이의 울부짖음(절규)뿐이다. 그래도 가을은 인간의 계절이다. 계절의 순환처럼 가을은 계속될 것이다. 매년 가을은 찾아온다. 그 가을 속에서 인간은 전에 살았던 이들의 숨결을 느낄 수 있다. 그리고 허무하고 공활한 장소에서 사람들과 삶을 공유하면서 그들에게 다가가려고 끊임없이 노력하는 것이다. 그러기에 시적 화자는 가을의 어두운 면에서도 역설적으로 그걸 찬양할 수 있는 것이며, 「불멸의 가을」이라는 제목으로 그 영원한 진리를 표현할 수 있었던 것이다.

"섬"

우리나라에 봄과 가을이 있는가? 의문이 들 정도로 봄가을이 짧아져 못내 아쉬워했는데, 올 가을은 오랜만에 긴 듯하여 좋아했는데, 이 가을은 오래 오래 잊지 못할 것 같다. 가을은 불멸하겠지만, 안타깝게도, 내가 가르치는 한 아이가 자살했다고 한다. 간밤에는 이 아이 생각에 뒤척뒤척 잠도 제대로 청하지 못했다. 학기가 시작된 지 얼마 되지 않아서인지 얼굴도 가물가물하여 더 안타깝다. 그가 왜 죽음을 택했는지 아는 사람도 없다. 그가 내게 제출한 에세이를 읽어보았다. 그 글이 왜 그리 쓸쓸하고 외로워 보이던지…. 그의 시에 대한 단상이 꼭 유언처럼 느껴지는 것은 이제야 그의 외로움과 절대 고독을 알아채고, 그게 못내 안타깝고 착잡해서이리라. 그 외로움을 듣고 그 고독을 달래주지 못한 나와 우리들이 이제야 원망스럽고 미워지기 때문이리라. 그저 눈물이라도 났으면….

영어 'isolation(소외)' 이라는 말은 'isle(섬)' 을 품고 있다. 나는 이 '섬'을 몹시도 싫어했었다. 고등학교 졸업할 때까지 '진짜 섬'에 갇혀 살면서 늘 육지와 도시를 동경했기에. 하지만 도시 한복판은 더 고립된 섬이라는 것을 깨닫고부터, 늘 내 고향 완도 그 섬에 가고 싶다.
내 주변에도 섬이 많다. 하지만 연락선이 없는 게, 내가 연락선이 되어주지 못하는 게 늘 마음 시리다.

Spring

- Edna St. Vincent Millay

To what purpose, April, do you return again?

Beauty is not enough.

You can do no longer quiet me with the redness

Of little leaves opening stickily.

I know what I know.

The sun is hot on my neck as I observe

The spikes of the crocus.

The smell of the earth is good.

It is apparent that there is no death.

But what does that signify?

Not only underground are the brains of men

Eaten by maggots.

Life in itself Is nothing,

An empty cup, a flight of uncarpeted stairs.

It is not enough that yearly, down this hill,

April

Comes like an idiot, babbling and strewing flowers.

봄

- 에드나 세인트 빈센트 밀레이

무슨 목적으로, 사월아, 너는 다시 돌아오니?
아름다움으로는 충분치 않다.
넌 더 이상 날 달래주지 못한다
끈적끈적 움터나는 어린잎들의 불그레함으로는.
나도 알 것은 다 안다.
크로커스의 뾰족한 꽃차례를 바라볼 때
내 목에 내려앉은 햇살이 따갑다.
흙 내-음도 좋다.
죽음일랑은 전혀 없는 듯하다.
그런데 그게 무얼 의미하나?
구더기들에게 먹힌
지하 사람들의 뇌일 뿐.
삶 자체도 무(無),
빈 잔, 융단 깔리지 않은 계단 오르기.
해마다, 이 언덕 아래로,
사월이
흥얼흥얼 꽃 흩뿌리는, 바보처럼 오는 걸로는
충분치 않다.

생각하나
"어느 중견 여배우와 포레스트 검프"

(장세일)

지금 내 자신이 괴롭고 너무도 힘든 현실에 처해 있다면, 생명이 시작되고 아름다운 꽃들이 피어나는 봄이 내게 무슨 소용이 있단 말인가? 며칠 전에 신문에서 한 중견 여성 배우의 아들이 갑작스러운 교통사고로 생명을 잃은 사건이 보도되었다. 나는 이 기사를 읽고 너무나 마음이 아팠다. 물론, 내가 그 연기자와 친척관계이거나 목숨을 잃은 그녀의 아들과 무슨 관계가 있는 것도 아니지만, 몇 년 전에 그 연기자가 쓴 '자서전'을 읽은 계기로 그녀의 인생이 얼마나 힘들었는지 잘 알고 있었다. 그녀는 3차례의 이혼과 전 남편이 진 빚으로 인해 지금까지 그 빚을 갚고 있다고 한다. 너무 많은 빚과 그 빚을 자신이 갚아야 한다는 억울함에 그녀는 자살을 결심한 적도 여러 번 있었다고 한다. 그래도 그 힘든 현실을 끝까지 버틸 수 있었던 것은 그녀에게 단 하나뿐인 아들이 있기 때문이고, 아들은 그녀에게 살아가는 힘을 주는 존재였다고 자서전에 씌어있던 걸로 기억한다. 그 중견배우는 자신의 팔자가 너무 센 편이라고, 또 많은 업보를 지고 살아간다고 말했다.

우리 모두는 어느 날 갑자기 자신이 정말 사랑하는 이를 떠나보내야 하는 운명을 타고 났다. 나 역시 사랑하는 친구를 보내야, 먼저 보내야 했던 아픔을 겪은지라 그녀의 마음을 잘 이해할 수 있다. 영화 〈포레스트 검프〉에서 포레스트의 어머니는 늘 이런 말을 한다. "Life is like a box of chocolate. You never know what you gonna get." 아무리 우리의 삶을 예측할 수 없다고 하지만, 인생은 우리에게 뜻밖에 너무나도 감당하기 힘든 고통을 주는 것 같다. 지금도 자신이 가장 사랑하는 사람을 잃고 슬픔에 잠겨있는 이들을 생각하면 내 가슴도 너무 아프다.

생각 둘

"벚꽃"

(김효진)

긴긴 겨울을 보내고 만물이 소생하는 봄이 오면 마음이 절로 들뜬다. 여기저기 피어나는 진달래, 개나리를 보며 봄이 왔음을 실감하기도 하지만 개인적으로는 봄 중에, 그것도 4월이라 하면 '벚꽃'이 먼저 떠오른다. 봄만 되면 학교 운동장을 둘러싸고 하얗게 피어나는 벚꽃은 사계절 내내 가슴에서 잊혀지지 않는 진풍경을 연출한다. 아마 누구나 그 화사한 자태를 보면 거기에 넋을 잃고 절로 향기에 취하게 될 것이다. 그래서 봄만 되면 사람들이 너나 할 것 없이 '벚꽃 나들이'를 나서는 거겠지만….

사람들이 벚꽃이 아름답다고 생각하는 연유에는 하얗게 피어나는 아름다운 모습 때문일 수도 있겠지만, 나는 폭발하듯 아름다움을 분출하다 짧게 가는 아쉬움, 그로 인한 여운 때문에 더 아름답다고 생각한다. 만발해 있을 때의 모습도 물론 충분히 아름답지만 봄바람이 불면 함박눈처럼 휘날리는 벚꽃, 그 낙화는 자신의 마지막을 장식하는 어떤 꽃보다도 화려하다. 그래서 그 화려함 때문에 마지막이 더 슬프고 시려 보인다.

눈꽃송이처럼 만발하다 바람에 휘날리는 꽃잎들을 맞으면 따스한 눈송이를 맞는 것 같아 기분이 너무 좋다. 내가 영화 속 주인공이 된 것 같기도 하고… 그러나 이내 땅으로 떨어져 짓밟히는 꽃잎들을 보면 벚꽃의 운명이 안타깝기도 하다. 그럼에도 불구하고 벚꽃은 만발하여 화려함의 극치에 다다랐다가 짧게 있다 가야만 하는 숙명이 있기에 더 아름다운 것이 아닐까?

어쩌면 우리 인생 중에서 청춘도 그런 것이 아닐까 하는 생각이 든다. 계절의 여왕이라는 봄에 만발하다 짧게 지는 벚꽃 같은…. 그러나 그 벚꽃이 진다 해도 그리 슬퍼하지는 않는다. 화려한 피날레와 함께 다시 봄이 오고, 또 다른 계절이 오듯이, 청춘의 끝이 인생의 끝은 아니기에.

II. 밤에게

도랑 속의 병에, 귀리죽에 박힌
국자에, 폐 속 공기에
저녁아 오라.

오라, 마음 놓고, 두려워
말라. 하나님이 우리를 불안스레
버려두지 않으니, 저녁아 오라.

제인 케년 – 「저녁아 오라」에서

Let Evening Come

- Jane Kenyon

Let the light of late afternoon
shine through chinks in the barn, moving
up the bales as the sun moves down.

Let the cricket take up chafing
as a woman takes up her needles
and her yarn. Let evening come.

Let dew collect on the hoe abandoned
in long grass. Let the stars appear
and the moon disclose her silver horn.

Let the fox go back to its sandy den.
Let the wind die down. Let the shed
go black inside. Let evening come.

To the bottle in the ditch, to the scoop
in the oats, to air in the lung
let evening come.

Let it come, as it will, and don't
be afraid. God does not leave us
comfortless, so let evening come.

저녁아 오라

- 제인 케넌

해가 기울 때, 늦은 오후 햇살아
짐짝들을 타고 올라,
헛간 좁은 틈새들 헤집고 빛나거라.

아낙네가 뜨개바늘과 털실을 집어 들 때,
귀뚜라미 날개 비벼 노래하라.
저녁아 오라.

긴 풀 속에 버려진 괭이에 이슬 맺혀라.
별들아 나타나고
달아 은빛 뿔을 보여 다오.

여우는 제 모래 굴로 돌아가라.
바람은 잦아들라. 헛간 안은
컴컴하게 둬라. 저녁아 오라.

도랑 속의 병에, 귀리죽에 박힌
국자에, 폐 속 공기에
저녁아 오라.

오라, 마음 놓고, 두려워
말라. 하나님이 우리를 불안스레
버려두지 않으니, 저녁아 오라.

"이등병의 소망"

(신재범)

군대에 있을 때 빨리 작업이 끝나고 쉬었으면 했었고, 내무반에 들어가면 빨리 누워 자고 싶었다. 그럴 때면 늘 아무에게도 명령할 처지가 아닌 이등병은 '당직 사관은 어서 점호를 대충 끝내고 잠자리에 들라', '오늘은 새벽 근무 없이 편히 잠들게 하라' 등의 주문을 외우면서 전투화를 닦는다. 그러다가 하나님이 위안을 주사 제대를 하긴 했으나, 매년 다시 '야비군' 훈련을 받으며 군대에 있을 때와 비슷한 생각으로, '저녁아 오라'는 주문을 외운다. 즉, 이 시는 전국의 군인과 예비군 장병들을 위한 시라고 볼 수 있다. 우리는 이 시의 교훈을 아무리 힘들고 고달픈 인생일지라도 어떻게든 시간은 가게 되어 있다는 진리에서 찾아야 한다. 또한 그러한 가치관은 허황된 꿈이나 불확실한 약속을 쫓기보다는 하루하루의 생활을 그냥 열심히 살라는 실용적인 세계관을 담고 있다. 이 시의 시인이 여자이긴 하나, 이 시가 그녀의 노년기인 1990년에 씌어진 것으로 보아, 젊었을 때 알지 못했던 진리에 대한 깨달음을 시에 담아낸 듯하다. 그러나 나를 비롯한 대부분의 대한민국 남성들은 20대 초반에 이런 생각을 하게 된다. 그리고 그런 거 안 깨달아도 좋으니, 웬만하면 예비군은 좀 없었으면 한다.

"하늘이시여"

(방정선)

하늘은 참 변덕스러운 것 같다. 내가 괴롭거나 슬플 때 좋은 일로 나를 위로하기도 하지만, 어떨 때는 엎친데 덮친 격으로 날 더욱 슬프게 하기 때문이다. 지금까지 살아오면서 빈번하게 겪어왔다. 어제만 해도 그렇다.

나는 학업과 아르바이트를 동시에 하고 있다. 어제 아르바이트를 하다가 손님과 싸웠다. 영화관에서 티켓 파는 일을 하는데, 요구사항 많은 손님들에게 항의를 듣는 일이 다반사다. 하지만 어제는 좀 예외였다. 손님이 별것도 아닌 일로 나를 귀찮게 했다. 참았다. 그런데 나도 모르게 표정이 좀 일그러졌었나 보다. 빨리 퇴근해야 하는데 자꾸 날 붙잡고 늘어지니까. 그래도 나는 정말 잘 참았다고 생각했는데….

내 표정을 보고는 다짜고짜 "정말 싸가지 없다, 너. 뭐하는 거냐, 지금?" 이러는 것이다. 나이든 어른이 그랬으면 정말 일도 아니지만, 또래 여자애가 와서 그러니까 정말… 욕까지 해댔다. 하지만 뭐라고 대꾸를 하거나 싸우면 나는 거기에서 계속 일할 수 없는 노릇. 아쉬운 나로서는 꾹 참을 수밖에 없었다. 잘못한 것도 없는데, 그 정도면 잘 한 거였는데… 정말 서럽고 비참했다. 어쨌든 더 이상의 사고 없이 일은 잘 수습되었지만, 뒤돌아서는 순간 어찌나 서럽던지, 나는 그만 펑펑 울고 말았다.

그리고 어제는 내 친구 생일. 그런 모습을 보여주고 싶지 않아서 세수도 하고 기다리고 있었다. 그런데 아무리 기다려도 친구가 오지 않는 것이다. 장장 1시간 30분을 기다렸다가 만났다. 생일이라 화를 낼 수도 없고 또 꾹 참았다. 그렇게 밥을 먹으러 갔다. 그런데 식당 점원이 우리 옷에 돈가스 소스를 뒤집어엎은 것이다. 와, 정말….

이런저런 우울한 기분에 일찍 집에 들어갔다. 혹시 군대 간 남자친구한테 편지라도 왔으면 하고…. 요새 통 소식이 없었는데, 역시 편지는 없었다. 더 우울했다. 게다가, 엄마의 잔소리 시작. 동네가 울리도록 싸우고 울었다. 울어도 위로 한마디 안하는 우리 엄마… 우울하다.

하늘은 어제 나를 철저히 외면했다.

생각 하나

"밤은 두려워"

(송형진)

밤을 두려워하는 사람들이 많다. 왜 일까?

낮이 동적이라면 밤은 정적이다. 낮의 소음 속에는 수많은 움직임이 오가고 많은 일이 수행되고 마쳐진다. 그에 비해 저녁은 조용한 편이다. 너무 조용하여 자신의 내적인 말이 들린다. 낮의 흥분에 비해, 많이 차분해지고 가라앉은 분위기다. 늦은 밤 길거리에 나가 보거나 늦게까지 공부하다 보면 어느새 세상에 나 혼자 서있는 기분이 들 때마저 있다. 쉽게 말해서, 낮에는 여럿과 함께 있다는 기분이라면 밤에는 혼자라는 기분이 든다. 이러한 밤의 분위기에 적응을 못해 밤을 두려워할 때가 있다. 어렸을 때는 밤의 어둠이 시야를 가리면서 오는 불안감을 싫어했다면, 좀 크면서는 내 마음 속의 말들이 들리기 시작하는 그 시점이 싫었다. '아, 그래 난 지금 혼자지' 라는 사실을 절실히 가르쳐주는 외로움이 사람을 한없이 비참하고 약하게 만든다.

그런데 여기서 시인은 말한다. 오고 싶은 대로 오게 하라. 그리고 두려워 말라 신은 우리를 버리지 않는다. '신은 항상 너와 함께 있다.' 이 얼마나 아름다운 정신인가…!

그러나 애석하게도 신은 'msn'에서 말을 걸어주지 않는다. 그렇다고 싸이월드에 방명록을 남겨 주지도 않는다. 그래서 별 위로가 안 된다. 외롭다면 기다리지 말고 차라리 먼저 행동을 취하라고 하고 싶다. 문자를 보내든, 방명록을 남기든, msn에서 먼저 말을 걸든 하면, 그럭저럭 지낼만 할 것이다.

생각 둘

"시간의 물방울"

(홍민의)

　바람은 세차게 불어 우리 뺨을 순식간에 지나가곤 한다. 그보다 더욱 빠르게 누군가의 관심이 우리 뺨을 스치곤 한다. 거대하여 거역할 수 없는, 그러나 너무도 느리기에 우리가 잘 느낄 수 없는 시간의 흐름에, 누군가의 사랑은 묻혀서 만질 수도 없이 유유히 흘러가버리고, 시간을 되돌리려는 나약한 몸짓에 비로소 스쳐간 사랑을 관심을 인연을 그리워하게 된다. 거대한 폭포가 되어 끝이 안 보이는 절벽으로 떨어지는 시간의 물방울에 우리의 사랑은 힘없이 낙하하고, 우리는 때론 잡을 수 없는 지난 시간의 사랑에 집착하기도, 아직 떨어지지 않은 또 다른 사랑을 잡기 위해 빠른 물살 속에 자그마한 유리병을 담그고 초조하게 기다리기도 한다. 언젠가 우리도 압도적인 힘에 밀려 폭포와 함께 소멸할 것이다. 그렇다면 우리는 자그마한 유리병을 가지고 무얼 낚으려는 것일까? 무엇을 담으려 하는 것일까? 누군가를 만나야만 하는 것일까? 폭포에서 소멸되는 순간 누군가와 손잡고 웃으면서 사라지기 위해서 일까, 자신이 소멸하는 존재라는 걸 인정하기 싫어서 일까?

Evening Star

- Edgar Allan Poe

'Twas noontide of summer,
And mid-time of night;

And stars, in their orbits,
Shone pale, thro' the light
Of the brighter, cold moon

'Mid planets her slaves,
Herself in the Heavens,
Her beam on the waves.

I gazed awhile
On her cold smile;
Too cold—too cold for me—

There pass'd, as a shroud,
A fleecy cloud,
And I turned away to thee,

Proud Evening Star,
In thy glory afar,
And dearer thy beam shall be;

For joy to my heart
Is the proud part
Thou bearest in Heaven at night,

And more I admire
Thy distant fire,
Than that colder, lowly light.

저녁 별

- 에드거 앨런 포

때는 여름의 절정,
그리고 한밤중이었다

별들은, 제 궤도에서,
희미하게 빛났다, 더 밝고,
차가운 달빛 헤집고

그녀의 노예 행성들 가운데,
하늘에 있는 달,
파도에 비친 달빛.

나는 잠시 응시했다
그녀의 차가운 미소를,
너무 차가운, 내게는 너무 차가운─

그 위로 수의 같은,
양털 구름이 지나갔다,
그리고 나는 네게 돌아섰다,

도도한 저녁 별,
네 먼 눈부심 속에서,
너의 빛 더욱 소중하리라,

내 가슴에는 기쁨이
밤하늘에서 그대가 맡은
자랑스러운 역할

그래서 더욱 나는 숭앙한다
네 먼 불꽃을,
저 차갑고, 천한 달빛보다.

"이런 저녁이"

(김양하)

이런 저녁이었으면 좋겠다.
도시의 화려한 네온사인 보다는
작지만 밝고 빛나는 별을 볼 수 있는
그래서 어린 시절 추억에 대해 얘기할 수 있는
그런 저녁이었으면 좋겠다.

이런 저녁이었으면 좋겠다.
어두운 골목길에 서있는 가로등을 보고
내가 좋아했던 사람을 떠올릴 수 있는
그래서 아프지만 행복했던
짝사랑에 대해 얘기할 수 있는
그런 저녁이었으면 좋겠다.

이야기 하나

"별이 된 아이"

(유성자)

어렸을 적에 별을 보며 저별은 엄마별, 저별은 아빠별 하는 식으로 자기에게 소중한 사람의 이름을 불렀던 기억은 누구에게나 있을 것이다. 나 역시 남들은 그런 장난이 유치하다고 하여 아무도 그런 행동을 하지 않을 나이인 초등학교 6학년 때까지 했었다.

나는 어려서부터 계속 서울에 살았지만, 내가 제일 좋아하는 막내 이모가 시골에 사셨다. 나는 초등학생 6년 내내 방학 때마다 빼놓지 않고 이모 댁에 놀러갔는데, 그 시골에는 나와 마찬가지로 서울에 살면서 방학 때만 그곳에 내려오는 아이가 두 명 더 있었다. 한명은 나와 동갑내기 여자애로 얼굴이 하얗고 예뻤고, 한명은 나보다 한살 많은 오빠였다. 우리는 서로 친해졌고, 나는 그 남자 아이를 좋아하게 되었다.

그 시골은 공기가 깨끗해서인지 유난히 별이 많았다. 6학년 여름방학이었다. 다 같이 이모 댁에서 저녁을 먹고, 마당에 나와 수박을 먹으면서 하늘을 보았는데, 그날도 여전히 별이 많이 있었다. 나는 그 많은 별을 보면서 같이 있는 남자아이의 이름을 불렀다. 그런데 그때 옆에 있던 또래 여자아이가 "별을 보고 좋아하는 사람의 이름을 부르면 좋아하는 사람이 곧 죽는다"며 겁을 주는 것이었다. 당시 나는 무식할 정도로 용감했었던지 "그런 게 어디 있냐"면서, 그 앉은 자리에서 그 남자아이의 이름을 정말로 200번은 불렀다. 그렇게 혀가 꼬이고 목이 칼칼할 때까지 불러놓고는, "거봐 안 죽었지? 너가 한 말은 다 거짓말이야!" 라고 의기양양해 했다.

그렇게 6학년 여름방학이 끝났고, 우리는 겨울 방학 때 다시 만날 것을 약속하며 헤어졌다. 그런데 그해 겨울 시골에 내려갔을 때, 난 다시는 그 남자아이를 볼 수 없었다. 그해 가을 교통사고로 죽었다는 소식만 전해 들었을 뿐….

그리고 24살이 된 지금도 별에 관한 이야기만 나오면 항상 그 남자아이가 떠오른다. 꼭 나 때문에 죽은 것만 같아서… 그리고 나는 절대 별을 보며 내가 사랑하는 사람의 이름을 부르지 않는다. 왠지 그 반짝이는 별이 또 내가 좋아하는 사람을 데려갈 것만 같기에. 오늘 저녁에는 별을 보고 싶지 않다. 왠지 잠을 못 이룰 것만 같다.

이야기 둘

"볼펜귀신"

(최윤희)

이 시를 읽고 제일 먼저 한 일은 창문을 열고 밤하늘을 올려다보는 거였다. 혹시나 했는데 역시 나였다. 희뿌연 하늘에 달도 별도 없다. 예전에는 이런 서울 하늘을 많이 아쉬워했지만 지금은 적응이 되어 그냥 그러려니 하고 산다. 내가 언제 별과 달을 유심히 올려다본 때가 있었던가를 생각하니 여고시절이 아련히 떠오른다. 그때 봤던 밤하늘의 별과 달 속에 내 여고시절 3년 동안의 모든 추억과 학창시절의 꿈이 여전히 고이 간직되어 있다. 꼬박 3년 동안 밤늦게까지 '야자'를 해야 했기에 날 울리고 웃겼던 일도 그 밤하늘 아래서 일어났었다.

학교는 집에서 도보로 편도 30분 가량 떨어진 곳에 있었고, 그 중간 지점에 남자고등학교 하나가 떡~ 하니 버티고 있었다. 그래서 좋으나 싫으나 학교에 가려면 그 남학교 정문이 있는 도로를 반드시 거쳐야만 했다. 이상하게도 사건은 같이 하교하던 내 단짝 친구가 아파 일찍 조퇴하던 날에만 터졌다. 그 당시에는 급식 제도라는 게 없어서 우리는 매일같이 점심, 저녁 두 끼 분의 도시락을 싸들고 다녔다. 겨울철에는 보온 도시락에 싸들고 다녀야 했는데, 그게 화근이었다. 안 그래도 작은 체구에 엄청난 부피와 무게의 도시락 때문에 가뜩이나 등하교 길이 힘들어 죽겠는데, 그곳 정문을 겨우 지나칠 무렵 뒤에서 소곤대는 소리! "야~ 쟤 도시락 좀 봐라, 한 개도 아니고 두 개씩이나… 책가방보다 더 크구만! 키도 작고 무 다리면서 공부는 안하고 뭘 저렇게 많이 먹는데? 학교에는 먹으려고 가남? 키클려고? 낄낄낄…." 피가 거꾸로 솟을 일은 거기서 그치지 않았다. 어느 날엔가는 내 옆으로 두 남학생이 같은 방향으로 걷고 있었는데, 한 남학생이 요즘 자기 친구한테 미팅을 시켜줘야 하는데 소개시켜줄 여자애가 없단다. 그러자 대뜸 그 옆에 있던 친구가 날 가리키며 "쟤는 어떠냐?"고 장난스럽게 묻자, 그 녀석 왈 "야~ 너는 눈이 있어 없어? 쟤도 여자냐~?" 이러는 거다. 자기네들끼리 재밌게 속삭이는 소리였지만, 그들이 걸걸한 변성기의 사내들이라는 것과 밤에는 특히 소리가 더 잘 퍼져서 내 귀에까지 들릴 수 있다는 걸 몰랐던 모양이다. 그때는 숫기가 없어서 속으로만 울분을 삼켰지만, 내 마음에 상처 줬던 그 녀석들, 다시 만나면 전부 내 손에 죽음이다!!

그리고 1학년 땐가 2학년 때, 그때는 한창 '볼펜귀신' 이 유행이었다. 책상 위에 하얀 백지를 놔두고 두 사람이 마주보며 악수하듯 손을 마주 잡을 때 그 사이에 볼펜 하나를 끼워 놓는다. 그리고 볼펜을 잡은 손을 원 그리듯 천천히 돌리면서 주문을 외우면… 볼펜귀신이 나타나는 것이다. 여느 반처럼 우리 반에서도 용감한 두 친구가 야자 쉬는 시간에 실험하게 되었고, 모든 아이들이 숨을 죽인 채 바라보고 있었다. 그런데 주문을 외운지 한참 만에 두 친구의 손에서 경련이 일어나는 것이었다. 바로 볼펜귀신이 나타난 것이다. 그리고 그 두 친구는 볼펜귀신에게 많은 질문을 던진다. 몇 살인지, 언제부터 떠돌게 됐는지, 우리 반 일거수일투족을 다 지켜보고 있었는지, 무슨 과목을 제일 좋아하는지, 마지막으로, 우리 반에서 제일 좋아하는 아이가 있는지를 묻는다. 그러자 그 볼펜귀신이 '있다' 는 표시로 백지에다 원을 그리고, 호기심이 발동한 두 친구가 그 아이의 번호를 적어달라고 했더니… '42'를 적는 것이었다. 겁이 많아, 제일 뒤에서 가슴조이며 한참 바라보고 있던 나는 그 대답에 그 자리에서 정말 돌아가시는 줄 알았다. 42번, 그게 내 번호였기 때문이다. 누군가 날 좋아해준다는 건 기분 좋은 일이지만 산 사람도 아니고 귀신이 좋아한다고 생각하니, 그것도 눈에 보이지 않은 존재가 내 일거수일투족을 바라보고 있다고 생각하니 등골이 오싹하고 머리끝이 쭈뼛쭈뼛 섰다. 아이들은 내 속도 모르고 환호성을 지르며 축하한다고 했지만, 나는 당장 집에 돌아갈 일이 너무 무서웠다. 그 일로 이쁘게만 보이던 달도 '전설의 고향' 마냥 음산해 보여서, 친구와 헤어지는 지점으로 엄마한테 마중 나올 것을 부탁드렸고, 잘 때도 아빠 엄마 방에서 상당 기간 같이 끼어 잤었다.

그렇다고 그 밤하늘이 내게 항상 우중충한 일만 줬던 건 아니다. 3년 동안 단짝 친구와의 긴 하교 길에 별과 달은 때로는 또 한명의 좋은 길동무가, 때로는 어두컴컴한 골목길의 가로등이 되어 주었다. 초승달이나 그믐달이 떠서 달빛이 부족할 때는 친구랑 딱 달라붙어 서로 팔짱을 끼고 하교 길의 무서움을 달랬다. 친구와 말을 하지 않아도 나란히 걸으며 밤하늘에 수놓은 듯한 별과 달을 보는 것만으로도 서로의 마음을 읽을 수 있었다. 그 별과 달을 보면서 신세를 한탄하며 불투명한 미래를 논하기도, 우리의 꿈이 이루어지길 간절히 기도하기도 했다. 그리고 그 기도대로 내 친구는 영등포의 한 고등학교 수학 선생님으로 사회 초년생이 되었다. 그런데 나는 무얼 위해 아직도 방황하고 있는가, 그때의 꿈은 어디에서 잃어버리고 갈길 몰라 하는가…. 요즘은 정말이지, 하루하루가 아무 것도 보이지 않는 밤하늘 아래 살얼음판 위를 걷는 기분이다. 어서 빨리 이 어두운 터널을 지나고 달빛이건 햇빛이건 내게도 실낱같은 광명이 비쳤으면 좋겠다. 여고시절 그 별과 달을 머릿속에 그리며 오늘밤에도 간절히 기도해본다.

"모기 녀석"

(이윤경)

아무래도 이 시는 한여름 밤하늘을 바라보고 영감을 얻어 쓴 글 같다. 한여름 밤이 누구에겐 시를 쓸 만큼 감상적 일수도 있겠지만 난 한여름 밤이 싫다. 여름밤의 더위도 이유가 될 수 있겠지만 가장 큰 이유는 바로 '모기' 때문이다.

모기 녀석들이 귓가에서 윙윙거리는 소리로 곤히 잠든 나를 깨울 땐 가슴속 깊은 곳에 웅크려 있던 모든 짜증들이 한순간에 몰려온다. 피를 빨려면 조용히 빨 것이지 잠든 사람 깨울 필요까진 없지 않은가. 솔직히 모기들도 먹고 살아야 하기에 내 피를 빠는 것에 대해 그다지 불만은 없다. 그렇지만 내가 참을 수 없는 것은 모기들이 무는 위치 때문이다. 이왕 물리면 긁기 좋은 위치를 선정하면 좋으련만 꼭 긁기 힘든 발바닥이나 발가락 사이 또는 손이 안 닿는 등 쪽이나 엉덩이 부위를 문다. 정말 난처한 일이다. 그래도 그런 부위들은 어느 정도의 인내심으로 참으면 살 수 있다. 하지만 아침에 일어나 모기 녀석의 공격으로 빨갛게 부어오른 나의 눈을 보면 정말 살기가 싫어진다. 눈에 물파스를 바를 수도 없는 노릇이고….

이제 또다시 여름과 모기가 나에게로 다가오고 있다. 내가 모기에 대해 이런 불만들을 털어놓으면 내 측근들은 "좀 씻고 살아라"라고 이야기한다. 깨끗이 씻는다고 해서 모기에게 안 물린다는 확신은 없지만 이번 여름에는 얼굴, 특히 눈 부분은 꼭 청결을 유지하도록 노력해야겠다.

이야기 넷

"꼬마전구"

"내 고향 완도" 얘기를 하다가 학생들에게 들려준 이야기 하나가 생각난다. 어떤 계기로 얘기를 하게 된 건지는 모르지만, 꼭 별천지에서 온 사람이라도 되는 양 신기한 눈으로 쳐다보는 학생들에게 "별이 쏟아지는 걸 본 일이 있는가?"라고 묻고 출입문 유리창 교실 천장을 어지럽게 손짓하며, "저기 봐라, 보이지 않는가? 내 고향 완도 바닷가, 저 억만 개의 별!"(그들은 웃는다) 하고 농을 던지다가 해준 이야기다.

초등학교 2학년쯤의 일이다. 교통편이 없는 관계로 우리는 '분교'에서 3학년까지 다니고 4학년부터 산을 넘어 '본교'를 다녔는데(지금은 폐교되어 동네 어부들의 창고로 이용되고 있다), 아직 분교에 있을 때다.

어느 날 몇 안 되는 아이들끼리(남자는 모두 일곱 명) 편을 갈라 열심히 축구를 하고 있는데, 갑자기 "땡땡땡땡땡땡!!!!!!!" 마치 종을 깨부수기라도 하려는 듯, 선생님이 종을 마구 마구 세차게 치면서 "야, 이놈들아, 다 들어왓!!" 하는 것이었다.

선생님의 성난 괴성과 잔뜩 찌푸린 표정에서 '늦게 가면 바로 죽음'임을 거의 본능적으로 직감하고 하나같이 잽싸게 교실로 달려 들어가 일렬횡대로 서서 고개를 떨구었다.

　선생님이, "야, 니들 중 어느 놈이 꼬마전구 훔쳐 갔어? 바른대로 말 안 하면 죽는 줄 알아!" 하시는 것이었다. 그 말씀하시는 어투와 일그러진 얼굴⋯ 설령 누군가 가져갔다고 해도 자수했다가는 그 즉시 죽은 목숨이나 진배없는 상황이었다. 아무도 말이 없었다. 열이 치솟을 대로 치솟은 선생님, 가만있을 리가 없었다.

　"이놈들이?!" 그리고 슬리퍼를 벗어 오른손에 쥐더니 난데없이 '딱! 딱! 따닥! 딱! 따~악! 딱! 딱!' 순식간에 차례로 뺨을 후려갈기면서 지나가시는 것이었다. 아, 별! 별~! 별! 별~~! 별~! 별! 별~!

　그래도 아무 말이 없자, "내일 아침까지 제자리에 갖다 놓지 않을 시엔 전부 각오하고 있어!" 하시며 그 무서운 눈매로 일곱 아이들을 한 번 '휘-익' 훑고 지나가면서 두툼한 몽둥이로 위협을 주는 것이었다.

　그리고 학교를 파하고, 일곱 중에서 한 명이 빠지고 여섯 친구가 모여 작당을 한다.

　"어떡하냐, 안 갔다 노면 죽을 틴디⋯."

　"선생님은 맨 날 우리만 갖고 뭐라 그란당께, 4학년 형들이 가져갔는지도 모르는 디⋯."

　그런 저런 얘기를 하는 도중에 한 아이가, "각자 집에 가서 돈 타 갖고 비자리(본교가 있는 동네)에 가서 사다 놓자. 안 그러면 죽어!" 하면서 제안하고, 그 제안에 만장일치로 '그라자!' 그리고 아이들은 각자 집으로 돌아가, 이 핑계 저 핑계를 대면서 부모님을 졸라 150원 200원을 타서 다시 모인다.

어느새 선생님의 우락부락한 모습은 기억에서 사라지고 저마다 얼굴에 희색이 만연 꽃들이 피었다. 그리하여 '상점에 간다'는 생각에 마음이 부풀어 거의 달리듯 날듯 비자리에 도착한다(지금은 작은 구멍가게가 하나 있으나 그때는 가게가 없었다). 마침내 가게에 도착하여 여기저기를 두리번두리번, '콩 뽑기'도 사고 껌도 사고 새우깡도 사고, 마지막으로 꼬마전구도 산다. 그리고 주머니 안에서 체온 때문에 물컹물컹해진 콩 뽑기—강낭콩 모양으로 생긴 딱딱한 엿 과자로 그 달자근한 맛도 좋았지만 오래 먹을 수 있어서 더 좋았다—를 하나하나 오물오물 씹으면서 다시 집으로 출발.

해는 뉘엿뉘엿 서쪽을 에워싸고 있는 섬들 사이로 넘어 가고, 비자리와 우리 마을—북암리—의 중간 지점인 '월항리'에 이르렀을 때, 그 마을 어떤 아이 하나가 하는 말,

"야, 니들 북암리 살지? 느그 마을 배가 선창에 있든디, 빨리 가 봐, 떡방아 뽀스로(빻으러) 왔대" 하는 것이었다.

우르르 선창으로 달려간다. 그런데, 거의 선창에 다다랐을 무렵, 저기 떠나가는 배! 아이들은 어둑해지는 해변 돌밭을 목이 터져라, '아부지~, 큰 아부지~, 작은 아부지~, 오~춘' 하면서—북암리는 주로 노씨 김씨가 모여 사는 동네로 거의 모두가 친척처럼 지낸다—'세워달라' 외치면서 쫓아 간다. 그렇게 한참을 쫓아갔는데도, 듣는 체 만 체 자꾸만 멀어지다가 끝내 어둠 속으로 사라지고 마는 무정한 배…. 그리고 더욱 짙어만 가는 어둠. 게다가 난데없이 불쑥불쑥 와락와락 대드는 새하얀 물건들(부표)…. 그리고 아무리 불러도 대답 없는 뒤따라오던 친구들….

그렇게 여섯 중에서 다리 긴 두 아이는 그만 오도 가도 못하고, 바들거리는 다리, 떨리는 가슴으로 완전 정지하고 말았다. 그리고 한 아이가 떨리는 목소리로 말한다. "야, 여기서 자고 내일 날 밝으면 가자." 그리고 둘은 말없이 바닷가 풀 섶으로 올라가 눕는다. 그런데 고놈의 별은 왜 그리도 많던지….

"내일 집에 가면 엄마 아빠한테 선생님 땜에 이렇게 된 거라고 다 일러주

자, 잉?"

"그래, 다 선생님 때문이야, 우리가 안 가져 갔는디, 괜히 우리한테 뒤집어 씌웠지, 잉?"

"잉!"

그런데 그곳은 '치끝' 이라는 곳. 그 전부터 어른들한테 귀신이야기를 들을 때마다 단골로 등장했던 장소였던지라 그 무서움은 이루 말로 할 수 없을 정도였다. 치가 떨리는 곳이어서 그렇게 이름을 붙인 것인가? 혹시 귀신이라도 나오면 어쩌나……. 무서움과 두려움을 잊으려고 울음 섞인 목소리로 이런 저런 얘기를 주고받던 두 아이는 그렇게 두려움에 지쳐 피곤함에 지쳐 배고픔에 지쳐서 잠이 들었다.

"천~봉~아~~~, 희~성~아~~~"

잠결에 들은 소리, 그리고 왔다 갔다 하는 불빛들(나중에 들은 얘기지만, 그 친구는 일단의 다른 사람들이 우리 앞을 지나간 걸 보았는데, 그 불빛들이 도깨비불인 줄만 알고 나를 깨우지 않았다고 했다). 온 동네 사람들이 두 아이를 찾아 해변을 샅샅이 뒤지고 있는 참이었다.

"아빠~~앙~,"

"혀~엉~~"

그 중에 선생님도 계셨다. 마침내 두 아이는 어른들 등에 업혀 방앗간이 있는 월항리로 다시 돌아가 그곳에 있는 작은 구멍가게에서 빵과 우유로 저녁을 대신하고, 다시 어른들의 등에 번갈아 업혀 가면서 마을로 돌아갔다.

아직도 잊을 수 없는 것은 집에 가는 길 내내 옆에서 고개를 푹 떨군 채 아무 말도 없이 따라 오시던 선생님의 모습…. 부모님께 이르자고 다짐했건만, 다음 날, 그 다음 날도, 우리 중 아무도 선생님에 대해 한 마디도 하지 못했다. 아버지, 어머니, 형, 누나 누구에게도.

이야기 다섯
"버스 정류장"

(조성민)

깊은 인상으로 아직도 가슴에 남아 있는 한 목동의 아름다운 사랑 이야기, 알퐁스 도데의 작품, 「별」. 조용조용히 속삭이는 듯 하지만 마음에 큰 울림을 주는 그의 글들에서 언어의 조화와 아름다움을 새삼 느끼게 된다. 중학교 땐가, 확실치는 않지만 교과서에 실렸는데, 삭막한 교과서에서 그리도 순수한 마음을 느낄 수 있음에 놀라웠다. 다시 읽는다면, 아마 그때처럼 감동을 받을 수는 없을 것 같다. 이런 남자가 어디 있어! 이렇게 치부할 게 틀림없다. 중고등학교 때 버스 정류장에서 같은 시간에 만나던 남학생을 흠모하던 시절은 지나간 것인가. 그 남학생의 가방이 아직도 기억난다. 스포츠형 짧은 머리에 얄팍하게 멋 부리지 않고 깔끔히 교복을 입고서, 쌍꺼풀 없는 눈으로 가끔 나를 보아주던, 그래서 심장 떨리던… 그래서 나는 버스 정류장을 좋아했고 학교 가는 길이 즐거웠다.

버스를 탈 때면 나는 그때의 추억을 떠올리고는 한다. 꺼내기 정말 부끄러운 일이지만 한 번은 이런 일이 있었다. 장이 좋지 않아서 시시때때로 배를 움켜쥐던 나는 이상하게 버스만 타면 배가 요동을 치기 시작했다. 특별한 날, 그 애가 집으로 가는 같은 버스에 탔던 날, 일은 터지고 말았던 것이다. 배고파서 급하게 먹었던 떡볶이 때문인가, 맛있어서 두 개씩 먹었던 순대 때문인가, 나는 부글거리는 배를 안고 더 이상 버틸 힘이 없었다. 참다 참다 못해 나는 알 수 없는 어느 한 곳에서 내려버렸다. 그리고 화장실을 찾아, 미친 듯이 헤매던 나를 하나님이 불쌍히 여기신 까닭일까. 패스트푸드점이 보인다. 2층에 위치해 있는 롯데리아로 부리나케 달려갔고 약 30분이 흘러서야 비로소 안정을 찾는다. 그리고 세상 최고의 편안함을 느끼며 천천히 계단을 내려가려던 찰나, 그곳에 그 애가 앉아 있는 것이었다. 아마 그곳에서 약속이 있나 보다. 어쩜 이런 인연이… 제발 내가 화장실에서 나온 것을 못 보기만을 바라며, 그 애 곁을 지나면서 또 제발 화장실에서 밴 냄새가 나지 않기만을 바라며 걸음을 재촉했다. 그런데 내 바람이 큰 욕심이었을까. 내가 지나가자, 아이들이 깔깔거리며 웃는다. 아직까지 나 때문인지, 무엇 때문인지 확실히 알 수는 없지만, 그냥 부끄럽다. 그때부터 그 애를 피했고, 나 혼자만의 관심도 그렇게 끝이 났다.

생각하나

"달과 저녁별"

달빛이 천하다니!
천만의 말씀이다.
애드가 앨런 포는
달빛을 시기하는
저녁별 같은 사람이 아니었을까?
밝은 걸 싫어하는
어둠의 아들이 아니었을까?

하지만 저녁별 아침별은
다른 별들,
심지어 달과 달빛도
감히 흉내 내지 못하는
저만의 매력을 가지고 있다.

수많은 별들 중에
유독 눈을 찌르는 듯한
날카로운 빛살.

햇살은 눈을 찌르지만
저녁별의 빛살은 마음을 찌른다.

서울에는
그런 저녁별이 없다.

누가 훔쳐갔을까?

이야기 여섯

"홍춘이"

(김홍준)

어제 오랜만에 여자친구와 뚝섬유원지에서 내려 한강 시민공원에 갔다. 초콜릿 무늬의 시멘트 경사진 곳에는 정확히 15미터 간격으로 커플들이 꼬옥 붙어 앉아 있다. 우리도 당연하다는 듯이 한 커플의 왼쪽으로 15미터 정도 되는 곳에 자리를 잡고 앉았다.

—춥다. 강바람이 불어서인가? 무릎에 앉을래?
—싫어~.
—왜 싫어~.

웃기지도 않는 말싸움을 하며 차가워진 손을 녹여주고 있는데, 문득 서울의 하늘엔 별이 보이지 않는다는 말이 떠올라 밤하늘을 올려다보았다. 그런데 그거 정말인가? 난 잘만 보이던데…. 늘 그랬듯이 처음에는 하나가 보이고 이내 그 수가 마구마구 늘어나기 시작한다. 오히려 대낮같이 켜져 있는 불빛들이 별빛을 자신들의 빛 속으로 묻어버린 것은 아니었을까. 새 모양을 하고 있는 구름도 보인다. 잔잔했던 강물이 반짝거리는 여객선이 지나가더니 공포 영화에 나오는 화면처럼 얇고 빠르게 떨린다. 이 녀석, 무서웠나보다. 갑자기 내 곁으로 바짝 붙네. 나도 참 둔하다. 바보야~ 안아 달래잖아. 아하하… 갑자기 청담대교위로 앰뷸런스 한 대가 녹색 불을 깜박거리며 지나간다. 조용하던 녀석이 뜬금없이 이런 얘기를 꺼낸다.

—우리나라에 전쟁 나면 서울 같은 데는 사람들 다 어디로 가?
—응? 그건 말이야… 우리나라는 전쟁 나도 끄떡없어. 저기 잠실운동장 보이지?(손가락으로 잠실주경기장을 가리킨다)
—응.
—저거 말이야, 사실은 보통 건물이 아니야. 잘 봐, 저기 가운데 무슨 선 같은 거 보이지? 그게 양쪽으로 벌어지면서 홍춘이 몸체가 나와.

―홍춘이가 뭐야?

―우리나라 지키는 로봇 이름이야.

―푸하하, 이름을 멋있게 짓든가, 네 별명을 붙여 놓냐? 킥킥…

―안 끝났어, 들어봐~ 저기서 홍춘이 몸체가 나오면, 저기 뭐냐 저 오피스텔 같은 거 두 개 있지? 그게 ~웅~ 날아가서 다리가 돼. 그리고 이 다리랑, 저기 잠실대교가 각각 접혀서 손이 되는 거야.

―큭. 그럼 조종은 누가 해?

―조종? 조종은 우리가 하지. 우리 주위가 갑자기 보호막으로 둘러 싸이면서 슝~ 날아 홍춘이 머리로 들어가. 그 담에 우리가 로봇이랑 연결 되서 운전하는 거야. 으하하.

―그럼 무기는?

―무기? 무기야 당근 또 있지. 저기 남산 타워 보이지?

―응.

―저거 말이야. 저게 또 보통 건물이 아니에요. 전시가 되면 특수 강화 티타늄으로 옷을 갈아입어. 그리고 또 슝~ 날아와서 홍춘이가 검으로 쓰는 거야. 으하하.(뿌듯하다. 내가 이런 엄청난 얘기를 만들어 내다니)

―근데 홍준아, 홍춘이는 뭐 먹고 살어? 기름 먹나?

―바보야 저거 기름 먹을라면 돈이 얼마나 들겠어. 잘 봐. 저기 한강에 물 보이지? 저게 사실은 물이 아니야. 너 저렇게 드러운 물 본 적 있어? 저거 이름을 까먹었네… 암튼 물이 아니야 저건. 홍춘이가 가끔 저거 먹고 힘내서 우리나라를 지키는 거야.

―아, 그렇구나. 대단해요~ 홍춘이. 큭큭. 아! 바보야, 그럼 사람들은~

―아참… 사람들은 또 방법이 있지. 우리 앉아 있는 여기가 갈라지면 커다란 방이 하나 나오거든. 거기 들어가면 또 경기도, 서울, 전라도 이렇게 써있는 방들이 있어. 또 들어가면, 정읍, 대전, 광주 이렇게 나온다? 정읍으로 들어가면 우리 동네도 나와 있어. 거기 주소 찾아서 들어가면 우리 집이랑 똑같이 생긴 집이 있어. 거기서 살게 되는 거야, 우린…!! 음~ 춥냐? 말 많이 했다. 가자.

―어… 그… 그래….

  오랜만에 다녀온 뚝섬유원지에서의 추억(!)이었습니다. 하하^-^;; 민망해라+.+

The Crescent Moon

-Amy Lowell

Slipping softly through the sky
Little horned, happy moon,
Can you hear me up so high?
Will you come down soon?

On my nursery window-sill
Will you stay your steady flight?
And then float away with me
Through the summer night?

Brushing over tops of trees,
Playing hide and seek with stars,
Peeping up through shiny clouds
At Jupiter or Mars.

I shall fill my lap with roses
Gathered in the milky way,
All to carry home to mother.
Oh! what will she say!

Little rocking, sailing moon,
Do you hear me shout—Ahoy!
Just a little nearer, moon,
To please a little boy.

초승달

- 에이미 로월

하늘을 부드레 미끄러지는
작은 뿔 달린, 행복한 달아,
그 높은 데까지 내 말 들리니?
금방 아래로 내려올 수 있겠니?

내 아기 방 창문턱에서
네 부지런 비행 잠시 멈출 수 있겠니?
그리고 그 다음엔 나랑
여름 밤 속을 떠다닐 수 없을까?

나무들 꼭대기를 스치며,
별들과 숨바꼭질 놀이하고,
빛나는 구름 사이로 고개 내밀어
목성 혹은 화성을 엿보면서.

나는 은하수에서 딴 장미를
치맛자락 가득 채워,
집에 가져가 모두 엄마한테 드릴 거야.
아! 엄마가 뭐라 할까!

살짝 흔들리며, 항해하는 달아,
내 외침 들리니?—어이!
조금만 더 가까이 오렴, 달아,
우리 아기 즐겁게.

"달과 토끼"

(한주희)

지금 생각하면 너무 우스운 일이지만, 어릴 때 친구와 달을 보며 싸웠던 기억이 난다. 엄마가 기다리는 것도 잊은 채 놀이터에서 별과 달을 보며 친구들과 높은—지금 내게는 너무 낮은—미끄럼틀 위에 앉아 보름달을 바라보며 시간 가는 줄 몰랐던 그 시절… 그땐 분명히 내 눈에는 달에 살고 있는 토끼가 보였다. 아직도 기억난다. 분명 토끼가 서있는 것으로 보였다. 그런데 친구는 토끼가 앉아있다고 했다. 그때 어찌나 답답하던지, 나는 토끼의 귀가 어느 방향으로 나있고 발이 이래 저래 되어있으니 저건 서있는 거라고 목청이 찢어져라 우겨댔다. 물론 나의 소꿉친구도 똑같은 방식으로 우겨댔다. 그렇게 서로 싸우고 말없이 집으로 걸어갔었지….

그 후로도 쭉 나는 토끼가 서서 방아를 찧고 있음을 믿어 의심치 않고 있었다. 그런데 몇 년 후에 아주 충격적인 일이 일어났다. 초등학교 4~5학년이었을 때 같은데, 자연 시간에 달의 사진을 보여주며, 달이 별이라는 것이다. 그리고 선생님은 "토끼 같은 것은 없다"고 말하면서 중간고사 시험에 달의 모양을 그리는 문제까지 냈다.

너무도 허무하고, 뭐랄까…. 산타클로스가 부모님이었다는 사실을 안 것만큼 달이 어찌나 미워보였던지… 돌아보면, 정말 순수함이라는 것이 내게도 있었구나라는 사실이 신기하기도 하다. 별을 딸 수 있고, 구름 위에서 콩콩을 탈 수 있다고 생각했던 시절, 밤엔 해님이 자는 시간이고 낮엔 달님이 자는 시간이라고 알고 달에 진짜 토끼가 살고 있다고 믿었던 그 순수의 시대로 다시 한 번 돌아가고 싶다.

이야기 둘

"달과 네온사인"

(박수옥)

나는 대학 때문에 서울로 올라오게 되었다. 대학이 아니었으면 서울은 그저 한 도시일 뿐 내게는 별 매력이 없는 곳이었다. 서울은 교통이나 교육이 참 발달한 나라다. 무엇보다 연극, 공연, 뮤지컬 같은 다양한 문화혜택이 있다는 것이 서울에 사는 보람일 것이다. 그런 서울에 와서 화려한 대학가나 패션을 보는 동안 나는 잃어버린 것이 하나 있다. 그것은 하늘이다. 고등학교 시절까지 하늘은 나의 좋은 친구였다. 답답한 일이 있을 때마다 그 하늘을 벗 삼아 이야기를 하곤 했었기에….

고등학교 시절 내내 아침 7시에 등교하고 밤 11시에 집에 오는 것이 나의 일상이었다. 새벽별 보면서 집을 나서고 밤하늘에 떠있는 달을 보면서 집으로 돌아오는 길에 달과 별은 나를 위로해주는 좋은 친구였다. 그렇다고 달과 별을 신인 냥 믿은 것은 아니었지만, 다른 친구들은 부모님이 마중 나와 집으로 향할 때, 달과 별은 외로운 나에게 신이 주신 선물 같았다. 그러면서 나는 작은 것에 만족하고 감사하는 법도 배웠던 것 같다.

그러나 서울에 와서 하늘을 봤을 때 내 눈에 제일 먼저 들어온 것은 달과 별이 아니라 화려한 네온사인이었다. 과장일지 모르지만, 그 달과 별을 많이 볼 수 없어서 그런지 나의 서울 생활은 더 외로웠고, 또 갈수록 작은 것에 감사하는 법도 잊어가는 것 같다. 작은 일에 염려하고 다급해 하는 나 자신을 볼 때마다, 고등학교 시절 하교 길에 검은 빛 하늘에 떠있는 달을 보며 언덕을 내려오던 그 벅찬 감동이 눈물 나게 그립다.

이야기 셋

"모녀"

(박지현)

부모님이 퇴근하고 들어오신다. 집 대문 번호 키 소리에 통화하고 있던 친구에게 서둘러 "안녕" 하고 현관으로 향한다. 언제부터인지는 모르지만, 일요일을 제외하고는 거의 매일 이런 일상이 반복된다. 엄마는, 힘없이 내 뱉는 나의 한마디 "다녀오셨어요?"라는 말에 미소로 답한다. 그러면 나는 거의 매일 "무슨 좋은 일 있어?" 그리고 엄마는 "그냥, 내 딸을 보니까 웃음이 나는데!" 뭐가 그리 좋은 건지, 예쁜 것도 아니고 아직 철도 없는 딸인데….

엄마는 내게 너무 관대하다. 아니, 욕심이 많다. 길을 지나가는 날씬하고 세련된 여자에게 신경을 쓰고 이유 없이 짜증을 내기도 한다. 내가 너무 뚱뚱하고 꾸미지 않는다고… 하지만 가끔은 말도 없이 쇼핑하고 들어오는 내게, "그래, 꾸며봐라. 결혼하기 전이니까 이렇게 하지" 하며 아빠 몰래 슬쩍 눈을 흘긴다. 그리고 친한 분들을 만나면, 자랑 대회도 아닌데 어찌나 입에 침이 마를 새도 없이 딸 자랑을 하시는지, 나도 나중에 그리 될까 무섭다.

그리고 이제 몇 달 있으면 오십이 되는 엄마, 지극한 공주병을 앓고 있다. 공주라서 그런가? 내게 원하는 것도 정말 많다. 그리고 그 원하는 바가 도깨비 방망이처럼 뚝딱해서 이루어지기를 바라신다. 누구만큼 날씬했으면 좋겠다고 연예인과 비교를 하질 않나, 다이어트에 관한 신문기사를 스크랩 해주며 보고, 느끼고, 행동하라나? 아휴, 부담스러울 정도다.

그래도 엄마의 마음이 고맙다. 말을 하지 않아도 엄마는 알고 있을 것이다. 대학 4학년으로서 불확실한 미래에 대한 나의 고민과 혼란스러움을 직접 물어보진 않더라도, 내가 내 스스로를 사랑하도록 만들어주고 계시니까. 오늘도 컴퓨터 앞에서 씨름하는 딸을 안쓰럽게 생각하시며, 엄마는 텔레비전 볼륨을 줄이신다.

"합격 소식"

(신윤희)

초승달을 사랑하는 한 아이의 꾸밈없는 마음이 마치 요즘 원하던 기업에 취업원서를 낸 내 심정 같다. 오랫동안 바래왔던 기업이라 여러 준비를 하면서 지난주부터 온통 그 회사 생각뿐이다. 합격 소식을 기대하고 그 기쁨을 상상하며 눈뜬 아침부터 잠드는 저녁까지 합격을 바라고 꿈꾸고 있다. '달아 나에게 오렴~'이 아니라, '합격소식아 나에게 오렴~'을 날마다 외치고 있다.

회사에 들어가면 하고 싶은 일도 참 많아, 이런저런 상상을 하면서 혼자 즐거워한다.

내가 첫 월급을 받아서 이쁘고 섹시한 빨간 내복을 엄마한테 선물하면 뭐라고 하실까! 아빠는 연두색이 어울릴까? 내 친구들한테 맛있는 감자탕을 쏘기로 한 약속도 지킬 수 있겠지? 이렇게 즐거운 상상을 하고 있노라면 합격에 대한 갈망과 떨림도 어느 정도는 진정되는 듯하다.

요즘 아침에 일어나 성경을 읽고 기도하는 것이 내게 큰 힘이 되고 있다. 어려울 때 하나님을 더욱 의지하게 되는 것이 송구스럽지만 항상 힘을 주시는 그분께 감사드린다.

이야기 다섯
"날래날래 끼라우"

(김지우)

부스락 부스락. 서랍 가장 아래 칸에 손을 넣고 더듬더듬 찾는 게 있었다. '아! 여기 있다' 서랍 속에서 노트 한 뭉치를 꺼냈다. 이수 국민학교 5학년 3반 6번… 노트 앞에 또박또박 적힌 큼지막한 글씨가 눈에 띄었다. 알록달록 유치한 그림들이 표지를 가득 메우고 있는 몇 권의 노트들….

노트를 열고 글자크기가 족히 15포인트는 되는 크고 시원시원한 글자들을 재빨리 눈으로 읽어 내려갔다. '어디쯤 있지?' 벌써 노트를 두 권 째 읽는데 내가 찾는 내용이 좀처럼 눈에 띄지 않는다. 매일 무슨 일들이 그리도 많았었는지, 하루도 빠짐없이 써내려간 일기들.

'앗!' 1993년 6월 4일 금요일 날씨는 ?? 제목: 개기 일식날 '이거다!'

'그래 내 기억이 맞았어! 이 맘쯤인 걸로 기억했는데, 정확히 11년전 하고도 엿새 뒤구나.' 일기를 읽으면서 오늘 아침 아빠 때문에 속상했던 마음도 눈 녹듯이 사라지는 것을 느꼈다.

저녁을 먹고 나서 9시 뉴스도 다 끝나고 저녁 밥 배가 막 꺼질 무렵이었던 것으로 기억된다. 아직 밤공기는 꽤 찼다. 바람이 살짝살짝 옷깃을 스칠 때마다 몸에 도들 도들 닭살이 일어났다. 우리 아빠는 저녁을 드시고 나면 아파트단지 앞 벤치로 바람을 쐬러 자주 나가셨는데 그때마다 나를 꼭 데리고 나가셨다. 아빠는 내가 없으면 심심하대나 뭐래나… 암튼 그때마다 나는 군소리 없이 잠옷 바람으로 아빠의 산책길을 동행해야만 했다. 나만의 사생활은 보호되지도 못한 채 말이다. 또 나는 아빠가 내미는 새끼손가락을 붙잡고 저녁 산책길 내내 똥강아지 마냥 졸래졸래 따라다녀야 했었다. 말 그대로 똥강아지처럼… 하지만 그 시절 나도 한창 부끄러움을 타던 12살 소녀 때인지라 사람들이 많은 대로변에서는 나만의 프라이버시를 위해 쥐고 있던 손가락을 슬쩍 빼려고 했고, 그럴 때면 아빠는 내게 "허, 허 날래날래 다시 끼라우~" 하면서 귀순용사 김용의 북한 사투리 흉내를 내면서 손가락을 다시 끼게 하셨다.

개기일식을 볼 수 있었던 그날 밤, 달 모양이 크고 환했는지 어땠는지 지금은 정확히 기억나지 않는다. 하지만 아빠 손잡고 봤던 그 달은 분명 온화하고 흐뭇한 미소를 지으며 우리 두 부녀를 내려다보고 있었을 것이다.

상상 하나

"춤추는 달"

(강정화)

깜깜한 밤하늘
별들과 손잡고 춤추는 달은
미소가 얼굴에 번진다.

웃는 얼굴을 가려,
살포시 숨기고
어두운 하늘을
포근히 감싸 안는다.

하늘에 뿌려진 별빛들은
바람으로 노를 저어
달빛을 가른다.

가루별빛 속에서
달은 살며시 웃는다.

깜깜한 밤하늘
별들과 손잡고 춤추던 달은
이제 활짝 웃으며
하늘을 날 수 있을 것 같다.

상상 둘

"밤의 자유"

(김수현)

세상의 빛이 떠나고
어두운 적막 속에
살며시 눈을 뜬다

주위엔 온통
깜깜한 어둠과
고요함뿐이지만

저 하늘의 찬란한 별 아래
밤의 자유 속에 내가 있음에
행복하다

바쁜 오후의 생활을 마무리하고
밤을 기다리며 감출 수 없이
설레는 내 마음

답답한 세상을 빠져나와
나만의 무도회에 들어가
조금씩 세상을 넓혀

여러 사람을 만나 이야기 나누며

평범한 곳에선 말할 수 없는
친구들의 이야기를 들어주다
그들을 위해 노래도 불러주고,

가끔은 홀로 망상에 빠져
행복한 상상으로 함박웃음 짓다가도
또 다른 슬픈 생각 속에 젖어
어설픈 모습으로 눈물을 적시기도 한다

언젠간 이 작은 자유를
마음껏 누릴 수 있을
그 날을 그리며

달빛 아래 펼쳐져 적막을 깨는
나의 소리 없는 외침이
내일을 향해 또다시 잠들게 한다

　

3년 전에 쓴 시다. 나는 밤을 참 좋아한다. 물론 햇빛 찬란하게 비추는 한
낮을 만끽하는 것도 상당히 좋아하지만, 모든 것이 잠들고 난 후의 그 적막
한 밤을 좋아한다. 사람은 원래 밤이 되면 더욱 감성적이 된다고 하던가?
감성적이 되든 안 되든 나는 그 조용함을 좋아할 뿐이다. 고등학교 때는 밤
하늘에 떠 있는 별들을 참 많이 보곤 했었다. 짙은 파란색의 하늘에 군데군
데 반짝이는 별들과 그 사이에 별들을 지키고 있는 듯한 달 하나. 아마도
내가 밤을 좋아하는 이유는 다른 무엇보다 나뿐만 아니라, 잠들어 있는 세
상의 모든 것을 감싸 안고 어둠을 비추고 있는 저 달 하나 때문이 아닌지
생각해본다. 달도 나처럼 밤의 고요함과 적막함, 하지만 그 속에서 찾을 수
있는 어떤 자유와 행복함을 사랑하기에 밤을 택한 것일까? 만약 그렇다면
나는 쉽게 달과 친해질 수 있겠네. 오늘 밤엔 달을 타고 동네 구경에 나서
볼까….

III. 애도의 노래

매년 한 번, 사슴이 인간을 잡는다. 그들은
온갖 방식으로 꼼짝없이 인간을 그들 가까이 유인한다.
각자 특정한 인간을 고른다. 사슴이 사람을 쏜다,
그러면 사람은 그 가죽을 벗겨 고기를 집으로
가져가 먹는다. 그렇게 사슴이 사람 속에 잠입. 사슴은
그 안에서 기다리며 숨지만 사람은 그걸 모른다. 일단
충분한 사슴이 충분한 사람을 접유하면 일시에
공격을 감행하리라. 안에 사슴이 없는 사람도
급습을 당하여, 모든 게 약간은 변
하리라. 이것이 바로 "잠입 접수"다.

게리 스나이더 - 「긴 머리칼」에서

second shaman song

- Gary Snyder

Squat in swamp shadows.
        mosquitoes sting;
        high light in cedar above.
Crouched in a dry vain frame
        —thirst for cold snow
        —green slime of bone marrow
Seawater fills each eye

Quivering in nerve and muscle
Hung in the pelvic cradle
Bones propped against roots
A blind flicker of nerve

Still hand moves out alone
Flowering and leafing
        turning to quartz
Streaked rock   congestion of karma
The long body of the swamp.
A mud-streaked thigh.

Dying carp biting air
        in the damp grass,
River recedes. No matter.

Limp fish sleep in the weeds
The sun dries me as I dance

두 번째 무당의 노래

- 게리 스나이더

늪 응달에 털썩 앉다.
　　　모기들이 찌른다,
　　　위의 삼나무에 대단한 빛.
말라 쓸모없는 몰골로 웅크린 채
　　　—찬 눈을 갈망한다
　　　—골수의 녹색 점액
바닷물이 두 눈에 찬다

신경과 근육에서 경련
배지느러미 요람에 댕그랑
뿌리에 박힌 뼈들
신경의 미묘한 흔들림

계속 손만 밖으로 허우적
꽃피고 잎 나고
　　　　수정으로 변화
줄무늬 바위　　　업(業)의 밀집
늪의 긴 몸체.
진흙 줄무늬 허벅지.

눅눅한 풀밭에서
　　　　공기를 입질하며 죽어 가는 잉어,
강이 물러난다. 무상.

맥 빠진 물고기가 잡초 틈에서 자다
태양이 춤추는 나를 말린다

"휜 물고기"

무슨 시인가? 제목대로 무당이 춤추는 장면을 그린 것일까? 늪에 사는 무당일까? 아니면 늪이 졸아들어 숨을 헐떡거리다가 햇볕에 말라 죽어가는 잉어의 몸부림을 그린 것인가? 무당의 세계, 무당의 춤을 난들 알까? 무당이 되고 싶은들 내가 무당이 될 수 있을까? 그 신비의 세계, 신들린 춤을 내가 배운다?

무당의 춤은 아무리 봐도(어렸을 적 한두 번 봤지만) 모를 일. 그 때 기억을 더듬어 보면, '무섭다, 미쳤다'는 생각. 하지만 잉어의 몸부림은 알 것 같다. 늪이 마르지 않아도 물이 충분해도 허공에 배를 내밀고 죽은 물고기들을 이 서울 하늘 아래에서도 많이 보았으니. '장마철 중랑천에 잉어 떼죽음.' 설마 소낙비가 너무도 아파서 그 고통에 죽었을까?

내 고향 완도 바다가 생각난다. 낚시질을 좋아하기에 여름에는 늘 내 어린 시절 그 섬에 가고 싶다. 그런데 어느 해 오랜만에 찾은 고향 바다, 이미 그 옛날의 바다가 아니었다. 물색은 똑같은데… 고기도 안 물고, 이따금 낚아 올린 물고기의 모습이란!

한쪽 눈이 먼 봉사. 몸둥아리 반이 30도 정도나 휜 물고기….

하도 이상하다 못해 속상한 마음이 들어 형한테 물어 보았다. 형이 한 말:

나도 그런 물고기를 낚을 때마다 속이 상하드라야. (물고기가 그렇게 되었듯이 사람들도 많이 변했어야…) 왜 그런지 아냐? 참, 신통하기도 하지! 김발에 염산을 뿌리면야 잉? 파래만 죽고 김은 그대로 남는다는구나! 나도 어쩔 수 없이 먹고 살려다보니 염산을 뿌리지만, 그때마다 찝찝해야! 염산이 바닷물에 잘 희석이 안 된다는구나! 생각해 봐라. 물고기가 염산을 맞으면 어떻게 될지! 그게 바로 폭격 아니고 뭐겠니!

"백조와 인간"

짝 잃은 백조의 슬픔. 왜 하필 "Grace Pond"라고 했을까? 그리스 신화가 생각난다. 아니, 예이츠의 시가 생각난다. 제우스가 백조로 둔갑하여 레다를 덮치는 내용의 시. 그렇게 해서 태어난 이가 바로 트로이 멸망의 원흉(?) 헬렌이란다. 백조는 죽을 때 처음이자 마지막으로 멋진 노래를 부르며 죽는다고 들었는데, 난 들어 본 적이 없다. 이 시의 수놈 백조는 그 노래도 못하고 죽었으리라. "그레이스 연못"이라는 곳이 있을 듯하다. 아마도 외국의 어느 도시 한 복판에 있겠지. 왜 거기로 날아갔을까? 숲을 찾아? 연못을 찾아서? 아니면 먹이를 찾아? 모를 일이다. 다만 서울 한복판에 그런 연못이나 숲이 많았으면 하는 바람뿐…

버들뿌리에 감겨 죽다니… 안타까운 일이다. 그러나 한강 그 넓은데서 인간이 쳐놓은 그물에 걸려, 재수에 옴 붙게도 수없이 죽은 물오리, 닭병아리와, 강가의 공사장에서 엄청난 덤프트럭에 깔릴 위기를 수십 번이나 넘기면서 끝까지 홀로 알을 지켜낸 이름 모를 어떤 작은 새에 비하면, 임종을 지켜주는 암컷 짝이 곁에 있기에 그 죽음이 반드시 외롭거나 슬프지만은 않았을 수놈 백조.

한강이 살아나고 있다 한다. 양재천에 새들과 동물과 식물들이 번성하고 있다고 한다. 좋은 일이다. 반가운 일이다. 청계천이 복원되었다. 그곳에도 온갖 새들이 놀러오고, 잉어와 붕어가 뛰고, 사람들도 덩달아 즐겁게 살날을 기대해본다. 사방에 썩어 곪아 터진 하수구가 즐비한데 과연 붕어가 앞으로도 계속 숨을 쉬며 살 수 있을까?

Elegy for the Swans at Grace Pond

- Bruce Weigl

Bored with bread the children throw to her
the swan who lost her one great love
when he washed up, tangled in the cold dawn,
drowned in the roots of willow,
cling to the blue pond and its amnesia.
Grief makes her circle the willow's shadow
where she waits for him to reappear
evenings when the light disappears
and each lap of waves grows greener.
Before a hole opened in the life
they'd invented in the clouds,
we watched them tangle their necks
around each other, sailing side by side
as to save themselves from our world.

그레이스 폰드의 백조를 위한 애가

- 부르스 위글

아이들이 던져주는 빵에 싫증났는지
유일한 큰 사랑을 잃은 암컷 백조는
버드나무 뿌리 속에서 익사하여,
찬 새벽에 뒤엉킨 채, 물에 휩쓸려 수컷이 떠오르자,
푸른 연못과 못의 무심함에 매달린다.
슬픔이 암컷으로 하여금 버들 그림자 맴돌게 하고
거기에서 암컷은 그가 다시 나타나기를 기다린다
햇빛 사라지고 파도 철썩일수록
더욱 푸르러지는 저녁때마다.
둘이 구름 속에서 창조한
삶에 구멍이 생기기 전에,
우리는 그들이 나란히 유영하며
서로 목덜미를 뒤얽는 장면을 보았다
마치 우리 세상으로부터 자신들을 지키려는 듯.

The Blue Booby

- James Tate

The blue booby lives

on the bare rocks

of Galapagos

and fears nothing.

It is a simple life:

they live on fish,

and there are few predators.

Also, the males do not

make fools of themselves

chasing after the young

ladies. Rather,

they gather the blue

objects of the world

and construct from them

a nest—an occasional

Gaulois package,

a string of beads,

a piece of cloth from

a sailor's suit. This

replaces the need for

dazzling plumage;
in fact, in the past
fifty million years
the male has grown
considerably duller,
nor can he sing well.
The female, though,

asks little of him—
the blue satisfies her
completely, has
a magical effect
on her. When she returns
from her day of
gossip and shopping,
she sees he has found her
a new shred of blue foil:
for this she rewards him
with her dark body,
the stars turn slowly
in the blue foil beside them
like the eyes of a mild savior.

푸른 부비

- 제임스 테이트

푸른 부비는

갈라파고스의

맨살 바위들 위에서

살면서 아무 것도 두려워 않는다.

수수한 삶이다:

그들은 물고기를 먹고,

거기에 약탈자는 거의 없다.

또한, 수컷이

젊은 암컷을 쫓느라

바보짓 하지도

않는다. 그보다,

그들은 세상의

푸른 물건을 모아

그걸로 둥지를

짓는다—우연한

골르와 담배 갑,

염주 한 줄,

선원의 옷에서 찢긴

천 조각. 이게

눈부신 깃털의

필요를 대체한다.
사실, 지난
오천만 년 동안
수컷은 엄청나게
따분해졌고,
노래도 잘 못한다.
그래도, 암컷은,

그에게 별 바람이 없다—
푸른 것이 그녀를 만족시킨다
완전히, 그녀에게
마술 같은 효력을
발휘한다. 그녀가 온종일
수다 떨고 쇼핑하고
돌아와 보니,
그가 그녈 위해 새로운 푸른
금박조각을 찾았음을 알게 된다:
이 일에 대해 그녀는 그에게
자신의 검은 육체로 보답한다,
별들이 천천히 돈다
그들 옆 푸른 금박에서
마치 온화한 구원자의 눈처럼.

이야기 하나
"따조"

(정윤영)

초등학교 시절인가 아니면 중학교 시절인가, "따조"라는 것이 있었다. 내가 언제부터 먹었는지 모를 만큼 역사가 오래된, 그 이름도 유명한 "치토스"라는 과자봉지 속에 들어있던 딱지 비슷하게 생긴 것이 바로 그것이다. 따조 위에는 그림이 그려져 있는데, 그 종류는 한 가지가 아니고 무려 수십 가지에 이르렀다. 지금 와서 생각해보면 그게 왜 선풍적인 인기를 끌었는지 모르나, 우리 또래 아이들은 그 '따조 모으기'에 혈안이 돼있었다. 그 대세에 역행할 만큼 배짱 있는 아이가 아니었기 때문에, 나도 역시 따조를 모으고 또 모았다.

그게 얼마나 인기가 있었는가 하면은 따조를 모으는 아이들을 위해서 제조 회사는, 친절하게도, 따조를 앨범처럼 끼울 수 있게 "따조 북"을 따로 만들어서, 아이들에게 자신만의 컬렉션 북을 만드는 새로운 기쁨을 선사해줄 정도였다. 이미 아이들에게 "치토스"는 과자가 아니었다. 단지 따조가 들어있는 봉지일 따름이었다. 그래서 소수의 부르주아 친구들은 이 치토스를 사서 따조만 건져내고 나머지 과자는 버리는 진풍경도 연출해내곤 했다. 하지만 나는 그런 부르주아는 아니어서 따조를 위해 치토스를 샀음에도 불구하고, 과자는 아까워서라도 꾸역꾸역 다 먹고는 했다.

또 하나 오묘한 것은 몇 십 가지 종류의 따조 중에서도 그야말로 희귀한 몇몇 유니크한 따조가 있었다는 것이다. 그래서 아이들은 따조를 다 모으기 위해 자신에게 없는 따조를 가진 아이에게 가서, "내 따조 몇 장이랑 그 따조 한 장이랑 바꾸자"라고 거래를 청하곤 하였다. 열 살을 갓 넘은 초등생들에게 물물 교환 경제를 가르쳐주는 정말 대단한 물건 "따조!" 다시 한 번 말하지만, 지금 와서 보면 정말 하나도 쓰잘데기 없는 한낱 딱지를 왜 그토록 힘들게 모았나 싶다. 지금의 나는 그때의 또 다른 나를 이해 못하지만, 한 가지 분명한 것은 만약 누군가가 그때의 나에게 "현금 1억을 줄 테니, 그 '유니크 따조'를 달라"고 했다면 나는 단호하게 그 거래를 거절했을 것이라는 거다.

"똘이"

(이수연)

언제부턴가 우리 동네에는 '애견미용센터'가 우후죽순처럼 생겨나고 있었다. 그 앞을 지나가다 창문 안의 새끼 강아지들을 보고 있으면 예쁘기도 하지만 먼저 가여운 생각이 든다. 밖에서 자신들을 바라보고 있는 나를 향해 할 말이 있는 듯 짖기도 하고 발로 창문을 긁어대기도 한다. 가게 안에는 미용할 강아지들과 미용을 마치고 주인을 기다리는 형형색색의 강아지들이 있다. 미용을 너무 하기 싫어서 인상을 잔뜩 찌푸리고 낑낑거리며 우는 강아지를 미용사는 몸부림치지 못하게 꼭 잡고 염색을 한다. 그것은 누굴 위한 것일까? 그 가여운 강아지를 위한 것은 아니리라. 그들이 스스로 거울을 보며 아름다운 자신을 보고 좋아할 거라는 생각은 들지 않는다. 결국 사람들을 위한 것이고 사람들의 눈을 위한 것이리.

길을 가다보면 귀와 꼬리를 분홍색으로 염색한 하얀 마르티스를 자주 만나게 된다. 그 애를 보면, '저거 하느라 스트레스 엄청 받았겠구나'라는 생각이 먼저 들고, 주인을 쳐다보게 된다. 그 주인도 꾸미는 것을 좋아하는 사람처럼 보인다. 주관적인 생각이지만, 마치 강아지를 자신의 장신구인 양 여기는 것 같기도 하다.

나도 '똘이'라는 요크셔테리어 한 마리를 키우고 있다. 한 번은 머리에 이쁜 하늘색 리본을 달아준 적이 있는데, 갑갑해서 그런지 똘이는 한참 머리를 바닥에 문지르다 결국 그걸 빼버렸다. 옷을 사온 적도 있는데, 입혔더니 자기 몸에 꼭 끼는 물체가 영 어색한지 행동거지가 엉거주춤했다. 그리고 움직이지도 않고 가만히 않아 있는 것이었다. 꼭 그 옷이 자기를 억누르고 있는 듯이… 그래서 나는 당장 옷을 벗겨버렸다. 그리고 그 후로 똘이 몸에는 아무 것도 걸쳐놓지 않는다. 강아지를 데려다 변을 가려 보게 하고 사료를 적당히 주고 큰 소리로 짖지 못하게 하는 등, 강아지가 아니라 인간의 구미와 습성에 맞추어 키우는 일 자체가 강아지에게 최대한 자유를 주고 싶은 내 생각과는 대립되기 때문이다. 물론, 아이러니컬하게도 나도 강아지를 키우고 있다. 하지만 내가 키우는 한은 어떤 인위적인 간섭으로도 똘이를 괴롭히고 싶지 않다. 똘이가 사람의 장난감이 아니라 강아지로 살 수 있기를 바라기 때문이다.

"닮아가기"

(오지윤)

사람들은 가끔 곤충이나 동물 또는 식물을 바라보며 귀한 삶의 의미와 가치를 깨닫곤 한다. 시인이나 수필가와 같이 글 쓰는 사람들은 그것들을 바라보는 느낌과 생각을 작품에 쏟아 낸다. 내게는 별로 그런 경험이 없다. 단지 줄지어 지나가는 개미떼를 물끄러미 바라보며 줄 맞추어 가는 것이 하도 신기하여 장애물을 설치해 놓고 개미떼가 어찌하는지 장난을 쳐 본 기억이 있을 뿐이다. 똑 같은 개미떼를 바라보며, 어떤 철학과 교수님은 개미떼와 같이 집을 빌려 쓰고 있다고 말씀하셨다. 어느 날 거실에 대자로 누워 있다가 천장을 가로질러 가는 개미떼를 처음 발견하고 기겁을 하셨다는 것이다. 징그러운 마음에 개미 약을 사야겠다고 생각했지만 귀찮아서 개미떼의 행렬을 유심히 바라보게 되었다고. 그러다 결국 그대로 그들과 같이 집을 빌려 쓰게 되었다며 뭔가 철학적인 말씀을 이어가서, 참으로 특이하신 분이라고 생각했는데….

내게는 사람들을 유심히 바라보는 버릇이 있다. 때로는 가까운 친구들과 얘기를 나누는 중에도, 내 몸은 그곳에 있으나 생각은 그들을 멀리서 바라보는 또 다른 나의 존재를 만들어낸다. 그리고 그들을 관찰한다. 그래서 보통 일대 일로 만나 얘기할 때는 깊은 이야기를 진지하게 나누게 되지만, 세 사람 이상이 모이면 나는 언제나 이야기의 흐름 중간 중간에 조용히 외도를 하게 된다. 마치 무성 영화를 바라보듯이 그들을 한 사람씩 관찰하는 것이다. 입술에 바른 루즈 색과 옷 색깔의 조화, 유난히 손으로 표현을 많이 하는 사람의 버릇 같은 행동들, 그리고 왁자하게 웃는 사람들의 행복한 모습을 바라본다. 그래서일까, 누군가와 가까워지면 급속도로 상대의 버릇을 닮아내는, 쉽게 동화되어 버리는 습관이 있다. 그래서 특별한 말투와 손짓 또는 몸짓, 때로는 걸음걸이를 흉내 내고 좋아한다.

그리고 지금 나는 매일 같이 사는 사람을 닮아가는 중이다. 내가 말을 하고 있는 중간에도 내 스스로 이건 누구누구와 똑 같은 말투인데, 입모양인데, 몸짓인데 하며 혼자서 웃곤 한다. 나만 그런 건가 생각해 보건데 그건 아닌 듯싶다. 어느 날 보니 같이 사는 사람이 나와 똑같은 말투와 행동을 하는 것이었다. 문제는 그가 내가 싫어하는 나의 모습을 닮아버린 것이다. 그런 건 안 닮아도 되는데 말이다. 서로 닮아가는 사이라면 적어도 서로에게 좋은 영향을 끼치도록 끝까지 노력해야 하는 게 아닌가 하는 생각이 문득 들었다. 나는 자잘한 습관을 닮아 가는데 상대는 큼직하게도 성격을 닮아가니 강적이 나타났다. 상대를 바라보며 나를 발견하는 일이란 생각보다 기쁘지만은 않았다. 무얼 닮느냐가 문제이지만 말이다.

생각 하나

"배춧잎?"

(최윤희)

태양빛 찬란한 푸른 하늘 아래 어느 조용하고 평화로운 섬에서 아무 걱정, 근심, 두려움 없이 살고 있을 것 같은 부비새! 그리고 그 섬의 풍경이 한 폭의 그림을 연상케 하듯 대단히 회화적인 시다. 학생이기 때문에 시험이라는 시련 속에 늘 파묻혀 살아야 하는 중간, 기말고사 기간에는 더도 말고 덜도 말고 부비새가 사는 그곳에서 딱 반나절만 자다올 수 있다면 더 없이 행복할 것 같다. 그들의 단조로운 삶이 참으로 부럽기만 하다. 한데, 이 시를 가만히 들여다보면 부비새와 인간의 공통점을 찾아 우리 인간사회의 단면을 그대로 축소해 보여주는 것 같기도 하고, 다른 한편으로는 인간사회와 정반대되는 부비새들의 삶의 방식에 견주어 그 인간사회의 부끄러운 일면을 신랄하게 비판하는 것 같기도 하고, 참 알쏭달쏭한 시다. 암부비새와 수부비새는 여자와 남자! 그렇다면 암부비새는 알랑방귀뀌는 수부비새의 애교에도 넘어가지 않고 그저 푸른 물체만 반긴다는 것, 그 푸른 물체는 혹시 배춧잎?

최근에 우연히 보았던 한 외국 TV프로가 생각난다. 대략적인 내용이 백만장자인 남자 한 명을 두고 결혼할 여자들이 서바이벌 게임을 거쳐 결혼에 골인하기였다. 남자에 대한 신상을 전혀 모르는 여자들이 모인 가운데, 게임 진행자가 남자 직업이 전형적인 카우보이라고 소개한다. 그 순간 한결같이 일그러지고 어안이 벙벙해진 여자들의 표정들이란…. 하지만 그것도 잠시, 진행자가 어마어마한 돈의 액수를 말하며 바로 그 남자의 재산이라고 하자 그제서야 얼굴에 화색이 돌고 미소를 띄우며 두 눈이 번쩍거린다. 그리고 그날 밤 게임에 참가한 여자들은 다 같이 축배를 들며 앞으로의 게임은 자신을 위한 게임이 될 거라고 자신감을 내보인다. 참 어이가 없다. 시청률을 자극하는 각본인지, 실제 상황인지는 알 수가 없다. 먹던 밥맛 떨어질까 이내 채널을 돌려버렸다.

아무리 물질문명의 시대라지만 돈이라면 다 되는 세상. 결혼이라는 일생일대의 거사 앞에서조차도 상대방의 내적인 미를 찾기보다는 배경과 쌓아놓은 물질 따위를 보고 배우자를 선택하는 행태들! 그 휘황찬란한 깃털의 부족한 부분을 끊임없이 다듬고 가꾸는 게 아니라 아예 포기하여 제쳐두고, 다른 것에서 그 부족한 것을 메워나가는 모습이 요즘 인간의 모습과 하나 다를 바가 없다. 교양과 지식, 인간성을 채워나가기보다는 돈이나 명예, 권력에 연연해하고 있으니 말이다. 사람의 일생을 오물락조물락거리는 그놈의 돈돈돈!!! 실은 나조차도 가끔씩은 남들만큼 돈을 많이 가지고 있었으면 하고 바란다. 그래서 남들 다하는 유학도 가보고 싶고 세계일주도 하고 싶고 서점의 책도 모조리 다 사고 싶다. 하지만 늘 꿈속에서나 있을법한 일이다. 부비새를 통해 가차 없이 인간 사회와 삶을 비판하고 있는 시, 읽는 독자들로 하여금 많은 걸 생각하게 하고, 회초리를 들고 반성하게끔 하는 시였다.

생각 둘

"푸른 꿈"

'푸른 물건' 이 뭐 길래? 눈부신 깃털도 노래도 비길 수 없는 것일까? 부비새가 짝짓기 하는 장면을 한 번 보았으면 좋겠다. 원래의 모습을….

나는 동물 다큐멘터리를 좋아한다. 그래서 수컷이 암컷에게 구애하는 장면을 여러 번 보았다. 화면에 비친 수컷의 외모나 구애의 제스처는 언제나 휘황찬란하고, 그들의 노래 속에는 늘 갖은 아양과 아부와 달콤한 침이 묻어 있다. 눈밭을 어슬렁거리며 자신의 멋진 외모를 뽐내고 자랑하던 내 고향 완도 그 수놈 꿩들과 같은 새들. 암컷의 주의를 끌려고 있는 힘을 다해 화려하게 날개를 펼쳐 흔들다가 그만 날개도 접지 못한 채 사자 밥이 된 그 수놈 공작새의 불운한 모습이 떠오른다. 그러한 수놈의 아부와 재롱과 멋진 노래를 마다하고 '푸른 물건' 만 찾고, 수놈이 푸른 물건을 갖다 주면 바로 몸을 내미는 암컷 부비새….

부비새의 세계에 물질만능주의가 침투하다! 희망과 꿈의 상징, 전설의 새 '파랑새' 가 '푸른 물건' 속으로 들어가다! 설마 부비새가 그럴라고? 그것은 바로 인간의 왜소화?

모작(模作) 하나

"강남새 2"

(김지우)

타워팰리스의 초고층빌딩
위에 강남새가
살아가고
모든 것이 두렵다
이것이 부유한 삶이다
강남새는 유기농 쌀만 먹고
둥지엔 좀도둑이 제법 많다.
재벌2새들은 젊은
여자뒤꽁무니만 쫓는
바보짓을 한다. 더욱이
아버지가 물려주신
부동산만 모아
그걸로 미끼를

삼는다. 때때로
루이뷔통가방
까르띠에 목걸이
수천 만원하는 옷
이것들이

진정한 마음과 사랑을
대신하지는 못한다.
사실 지난
30년 동안
강남*새*들은 상당히
얍삽해졌다
세금도 잘 안 낸다
그래도 정부는

그에게 별로 묻지 않는다—
그들은 스스로를 만족시키며
완전히 자신에게만
돈을 쏟아 붓기를
주저하지
않는다. 골프장과
클럽의 하루를
마치고 돌아올 때
그들 곁엔 또 다른
헛된 욕심,
공허함이 맴돈다
이제 강남*새*는

부비에게 배워야 한다.
소박한 마음,
자족,
여유로움을.

Picking Supermarkets

- Tom Wayman

because all this food is in the store
do not take the leaflet.
cabbages, broccoli and tomatoes
are raised at night in the aisles.
milk is brewed in the rear storage areas.
beef produced in vats in the basement.
do not take the leaflet.
peanut butter and soft drinks
are made fresh each morning by store employees.
our oranges and grapes
are so fine and round
that when held up the lights they cast no shadow.
do not take the leaflet.

and should you take one
do not believe it.
this chain of stores has no connection
with anyone growing food someplace else.
how could we have an effect on local farmers?
do not believe it.

the sound here is muzik, for your enjoyment.
it is not the sound of children crying.
there is a lady offering samples

to mark canada cheese month.
there is no dark-skinned man with black hair beside her,
wanting to show you the inside of a coffin.
you would not have to look if there was.
and there are no nicaraguan heroes
in any way connected with the bananas.

pay no attention to these people.
the manager is a citizen.
all this food is grown in the store.

수퍼마켓 따기

- 톰 웨이만

이 모든 음식이 가게에 있으니
그 전단지는 받지 마세요.
양배추, 브로콜리와, 토마토들이
한밤에 통로에서 재배됩니다.
우유는 가게 뒤켠 창고 빈터에서 양조되고요.
쇠고기는 지하실 큰 통에서 생산되죠.
그 전단지는 받지 마세요.
땅콩버터와 청량음료들은

매일 아침 가게종업원들이 새로 만듭니다.
우리 오렌지와 포도들은
너무 좋고 둥글둥글해서
불빛을 비추면 그림자도 안 생긴다니까요.
그 전단지는 받지 마세요.

그리고 만일 하나를 받더라도
그걸 믿지 마세요.
이 가게 사슬은
다른 곳에서 식량을 재배하는 어느 누구와도
전혀 관계가 없습니다.
우리가 어떻게 지방 농부들에게 영향을 줄 수 있겠어요?
그걸 믿지 마세요.

이곳에서 나는 소리는, 여러분을 즐겁게 하는 뮤직.
절대 우는 아이들 소리가 아닙니다.
저기 캐나다 치즈 달을 돋보이게 찍은
샘플을 나눠주는 여인 보이죠.
그녀 곁에 관 내부를 여러분께 보여주고 싶어 하는,
검은 머리칼 검은 피부의 사람은 없잖아요.
있다고 해도 보고 싶지 않을 겁니다.
게다가 어떤 식으로든 저 바나나와 연관된
니카라과 영웅들은 없답니다.

이 사람들에게는 신경 끄세요.
사장님도 시민이랍니다.
이 모든 음식은 가게에서 재배되고요.

생각하나

"쌀과 꽁치"

농부의 쌀과 어부의 꽁치가 수퍼마켓에 진열되고
그걸 소비자가 사 먹기까지 어떤 우여곡절이 있을까?
쌀밥에 꽁치를 반찬 삼아 먹을 때
누가 농부나 어부를 생각할 것인가?

인간성 회복은 반드시 거창한 법률을 제정하거나 엄청
난 물질적 지원을 하는 것에만 있는 게 아닐 것이다. 자연의 이치를
따라 살고 있는 사람들에게 물질은 금방 '도박'이 되고 '빚'이 되
기 쉽다.
나는 어려서부터 그걸 수없이 보아왔다.
나의 아버지,
작은아버지,
큰아버지,
그리고
지금은 나의 형과
나의 친구들과
후배 동생들….

Long Hair

- Gary Snyder

Hunting season:

Once every year, the Deer catch human beings. They
do various things which irresistibly draw men near them;
each one selects a certain man. The Deer shoots the man,
who is then compelled to skin it and carry its meat home
and eat it. Then the Deer is inside the man. He waits
and hides in there, but the man doesn't know it. When
enough Deer have occupied enough men, they will strike
all at once. The men who don't have Deer in them will
also be taken by surprise, and everything will change
some. This is called "takeover from inside."

Deer trails:

Deer trails run on the side hills
        cross country access roads
        dirt ruts to bone-white
        board house ranches,
        tumbled down.

Waist high through manzanita,
Through sticky, prickly, crackling
        gold dry summer grass.

Deer trails lead to water,
Lead sidewise all ways
Narrowing down to one best path—
And split—
And fade away to nowhere.

Deer trails slide under freeways
        slip into cities
        swing back and forth in crops and orchards
        run up the sides of schools!

Deer spoor and crisscross dusty tracks
Are in the house: and coming out the walls:

And deer bound through my hair.

긴 머리칼

- 게리 스나이더

사냥 철:

매년 한 번, 사슴이 인간을 잡는다. 그들은
온갖 방식으로 꼼짝없이 인간을 그들 가까이 유인한다.
각자 특정한 인간을 고른다. 사슴이 사람을 쏜다,
그러면 사람은 그 가죽을 벗겨 고기를 집으로
가져가 먹는다. 그렇게 사슴이 사람 속에 잠입. 사슴은
그 안에서 기다리며 숨지만 사람은 그걸 모른다. 일단
충분한 사슴이 충분한 사람을 점유하면 일시에
공격을 감행하리라. 안에 사슴이 없는 사람도
급습을 당하여, 모든 게 약간은 변
하리라. 이것이 바로 "잠입 접수"다.

사슴 길:

사슴 길이 허리 산들에 나 있다
         시골 진입로를 가로질러
         흙 바퀴자국들이 뼈처럼 하얗게
         무너져 내린
         기숙 농장들까지.

허리 높이 들고 철쭉 속으로,
끈적거리고, 가시투성이에, 파삭거리는
　　　금빛 마른 여름풀을 헤집고.

사슴 길이 물에 이른다,
옆쪽 모든 길을 이끌어
최고의 한 길로 좁아진다—
그리고 갈라졌다—
그리고 사라져 무(無)가 되었다.

사슴 길은 고속도로 밑으로 미끄러져
　　　스르르 도시로 들어가
　　　농작물과 과수 틈에서 왔다 갔다 하다가
　　　학교 담을 뛰어 넘는다!

사슴 자취와 십자형 흙 자국들이
집안에 널려있다: 그리고 벽을 빠져 나온다:

그리고 사슴이 내 머리칼 헤치고 튀어 오른다.

"사슴뿔"

(이윤경)

'사슴' 하면, 유치원 때 본 사슴들이 생각난다. 내가 다니던 유치원에는 조그마한 사슴 우리가 있었는데 거기에는 두 마리의 사슴이 살고 있었다. 우리가 유치원 교실로 향하는 계단 밑에 있었기에 난 매일 그 사슴들과 마주 칠 수밖에 없었다. 사슴들의 커다랗고 순수한 눈망울을 보고 있노라면 나도 모르게 마음의 평온이 찾아오는 걸 느낄 수 있었다. 그런데 그 사슴들에게는 이상한 점이 있었다. 그건 바로 그들의 뿔! 조금 길었다 싶으면 금방 없어지는 것이었다. 그 멋진 뿔들이 사라진 걸 보았을 때의 기분이란 한마디로 참담했다. 그래서 난 어린 마음에 우리가 머리를 자르듯 저들도 뿔을 자르는 걸로 생각하면서 스스로 마음을 위로하곤 하였다.

그렇게 십년이 넘는 세월이 흘렀고 난 사슴농장을 하는 친구에게 '한번 좀 부탁 한다' 라고 말할 정도로 마음에 때가 많이 묻어버렸다. 심지어 부모님을 따라 사슴피를 서슴없이 마셔버릴 정도까지 돼버린 것이다. 그러나 오늘만은 유치원 때 보았던 사슴들의 눈망울을 생각하며, 그들에게 사죄하고 싶다.

사슴아… 미안해….

이야기 둘

"역지사지"

(이은애)

입장을 바꾸어 생각해 본다. 역지사지. 책을 읽다가, 드라마를 보다가, 친구들 사이에서 이해가 가지 않는 일이 생기면 해보는 일이다. 내가 생각한 것과 다르거나 틀리다고 여기면 입장을 바꾸어 생각해본다. 그 사람의 입장이 되어 이렇게 생각해 보고 저렇게 생각해 보고. 하지만 동물의 입장에서 생각해 본적은 별로 없는 것 같다. 나도 인간이라 이기적인 동물인 것인가. 나의 입장에서, 그러니까 인간의 시선으로 바라볼 뿐이다. 자연도 내 삶의 일부인데 말이다.

어릴 적 일이 생각났다. 학교 앞에서 파는 병아리를 사다 키운 적이 있다. 아파트에서 살았는데 한동안은 삐약거리는 병아리 소리에 잠을 이룰 수가 없었다. 그 전에도 병아리를 키워본 적이 있지만 금세 죽고 말았는데, 이번에 데려온 병아리는 정말 오래 살았다. 날마다 커가는 모습이 눈에 띌 정도로 말이다. 그런데 더 이상 우리 집에서 키울 수가 없어서 마당이 있는 친구네 할머니댁에 주고 말았다. 후에 더 오래 살았다는 얘기만 전해 들었다. 그때 병아리를 키우면서 그렇게 좋아하던 치킨을 한동안 먹을 수가 없었다. 정을 주었기 때문이다. 그렇게 정을 주며 생각해 보면 다 내 살같이 느껴지는데…. 조그만 풀 한 포기에도 정을 주며 아끼고 싶다. 그 입장에서 생각해보고 행동하고 싶다. 그렇게 고운 마음을 가졌으면 좋겠다.

"500원만 빌려주세요"

(이가혁)

따스함과 시원함이 교차하는 가을 날씨가 느껴졌다. 여의도의 빌딩 사이에 태양이 내리쬐고 있었는데, 난 할 일 없는 친구 놈을 데리고 상품을 받으려고 여의도에 발걸음을 내디딘 터였다. 자주 듣는 라디오 프로그램에 보냈던 사연이 당첨되어 상품을 받게 된 것이었다. 막 갈겨쓴 내 글씨체만큼이나 신뢰도가 떨어지는 약도를 들고 어딘가에 있을 빌딩을 찾아 여의도 곳곳을 쑤시며 돌아다녔다. 불행히도 약도는 잘못된 길로 안내하면서 자기를 믿지 말라고 계속 소리치는 듯했다. 그런데 같이 데려온 친구 놈이 내 뒤통수를 갈기며 약도와 교환권을 가로채어 "보물은 내거야. 으흐흐!" 이런 대사를 내뱉으며 도망치는 것이었다. 열심히 뛰어 놈을 잡고는 두어 시간 돌아다닌 끝에 결국 건물을 찾아냈다.

상품권을 교환한 후 여의도역으로 돌아가는 길에 친구 놈이 말했다. "나 차비 없는데?" "…" 난 대답할 수가 없었다. 내 차비만큼만 들고 왔기에. 잠시 생각한 후에, "그럼 내가 역에서 지나가는 사람한테 빌려볼게." 정말 그러고 싶지는 않았지만, 내가 꼬셔서 여기까지 온 놈인데 하는 생각으로 한 말이었다. 지하로 내려가니 사람들이 북적였다. 그 중 한 40대 중반으로 보이는 단정한 옷을 입은 아저씨에게 말을 걸었다. "저기 아저씨… 저희가 집에 돌아갈 차비가 없어서 그런데 500원만 빌려주실 수 있나요?" 솔직히 첫 번째 시도라 그리 큰 기대는 하지 않았다. 그냥 무시하고 지나치리라 생각했기에. 그런데 그 분이 주머니에서 500원을 꺼내 엄지손가락으로 건네며, "다른 건 필요 없으니, 내가 너에게 해 준 것처럼 너도 다른 이에게 해 주거라." "…!?"

예상을 벗어난 그 대답에 자그마한 충격을 느끼며 약간 멍한 상태에서 나는 기계적으로 감사하다고 말했고 아저씨는 다시 갈 길을 가셨다. 친구 쪽으로 몇 걸음 뗀 후에야 내 가슴속에서 무언가가 일렁이고 있음을 알아챘다. 그리고 속으로 대답했다: "네 꼭 그렇게 하겠습니다."

"사냥"

사냥을 해 본 적이 있는가? 덫을 놓아 본 일이 있는가? 한 200여 명의 학생들에게 물어보았더니, 그 중 한 명이 "예" 했다. "군대에서 해봤습니다." "어떻게?" "총으로." "그때의 장면들을 재현해 볼래?" 별 말이 없었다. 무작정 총만 들고 상급자를 쫓아갔다는 말 외에는.

〈Deer Hunter〉라는 영화의 한 장면이 생각난다. 주인공 로버트 드니로가 여러 사슴들을 그냥 스쳐 보내고 오랜 추적 끝에 거대한 수사슴과 대면하는 장면… 사슴의 똥그란 눈과 주인공의 눈이 장총에 달린 망원렌즈에서 만난다. 한 10초쯤, 두 눈이 서로 대화를 나누는 듯한 장면이 흐르고, 사슴이 그 거대한 몸집을 뒤뚱뒤뚱 거리며 유유히 사라진다. 총 소리는 들리지 않았다.

왜 주인공은 총을 쏘지 않았을까? 사슴이 불쌍해서? 그럴 수도 있으리. 잔챙이 사냥꾼이라면 어땠을까? 놓칠까 두려워 서두르는 모습, 그러다 연발로 갈겨대지는 않았을까? 그러나 내 눈에 비친 영화 속의 주인공은 '진정한 사냥꾼'이었다. 그리고 그 사냥은 대성공이었다. 사냥이 끝나고 산을 내려오는 로버트 드니로의 눈빛을 보라! 물고기를 잡아 놓아주곤 했다는 그 강태공의 마음을 모르지만, 그보다 더 진정한 강태공이 거기에 있다. (어쩌면 예전의 강태공은 정말 잔인한 사람이었는지도 모른다?)

월척을 잡았다고 만세를 부르던 옛 기억이 떠오른다. 그리고 그때의 그 가슴 두근거림도. 인간이 동물을 죽이는 게 죽일 놈의 죄는 아닐 것이다. 어차피 이 세상의 생물은 먹지 않고는 살 수가 없는 끝없는 먹이사슬로 얽혀 있으니까. 문제는 바로 인간이 필요 이상 죽이고, 결국 거의 다 죽여 간다는 것이리라.

IV. 나와 우주: 바람과 물과 돌

하나는 다른 하나이고 둘 다 아니다:
저마다 공허한 이름들 사이를
그들은 지나가고 사라진다,
물과 돌과 바람.

옥타비오 파즈 – 「바람과 물과 돌」에서

SWAN AND SHADOW

- John Hollander

                              Dusk
                         Above the
                    water hang the
                                     loud
                                     flies
                          Here
                         O so
                       gray
                     then   A pale signal will appear
                    When   Soon before its shadow fades
                    Where   Here in this pool of opened eye
                    In us   No Upon us As at the very edges
                  of where we take shape in the dark air
                    this object bares its image awakening
                      ripples of recognition that will
                         brush darkness up into light
even after this bird hour both drift by stop the perfect sad instant now
                      already passing out of sight
                    toward yet-untroubled reflection
                    this image bears its object darkening
                   into memorial shades Scattered bits of
                  light   No of water Or something across
                  water   Breaking up No Being regathered
                    soon   Yet by then a swan will have
                    gone   Yet out of mind into what
                      vast
                      pale
                       hush
                        of a
                         place
                          past
            sudden dark as
              if a swan
                  song

308 시가 여는 마음의 풍경

백조와 그림자

- 존 홀랜더

황 혼
물 위 에
매 달 린 소
란한
파리들
이곳은
오 진
회색
이어   희미한 신호가 보이리
때는   그것의 그림자가 사라지기 직전
장소는   여기 이 확 열린 눈의 연못에서
우리 안   우리 위가 아니라 어둑한 공중에서
우리가 본 형상이 생긴 곳의 바로 끝자락에서
이 물체가 제 상을 드러내며 인식의
물거품을 일으켜 어둠
털고 빛으로 솟아오를 때
이 새의 시간 후조차 암명이 떠돌아 완벽히 슬픈 순간 지금을 보류한다
이미 시야 밖으로 사라져
아직 고요한 반영 쪽으로
이 상은 제 몸을 품고 희미하게
기억의 음영들 흩어진 빛의 파편들로 사라
진다   아니 물의 혹은 물을 가로질러 있는
무엇의   깨지면 어떤 존재도 곧 재결합되지
않는다   허나 그때쯤에는 백조는 없
으리   벌써 마음을 벗어나 아주 드
넓고
희미
한 침
묵의
장소로
급작
한 어둠 지나 마치
백조의 노래
처 럼

생각하나

"그림자와 시"

어떻게 말로 백조를 저리 잘 그릴 수 있을까?
하지만 이 '말 그림'은 백조의 그림자일 뿐이다.
백조가 날아가고 난 후에 마음에 남은 여운…
그것이 시다.

이 시인은 백조의 노래를 들어본 것 같다. 정말 어떤 노래일까? 요한 스트라우스의 왈츠 같을까? 아니면 죽을 때 노래한다고 하니까, 보다 장중한 바흐의 오르겐 소리 같을까?

그림자는 실체가 떠나면 금방 사라진다. 하지만 마음에 남은 영상과 여운은 잠깐 혹은 평생 간다. 나는 그렇게 남는 영상과 여운을 붙잡는 게 서툴다. 하지만 그걸 붙잡는 연습을 하다보면 어느 새 백조 혹은 시인이 되어 있지 않을까?

"분재"

내가 좋아하는 나무는 무엇일까? 지난 겨울 동대문 길거리에서 소나무 분재를 하나 샀다. 하숙집 방 공기가 너무 탁하고 건조하다고 투덜거리며 '가습기'를 들먹였더니 여동생 지선이가 "오빠야, 가습기보다는 식물을 키우는 게 나아" 하면서 사준 것이었다.

처음엔 물도 자주 주고 마른 잎도 따주면서 잘 길렀는데, 어느 날부터인가 잎이 하나 둘 마르기 시작하다가, 여름휴가로 완도에 갔다 왔더니 완전히 말라죽어 있는 것이었다. 물론, 옆방 아이한테 물 좀 주라고 부탁은 해놓았지만 미리부터 죽을 것을 예감하고 있었던 터라 충격은 그리 크지 않았다. '15년을 가꾸었다' 던 아저씨의 말을 떠나서 작지만 위용을 갖춘 소나무였고 내 마음에도 쏙 들어 골랐기에 몹시도 애지중지했는데, 그렇게 죽어버리다니 그저 허망할 따름이었다.

왜 죽었을까? 아마도 자격이 없는 사람이 키웠기 때문이리라. 나무를 보고만 자랐을 뿐, 따로 나무를 키워본 경험도 지식도 없는 사람이 키웠으니 나무의 신세가 오죽했으랴! 말라 가는 소나무를 보면서 "죽기 전에 어디다 옮겨 심을 수 없을까?" 혹은 "분갈이를 해줘야 하나?" 안절부절 생각만 하고 아무 일도 못했던 내 모양! 그리고 '아무나 나무를 키워서는 안 된다' 는 게, 그리고 나무는 나무가 살 만한 곳에서 자라야 한다는 것이 내가 얻은 교훈이었다.

Trees

- Joyce Kilmer

I think that I shall never see
A poem lovely as a tree.

A tree whose hungry mouth is prest
Against the earth's sweet flowing breast,

A tree that looks to God all day,
and lifts her leafy arms to pray.

A tree that may in summer wear
A nest of robins in her hair,

Upon whose bosom snow has lain,
Who intimately lives with rain.

Poems are made by fools like me,
But only God can make a tree.

나 무

- 조이스 킬머

나는 나무처럼 사랑스러운 시는
결코 보지 못하리라 생각한다.

대지의 달콤히 흐르는 젖가슴에
제 배고픈 입을 파묻고 있는 나무,

온종일 하느님을 바라보며, 자신의
잎 무성한 팔을 들어 기도하는 나무,

여름에는 제 머리칼에
울새의 둥지를 꽂고,

제 가슴에 눈을 얹고,
비와 더불어 친하게 사는 나무.

시는 나 같은 바보가 짓지만,
오직 하느님만이 나무를 만든다.

"빨리 군대나 가야겠다"

(임영하)

　고등학교 때 서클활동을 하다보면 선배들이랑 뒤풀이를 할 때가 많았다. 그럴 때면 졸업선배들을 포함하여 선배들이 후배들에게 거의 필수적으로 노래를 시키곤 했다. 그러면 즉석에서 불러야 하는데, 아는 노래는 모두 가사가 중간에 끊어질 만큼 아리송한 기억력을 가지고 있는 나로서는 참으로 난감하기 그지 없었다. 대충 흘려들어서 그런 거겠지. 그래도 내가 겨우 1절이라도 할 수 있는 가요가 서지원의 「내 눈물모아」라는 발라드다. 길가다 가사도 흥얼거릴 정도로 많이 들었기에…. 그 노래 중에 이런 가사가 있다.

　♪ 너의 사랑이 아니라도 네가 나를 찾으면 너의 곁에 키를 낮춰 눕겠다고 잊혀지지 않음으로 널 그저 사랑하겠다고 ♬

　그리고 이 노랫말처럼, 사랑하는 사람에게 높게 보이려고 하지 않고 진솔하게 보여주기, 자기만을 내세우지 않고 키를 맞춰주기, 힘들 때 참지 말고 조금이라도 기대기, 연인에게 고어 투가 아닌 상냥한 작은 속삭임을 해주기, 이런 것들이 작지만 진실한 '연애의 나무 가꾸기' 가 아닐까 생각하고 있다.
　하지만 이런 생각에도 불구하고, 정작 나는 솔직히 '연애의 실제' 에 대해

서는 거의 할 말이 없는 사람이다. 그런데, 아, 내 주변에는 왜 이리 커플이 많은지, 정말 미쳐 돌아가시겠다. 작년 12월 24일 날밤을 꼴딱 샌 친구 녀석들은 하나둘씩 여자친구를 만들어 나를 약 올리기 시작한다. 다른 친구는 여자친구 만드느라 미팅이다 뭐다 하면서 돈을 주구장창 쏟아 붓고 있다. 남자가 처음에는 다 쏴야 된다나 뭐라나. 오늘 미팅에 나온 여자가 얼짱이니 어쩌니 하면서 전화도 안 끊는다. 한 30분간 말상대를 해주다 보면 머리에서 김이 날 지경이다. 그리고 아는 중학 동창 여자애가 지네 학교에 오면 먹을 거 사준다기에 냉큼 갔더니 이번에는 자기에게 남자친구가 생겼다고 자랑하는 것이 아닌가! '성인식 날'에는 뭐, 그 남자친구가 자기 차의 트렁크에다 풍선을 가득 싣고 와서 풍선이 하늘로 날아가고 뭐 그랬다고…. 참, 유치찬란하다. 설마, 그런 짓을 하는 사람이 실제로 있을 줄이야! 그 애가 쇼크 받을까봐 감히 그런 말은 못했지만, 그냥 떠오른 생각이 '아, 내가 못 올 곳을 왔구나!' 그런 상황을 접하고 집에 오니 괜히 속이 쓰리고 맘이 뒤숭숭했다. 그런 기분 느끼기는 처음이다. 뭔가 말로 형용할 수 없는 그 오묘하고도 짜증나는 기분…. 내 잡친 기분의 원흉들인 그 모든 인물들이 오버랩 된다. 아, 젠장 잠이나 자야겠다. 그리고 빨리 군대나 가야겠다.

Tree at My Window

- Robert Frost

Tree at my window, window tree,
My sash is lowered when night comes on;
But let there never be curtain drawn
Between you and me.

Vague dream-head lifted out of the ground,
And thing next most diffuse to cloud,
Not all your light tongues talking aloud
Could be profound.

But tree, I have seen you taken and tossed,
And if you have seen me when I slept,
You have seen me when I was taken and swept
And all but lost.

That day she put our heads together,
Fate had her imagination about her,
Your head so much concerned with outer,
Mine with inner, weather.

창가의 나무

- 로버트 프로스트

내 창에 있는 나무, 창나무여,
밤이 와 창틀이 내려져도
너와 나 사이에
결코 커튼은 드리우지 않으마.

땅에서 치켜 든 몽롱히 꿈꾸는 머리와,
구름에 버금갈 만큼 퍼진 모양,
소리쳐 말하는 네 온갖 가벼운 혀들이
네 마음은 아니리.

하지만 나무야, 네가 붙들려 흔들리는 걸 보았다,
만일 네가 잠든 내 모습을 보았대도,
붙들려 휩쓸리는 날 보았으리
그래서 거의 길 잃은 모습을.

운명이 상상력을 제 몸에 두른 채,
우리의 머리를 합친 그 날,
네 머리는 바깥쪽, 내 머리는
안쪽의, 날씨를 염려하게 했느니.

이야기 하나
"나무와 대화하는 사람"

(최소영)

나무와 대화하는 사람을 본적이 있다. 그 분은 우리 학교 영문과의 교수 시인 김영호님이시다. 그 교수님의 말씀을 들으면서 솔직히 '웃긴다, 진짜 괴짜 교수님이시네…' 하고 생각했었다. 자연이 내는 말들을 일일이 다 듣는다면, 얼마나 피곤할까? 물론, 그 순수하고 본질적인 말들을 그냥 농담 하듯 웃어넘길 수는 없겠지만….

아무튼, 그 교수님의 말을 듣고 난 후 내게 이상한 버릇이 생겼다. 집에 있는 난에 물을 주면서 맘속으로 난에게 말을 건넨다는 것이다. 물론 내가 난의 소리를 들을 수 있어서 대화하는 것은 아니지만, 그 난들이 마치 말하는 생명체라도 되는 듯, 그것들이 내 말을 이해해줄 듯이, 말을 건넨다. 특별한 말도 아니다. '잘 먹고 잘 커라' 하면서 물을 주는데, 신기하게도, 그러고 나면 그 다음 주에 물을 줄 때는 꼭 이 난이 더 윤기 있고 생생하게 보인다. 어떤 이유에서일까?

사물과 내가 서로 말을 주고 받는 것, 그것은 누구나 할 수 있는 일이다. 하지만 또한 아무나 할 수 있는 일은 아니다. 사람과의 관계가 그렇듯이, 내가 마음의 문을 열면 그들의 소리가 들릴 것이고, 그렇지 않으면 교감되지 않는 것, 그것이 당연한 이치 아닐까? 깊어가는 가을 새벽, 나 홀로 환히 불 켜 놓고 내려앉는 고요와 대화해 봄은 어떨까?

상상 하나

"그대와 같은 마음으로"

(강정화)

수줍은 미소로 나를 반겨주는 그대,
언제나 창가에 기대서
같은 마음으로 그대를 불러봅니다.

순수한 목소리로 사랑을 속삭이는 그대,
언제나 수줍게 웃으며
같은 마음으로 그대를 바라봅니다.

촉촉이 내 마음을 적셔주는 그대,
오늘도 그대를 향해서
맑은 눈물을 흘려봅니다.

오늘도 그대가 전해준 사랑 안에서
나는 행복함을 느껴봅니다.

오늘도 그대를 보며
내일도 그대를 보며
같은 마음으로 약속해봅니다.

Ode to a Lemon[6]

- Pablo Neruda

Out of lemon flowers
loosed
on the moonlight, love's
lashed and insatiable
essences,
sodden with fragrance,
the lemon tree's yellow
emerges,
the lemons
move down
from the tree's planetarium

Delicate merchandise!
the harbors are big with it-
bazaars
for the light and the
barbarous gold.
We open
the halves
of a miracle,
and a clotting of acids
brims
into the starry

---

6) Ode to a Lemon : 〈http://www.poemhunter.com/pablo-neruda/poet-6638〉에 올라와 있
는 영문 번역.

divisions:
creation's
original juices,
irreducible, changeless,
alive:
so the freshness lives on
in a lemon,
in the sweet-smelling house of the rind,
the proportions, arcane and acerb.

Cutting the lemon
the knife
leaves a little cathedral:
alcoves unguessed by the eye
that open acidulous glass
to the light; topazes
riding the droplets,
altars,
aromatic facades.
So, while the hand
holds the cut of the lemon,
half a world
on a trencher,
the gold of the universe
wells
to your touch:
a cup yellow
with miracles,
a breast and a nipple
perfuming the earth;
a flashing made fruitage,
the diminutive fire of a planet.

레몬 송가[7]

- 파블로 네루다

레몬 꽃에서
달빛에
떨어진, 사랑의
안달 나고 물릴 줄 모르는
정수,
향기 흠뻑 젖은
레몬 나무의 노랑이
나온다,
레몬들이
내려온다
나무 행성에서.

향긋한 상품!
항구마다 그득—
그 빛깔과 야생
금빛을 파는
시장마다.
우리는 기적의
두 쪽을 연다,
그러면 신맛 덩이들이
그 별빛 절개 면으로
넘쳐난다:

---

7) 레몬 송가 : 앞의 영시 "Ode to a Lemon"을 번역한 것임.

창조의
원액,
덜 수 없이, 한결같이,
싱싱한:
그렇게 신선함은 늘 살아 있다
레몬 속에,
달콤한 향기의 집인 껍질,
그 신비하고 신, 대칭물에.

레몬을 자르는
칼은 작은 성당을 남긴다:
눈이 예측 못하게
산(酸)성 유리문을 햇빛에
드러내는 골방들, 작은
방울들에 올라 탄 황옥들,
제단들,
향기 정문들.
그래서 손이
레몬 조각을 움켜쥐면
접시 위의 반계(半界),
우주의 황금이
샘솟는다
가볍게 눌러도:
기적들이 담긴
노란 컵,
대지를 향내로 채우는
젖통과 젖꼭지,
과일이 된 섬광,
어느 행성의 소형 불꽃.

The Flower

- Robert Creeley

I think I grow tensions
like flowers
in a wood where
nobody goes.

Each wound is perfect,
encloses itself in a tiny
imperceptible blossom,
making pain.

Pain is a flower like that one,
like this one,
like that one,
like this one.

꽃

- 로버트 크릴리

나는 긴장을 기른다고 생각한다
아무도 가지 않는
숲 속의
꽃들처럼.

각각의 상처가 완전하여,
작아 알아볼 수 없을
꽃 속에 그걸 품고,
고통을 만든다.

고통은 꽃이다 저 꽃 같은,
이 꽃 같은,
저 꽃 같은
이 꽃 같은.

"시디 신 행복"

시인은 레몬을
무척이나 좋아하나 보다.
「레몬송가」를 읽으면
레몬의 신맛이 생각나
나도 모르게
입안에 침이 고인다.

레몬의 고향 행성이 있다면
과연 어디일까?
재미있는 발상이다.
레몬의 둥근 모양을
어느 행성의 축소판으로 생각한 것이리.

레몬을 자르면
성당이 생긴다니!
레몬 속 방울들이
향긋한 젖꼭지들이라니!
그럼 레몬은 젖이네!

그 레몬을 먹고 있는 사람을 상상해 보라!
정말 시디 신 행복!

이야기 하나

"회춘(回春)"

(김효진)

다른 집도 그런지 모르지만, 우리
집에는 난 화분을 비롯하여 이름조
차 모르는 화분들이 몇 개 있다. 언
제부터인가, 그 화분들에서 필 시기
가 아닌 때에 꽃이 피어나기 시작했
다. 보통 꽃이 만발한다는 봄에는 그
화분들 중 어느 하나에서도 꽃이 피
는 것을 본 기억이 없다. 물론, 봄에
만 식물이 꽃을 피우는 것은 아니지

위 사진이 그때 피었던 꽃이다.

만, 우리 집 화분에서는 조금 뜬금없이 꽃이 피고는 한다. 마치 꽃다운 나
이 다 보내고 나이 들어 뒤늦게 회춘(回春)한 사람 마냥…. 작년 겨울에는
진달래가 피지를 않나, 올 여름이 다 갈 때쯤에는 이름 모를 꽃이 어느새
피었는지 한두 송이도 아니고 잎사귀 사이를 힘겹게 비집고 나와 만발해
있었다.

겨울에 진달래가 피었을 때도 조금 의아해했지만, 특히 얼마 전에 피었
던 그 꽃은 우리 가족 모두를 놀라게 했다. 그 화분은 우리 가족이 지금 살
고 있는 집으로 이사 올 때, 그러니까 거의 8~9년 전 쯤에 '집들이' 선물
로 받은 것이었다. 지금까지 한 번도 꽃이 핀 적이 없었기에, 나는 그게 꽃
이 피는 나무인지도 몰랐다. 처음에는 가족 모두 놀랐지만, 이내 '그냥 좋
은 일이 생기려나 보지' 하고 좋은 징조로 여기고 그 꽃을 볼 때마다 한 동
안은 이유 없이 기분 좋아 했다. 그렇게 뜻밖에, 뜻밖의 장소에서 꽃을 발
견한다는 것, 그 '뜻밖'이라는 것이 상처의 결과물인지 고통의 산물인지
속사정은 알 수 없어도 그 결실은 정말 아름다웠다.

제2부 나, 자연, 환경 **327**

"꽃과 고통"

고통이 꽃이란다.

고통을 모르는 사람이 이 말의 뜻을 이해할 수 있을까?

알 것도 같다.

하지만 꽃이라고 생각해 본 적은 없다.

그저 이런 저런 고통을 이겨내고

현재의 '내'가 있다는 것 정도 밖에는.

이 세상에 고통 없는 사람이 있을까?

저 세상이 있다고 한들

그 세상 사람들이 고통과 무관하게 살고 있을까?

이 시인은 자기 자신을 매우 사랑하는 사람임에 틀림없다. 그러니까 고통을 꽃이라고 하지. 이 세상에 진정 자신을 사랑하는 사람이 몇이나 될까? 아니 고통까지 사랑하는 사람이 몇이나 있을까? 아마도 꽃을 좋아하고 사랑하는 사람보다는 훨씬 적을 것이다. 자기를 '진정으로' 사랑하는 사람만이 남도 사랑할 줄 안다. 그런데 자신을 '진정으로' 사랑한다는 것은?

"종합병원"

(여해림)

나는 평소에 몸이 자주 아프다. 급성 장염, 위염, 식도염… 한 달에 몇 번씩 병원에 갈 정도로 몸이 많이 좋지 않다. 자주 아픈 것이 유전은 아니고, 내 생각엔 예전부터 운동부족과 몸 관리를 잘 하지 않아서인 듯싶다. 흔히들 친구들은 내가 보기와는 달리 너무 자주 아파서 나를 '종합병원'으로 부르곤 한다. 특히 고3 때는 급성 장염으로 수능을 앞두고 몇 개월을 고생했는지 모른다. 조금만 자극적인 것을 먹어도 소화시키지 못하고 더부룩한 느낌으로 하루를 보내고는 했다. 아침 자율학습을 빠져가면서 엄마와 병원에 갔다가 학교 가고, 저녁 자율학습도 하지도 않은 채 집에 와서 약 먹고 누워있기 십상이었다. 당시 엄마는 항상 차로 나를 데려다 주고 데려오고… 아픈 나 때문에 얼마나 힘드셨을까?

어느 날이 생각난다. 저녁 늦게 나는 온몸에 열이 올라 시름시름 앓고 있었다. 너무 아파 응급실이라도 갔으면 했지만, 진통제를 먹고 잠자리에 들려고 부단히 애쓰고 있었다. 무얼 먹어도 구토를 하니 빈속에 약을 먹고 시름시름 앓고 있는 나를 보며 엄마는 너무 마음 아파하셨다. 그날 나는 어떻게 잠이 들었는지 모르겠다. 온몸에 열이 나고 입술이 텄고, 배가 너무 아파 뒤척인 기억뿐, 그 후의 기억은 없다. 그런데 다음 날 아침 눈을 떠보니 엄마가 밤새 옆에서 나를 간호하신 모양이었다. 엄마 옆에 얼음 박스와 수건들이 놓여 있었다. 아픈 딸을 위해 엄마는 밤새 얼음찜질을 하느라 잠 한숨 제대로 못 주무시고 곁에서 지켜보고 계셨던 것이다. 나도 모르게 눈물이 나기 시작했다. 고3을 생색내듯 엄마에게 짜증 부리며 학교에서의 스트레스를 괜히 엄마에게 풀면서 투정부리고는 했던 나… 고마움과 죄송스러움이 동시에 밀려왔다. 그 고마움을 알면서도 항상 곁에 있기에 그것의 소중함을 미처 깨닫지 못했던 나… 가족의 소중함을 새삼 절감하는 순간이었다.

엄마 사랑해요. 열심히 공부해서 착하고 이쁜 딸이 될게요.

Leaves

One by one, like leaves from a tree,

All my faiths have forsaken me;

But the stars above my head

Burn in white and delicate red,

And beneath my feet the earth

Brings the sturdy grass to birth.

I who was content to be

But a silken-singing tree,

But a rustle of delight

In the wistful heart of night—

I have lost the leaves that knew

Touch of rain and weight of dew.

Blinded by a leafy crown

I looked neither up nor down—

But the little leaves that die

Have left me room to see the sky;

Now for the first time I know

Stars above and earth below.

330 시가 여는 마음의 풍경

낙 엽

- 사라 티즈데일

하나 둘, 나무에서 떨어지는 잎들처럼,
내 모든 신념이 나를 버렸다.
하지만 내 머리 위에서는 별들이
하얗고 섬세한 붉은 빛으로 불타고,
내 발 밑에서 대지는
억센 풀을 틔워낸다.
단지 비단결같이 노래하는 나무,
밤의 사려 깊은 가슴에 안겨
살랑거리는 기쁨만으로도 흡족했던 나—
나는 비의 감촉과 이슬의 무거움을
알았던 잎들을 잃어버렸다.
잎의 왕관에 눈이 멀어
나는 위도 아래도 보지 않았다—
그런데 죽어 가는 작은 잎들이
내게 하늘을 볼 공간을 남겨주었다.
이제 처음으로 나는 알았다
위에 있는 별들과 아래 있는 대지를.

이야기 둘

"담임선생님"

(장윤경)

아, 가을이 지났다. 떨어지는 잎새를 보면 죽음이 생각나기 마련인데 이번 가을에 죽음이라는 것을 너무나도 뼈저리게 느꼈다. 이번 가을에 안 좋은 소식을 들었다. 고등학교 3학년 때의 담임선생님 이야기다. 오랜만에 선생님을 찾아뵈었는데 전과 너무 다른 모습이었다. 고등학교 때는 참 밝으셨는데….

젊은 나이에 선생님이 되어, 선생님이라기보다는 친구 같은 느낌이 더 강했던 담임선생님은 내가 졸업한 후에 결혼도 비밀리에 하시고 소식도 없이 아기도 낳으셨다. 선생님과 유난히 친했던 터라 선생님의 비밀 결혼에 은근한 배신감을 표시하면서, "선생님! 실망이에요. 전 제자도 아니죠?" 하며 오리새끼처럼 떽떽 댔다. 선생님은 내가 고등학교 때 제일 존경하던 체육 선생님과 결혼하셨는데, 그 체육 선생님은 결혼 후 얼마 되지 않아 이혼한 이혼녀였다. 그게 민망하여 알리지 않으셨던 것이다. 전과 같다면, "이놈아, 시끄러워!" 그러면서 면박을 주셨을 텐데, 이번에는 달랐다. 그냥 미소만 짓고 마는 것이었다. 분위기가 이상하여 화제를 다른 데로 돌렸다. 잠시 후, 선생님께서 말씀하셨다. "너, 내 딸이 얼마나 귀여운 줄 아니?" "에이, 선생님을 뵈면 보나마나 뻔하죠 뭘." "아니야 내가 봐도 너무 예쁘다니까." 그러시더니 눈가에 눈물이 맺히는 것이었다. 난 아기에게 무슨 일이 있는 줄 알았는데, 선생님께서는 의외의 말씀을 하셨다. "아내가 아기 낳고 3일 후에 죽었어. 양수가 모세혈관을 막았대나 봐…." 더 이상 말을 잇지 못하시는 선생님 앞에서 감히 무어라 할 말을 잃어버렸다. 머릿속에서는 남들이 말하는 영화 같은 이야기가 현실에도 있구나 라는 생각도 들고, 진즉에 선생님께 연락드리지 못한 죄책감도 들었다. 갓난아기와 둘만 남은 담임선생님도 너무 애처로웠다. 결혼 생활도 1년밖에 하지 못하고 그렇게 사별한 선생님을 생각하면 마음이 너무 아프다.

가을, 생명의 사라짐을 느끼게 되는 계절이라는 것을 안다. 아픔을 많이 느끼게 하는 계절임을 안다. 하지만 아픔이 성숙해져서 인간을 더 튼튼하게 만들 봄이 찾아올 것이라는 희망을 갖고 싶다.

"동반자" (?)

　믿음과 기대를 저버리지 않는 나의 '동반자.' 알록달록 곱게 물든 가을 단풍잎을 따다가 두꺼운 책 사이에 꽂아 말려서 아름다운 시와, "그대와 같이 하는 첫 가을을 기념한다"는 글귀와 함께 코팅하여, 지금의 내 남편에게 선물한 적이 있다. 스물아홉 봄에 만나 그 이듬해를 지내고 서른한 살에 결혼한 나의 동반자는 이런 나의 간지러운 선물에 감동하고 조금은 당황스러워하고—이걸 어디다 쓰나 하는 눈치였다—그리고 쑥스러워했다. 지금도 가끔 편지를 전하면 무척이나 감동스러워 하지만, 답장은 없다. 어느 날은 자기가 글재주가 없는 사람이니 대신 잘 해주겠노라고 한다. 뭘 어떻게 잘 해주겠다는 거냐고 물으니, 그냥 잘 해주겠단다. 때로는 나의 풍부한 감성과 세심한 감정의 조각들을 뜬 구름 잡듯 듬성듬성 대하는 나의 이 '동반자' 에게 커다란 벽을 느끼기도 하지만, 나의 신뢰와 사랑을 저버리지 않을 사람이라는 확신에서 청혼에 승낙한 것을 한 번도 후회해 본 적이 없다.

　방배동 '니콜' 이라는 커피숍에서 그와의 첫 만남은 동갑네기의 수다 이상도 이하도 아니었다. 당시 사귀던 남자친구와의 이별로 가슴 쓸어내리던 아픔까지 얘기했을 정도니 그가 남편이 될 거라 생각했다면 절대 하지 말았어야 할 '과거이야기' 를 한 셈이다. 가슴 뛰는 감정은 없었지만, 그렇게 대화 속에서 느껴지는 공감대는 평범함 이상이었기에 참으로 인상 깊었던 만남으로 기억된다. 그런데 그 후 이어진 몇 번의 만남에서 그가 내게 갖고 있는 관심이 친구 이상임을 확인하고, 잠시 주춤하게 되었다. 그러던 어느 날 밤 10시가 넘어 걸려온 전화로 인해 나는 그와 평생을 함께 하겠다고 약속하는 행운아가 되었다.

　무릎 나온 추리닝 바지까지는 아니지만 늦은 밤 집 앞으로 찾아온 사람을 만나러 나가는 나의 복장은 너무도 수수했던 것 같다. 나와 보라고 하기에 나와 봤다며 무슨 일이냐는 나의 그저 덤덤한 인사에 그는 머뭇거리며 '갑자기 보고 싶어 무작정 찾아왔다' 며 늦은 시간에 미안하다고 했다. 그런데 참으로 이상한 것은 그의 이런 행동이 내 마음에 감동을 일으키고 있었다는 것이다. 지금도 그렇지만 예전에도 술을 마시지 않았던 그는 정말 맨 정신으로 그날 내게 청혼했다. 그것도 식구들은 미국에 있고 자신만 홀홀단신 한국에 남아있으며 가진 것도 별로 없고 대기업에 다니는 것도 아니며 잘 생긴 것도 아니고 앞으로 호강시켜 줄 것이라고 약속은 못하겠다는 것이 그의 말이었다. 하지만 믿음과 신뢰는 저버리지 않을 것이며 자신의 비전은 이러저러하니 결혼하자고….

그리고 우리는 모든 형식적 결혼 절차는 간소화하거나 따르지 않았다. 단지 결혼식이라는 행사만은 양가 부모님이 원하시는 대로 했고 나머지는 모두 우리 두 사람이 원하는 대로 했다. 야외촬영도 스튜디오에서 마치 딴 사람처럼 멋진 옷을 입고 기념사진 찍는 걸로 대신했고 간단한 결혼반지 하나로 결혼을 기념하였다. 이 모든 것은 먼저 두 사람이 동시에 같이 내어 놓은 의견이고 양쪽 부모님께 어렵사리 동의를 얻어내어 치른 결혼 행사였다.

우리부부는 동갑이지만 지금도 서로 존댓말을 한다. 물론, 두 사람만 있는 공간에서는 70~80%가 반말이지만 '야', '너', '~~했냐' 등의 막말은 하지 않는다. 특히, 서로 마음이 상하여 말다툼을 하게 될 때는 자연스레 서로 존댓말을 한다. 이는 말 자체로 상처주지 않기 위한 방법으로 두 사람이 결혼 전부터 약속한 한가지다. 하루에 몇 번 이상 사랑한다고 말하거나 기념일을 챙기는 것 등은 약속한 적이 없다. 그러나 서로의 장점을 아낌없이 칭찬해 주고 상대의 노력에 대해서 감사해 하자는 무언의 약속은 지금도 계속 되고 있다는 것, 드러나지 않은 우리 둘만의 자랑거리다. 생일은 기억하되 특별한 선물 하나 준비할 줄 모르고 편지를 보내도 절대 답장 한 장 없는 그이지만, 나에 대한 자신의 마음을 언제나 사랑한다는 말로, 웃음으로, 그리고 나의 장점을 칭찬해 주는 것으로 표현하는 그, 나는 그것만으로도 행복하게 살아갈 수 있는 것 같다. 이렇게 많은 대화, 이해하려는 노력, 내 마음을 상대에게 끊임없이 표현하기, 말로 상처주지 않기, 상대를 무시하지 않기 등이 서로 다른 환경에서 30년 넘게 살아온 다른 두 사람의 생각과 버릇, 습관에서 오는 마찰을 많이 잠재운 것 같다. 그리고 서로 다툴 수도 있다는 것을 인정하고 받아들이는 과정, 그래도 상대는 나를 사랑하고 존중하고 있다는 것을 기억하는 훈련을 아직도 밟아가고 있는 중이다.

이야기 넷

"우물 안 개구리"

이 시를 보니까 학생들의 반복적인 말이 생각난다. "나는 영문과가 아니니까 영시를 잘 몰라서…" 하는 투의 말들. 그런 말을 들을 때마다 영문과인들 영시를 잘 알까(?) 하는 것이 내 첫 번째 생각이고, 왜 그렇게 갇혀 살고 스스로 가두려고 하는지 모르겠다는 것이 두 번째 생각이었다.

나의 '우물안 개구리 시절'이 생각난다. 고등학교 1학년 겨울방학 때 안현필이라는 사람이 쓴 『삼위일체』라는 영어문법책을 우연히 발견하고 받았던 그 충격은 정말 평생 잊지 못할 것이다.

지금은 섬 전역에 아스팔트가 깔릴 정도로 도시화가 진행되었기로 여러 가지 문법책이 서점에 즐비하겠지만—혹시 모르지, 이 분야는 도시화와는 상관없는지!—통학버스도 없어 4~6km를 걸어 학교를 다녀야 했던 그 시절, 그 서점에는 교과서 해설서("학습서")와 문제집이 전부였고, 나도 그게 전부인줄 알았다. 그 유명한 『성문종합영어』라는 이름은커녕 덜 유명한 문법책일지라도 이름 한 번 들어본 게 없고 있는 줄도 몰랐다. 그러던 중에 낡아빠진 이 『삼위일체』 문법책을 만났을 때의 충격은 실로 대단한 것이었다. 그리고 나중에 교보문고를 갔을 때의 충격이란!

어떤 종교는 '앎과 죄'를 연결시키지만, 알고자 하는 마음이 죄일 리가 있을까! 내 생각에, 앎은 무죄다. 차라리 알고자 하지 않고 피해가려고 하는 것이, 외면하는 것이, 아는 척 하는 것이 유죄다. 우물 안에서만 살면 우물 안이 전부지만, 우물 밖으로 나오면 그 우물은 극히 세상의 일부에 불과함을 알게 된다.

생각하나

"나뭇잎 같은 존재"

(박성화)

찬바람이 불기 시작한다. 이제 헤어질 시간이다. 나뭇가지와 나뭇잎의 이별… 계절마다 사람들의 이목을 집중시키고 탄성을 자아내게 했던 나뭇잎들. 여름에는 그 따갑고 견디기 어려운 햇살을 막아 사람들에게 안락하고 시원한 쉼터를 만들어주기도 하고, 비가 억수같이 쏟아지기라도 하면 자신의 몸을 활짝 펴 기꺼이 지나가는 사람들의 우산이 되어주기도 하던 잎새들. 기운이 다해 자신의 몸을 떨어뜨려야 할 때도, 나무 기둥에게 추운 겨울을 잘 지내라며 자신의 모든 수분을 건네주고선 아무런 욕심 없이 떨어지는 낙엽들. 그래서 낙엽을 보면 사람들이 그렇게 쓸쓸해 하는지 모르겠다.

떨어질 때도 우아하고 아름답게, 사람들의 눈과 마음에 감동을 주고, 땅에 살포시 내려앉은 그들은 꽁꽁 얼어붙은 대지를 살며시 안아준다. 추운 겨울날에는 어둠을 걷어내는 부지런한 분들에게 가장 먼저 인사를 하고, 밝은 아침을 열어준다. 우리는 그 아침이 그냥 오는 건줄 알지만, 그렇지 않다. 그들의 따뜻한 배려 덕분이다. 무지한 사람들 같으니라구. 뭐든지 쉽게 얻는 법은 없다. 그 모든 것에는 알지 못하는 무수한 존재들의 희생이 있기 마련인데….

뭐든지 생기고 봐야 하나. 예쁜 것들은 사람들의 책 속에 바싹 말려지기도 하고, 나머지는 자신을 필요로 하는 것들을 위해 제 몸을 썩혀 또 다시 희생한다. 그들만이 아니라 주위에는 우리가 그냥 무심코 스쳐 지나가는 것들이 많다. 우리가 이렇게 건강하고 평화롭게 살아갈 수 있는 것은 그들의 희생 때문이다. 그런데도 자신이 해 놓은 일이 자기 혼자 해 낸 것처럼 자랑스럽게 뽐내고 있다. 나이가 들어가면 갈수록 그들의 희생이 보인다. 그들의 눈물과 피와 땀이. 그들은 결코 크게 소리 내지도 않고, 자신의 공을 드러내 보이고 싶어 하지도 않는다. 이제 조금 알 것 같다. 내가 아름다운 것들을 보고 이렇게 느낄 수 있는 것도 다 그들의 희생 덕분인 걸.

나뭇잎 같은 존재가 되고 싶다. 누군가에게 감동으로 남는 그런 존재가.

"가을 정취"

(김지현)

　나는 오늘도 무척이나 바쁘게 지냈다. 비단 오늘뿐만이 아니라 과거에도 그랬고 미래에도 그럴 것이다. 바삐 돌아가는 세상을 따라가려면 그럴 수밖에 없다. 주위의 변화에도 무감각해지고 한번 돌아볼 여유도 없이 그렇게 말이다. 이 시를 읽으며 나는 잠시 주위를 돌아보았다. 벌써 초겨울로 들어선 듯한 추운 날씨였다. 그러나 매서운 바람에도 살랑거리며 매달려 있는 빛바랜 나뭇잎들을 보니 아직은 가을이라고 생각할 수 있었다. 분명히 가을바람과 겨울바람은 다르다. 겨울바람이 구두쇠처럼 차갑고 따가운 바람이라면, 가을바람은 나를 쓰다듬는 듯 푸근하고 서늘한 바람이다. 바람뿐만 아니라 가을 풍경들도 나를 푸근하게 만든다. 모락모락 연기를 뿜으며 붕어빵을 굽는 아줌마, 길거리에 나뒹구는 낙엽들을 쓸어 담는 환경미화원 아저씨, 가을소풍을 떠나는 학생들의 웃음소리, 커피점에서 흘러나오는 유난히도 진한 커피 향, 그리고 베이지색 깃 세운 버버리 코트를 입고 종종 걸어가는 사람들의 뒷모습에서, 나는 푸근하고 여유로운 가을을 느낀다.

　이 모든 것들에서 나는 오늘 잠시나마 가을의 정취를 맛보며, 자연의 조화로움과 가을의 여유로움에 감사한다.

Considering the Snail

- Thom Gunn

The snail pushes through a green
night, for the grass is heavy
with water and meets over
the bright path he makes, where rain
has darkened the earth's dark. He
moves in a wood of desire,

pale antlers barely stirring
as he hunts. I cannot tell
what power is at work, drenched there
with purpose, knowing nothing.
what is a snails fury? All
I think is that if later

I parted the blades above
the tunnel and saw the thin
trail of broken white across
litter, I would never have
imagined the slow passion
to that deliberate progress.

달팽이 고찰

- 톰 건

달팽이가 푸른 밤을 밀치며
나아간다, 풀이 물기 젖어
무겁기에, 그리고 제가 만드는
밝은 길을 만나 오른다, 그곳은 비가
땅 색을 더 짙게 한 곳. 그는
욕망의 숲에서 움직인다,

희미한 더듬이를 거의 미동도 없이
사냥하듯. 나는 알 수 없다
어떤 힘이 작용하는지, 저기 일념에
젖어, 아무 것도 아랑곳없이.
달팽이의 분노는 무얼까? 고작
내 생각은 만일 더 후에

내가 그 터널 위의 풀잎을
헤치고 덮개 짚 가로질러
끊긴 흰색 가느다란 자국을
보더라도, 나는 결코
그 찬찬한 전진에 걸 맞는
느린 열정을 상상도 못하리라.

이야기 하나

"달팽이 물다"

(김양하)

　사람에 따라 다르겠지만 난 달팽이를 싫어한다. 팔과 다리 없이 구불구불 몸을 움직이는 것을 보기만 해도 징그럽다. 다른 사람들은 달팽이가 귀엽다고 하지만 난 정말 소름이 끼친다.

　내가 정확히 초등학교 2학년 때, 시골의 할머니 댁에 놀러 갔었다. 할머니 댁은 시골이라 도시에서 볼 수 없었던 여러 가지 동물을 볼 수 있었다. 친척 형들과 냇가로 놀러 갔을 때 달팽이 한 마리가 풀잎 사이로 지나가는 것을 보았다. 어렸을 적이라 호기심 많았던 나는 그 달팽이에게 다가갔는데, 그 달팽이가 내 손가락을 문 것이다. 워낙 조그만 것이라 물렸어도 아프지는 않았지만, 형들이 자꾸 독이 있을 거라며 놀려대는 것이었다. 그 형들의 말을 믿었던 나는 정말 죽는 줄만 알았다. 그래서 그 조그마한 것에 물려 죽게 된다고 생각하니 분하기도 하고 무섭기도 했다. 나중에야 그 달팽이는 독이 없다는 것을 알았지만….

　아무튼 어렸을 적 달팽이에 대한 이 안 좋은 추억 때문에 지금도 달팽이가 싫다. 어느덧 성인이 되었어도 여전히 달팽이는 나에게 무서운 존재이다.

이야기 둘

"뱀띠 언니"

(조희진)

우리 언니가 뱀띠다. 어렸을 땐 언니가 뱀띠라는 이유 때문에 성질이 안 좋다고 생각했고 지금도 그렇게 생각한다. 나에게 뱀은 그리 좋지 않은 이미지였는데 성질이 사납고 더러운 언니 덕에, 뱀은 내게 안 좋은 이미지로 아예 굳어졌다. 난 아직도 뱀을 애완용으로 기르는 사람들을 이해할 수가 없다. 뿐만 아니라 뱀을 귀엽다고 생각하는 사람들과 축축할 것 같은 뱀을 만져보고 싶다고 하는 사람들, 정말 이해할 수가 없다. 강아지나 고양이처럼 애완용으로 흔한 동물들에게 이제는 더 이상 흥미로울 것이 없어서 사납고 친근하지 않은 뱀에게 눈을 돌리는 것이라고 생각한다. TV에서 뱀이 자신보다 훨씬 큰 먹이를 별다른 움직임 없이 노리고 있다가 입을 쫙 벌려 한 입에 꿀꺽하는 것을 본 적이 있다. 씹지도 않고 삼켜 소화하는데 한 달이 걸린다고 했다. 그 먹이를 먹는 모습은 정말 충격이 아닐 수 없었다.

뱀은 파충류다. 같은 파충류라도 개구리는 귀엽기라도 하지… 모두가 오해에서 비롯된 것이지만, 어렸을 때는 개구리가 뱀과 같은 파충류라는 이유 하나만으로 줄곧 나에게 괴롭힘을 당했었다. 청개구리 뒷다리를 벌리면 작은 구멍이 보인다. 그게 항문이다. 거기에 기다란 풀잎을 하나 뽑아 그 끝을 그 구멍에 끼우면 개구리는 그 길다란 풀잎 때문에 펄쩍펄쩍 뛰지를 못한다. 이것이 뱀에 대한 나의 응징이었다.

어릴 때 시골에서 자라 물뱀, 실뱀, 독이 든 뱀을 보고 자랐다. 아침에 일어나면 차도에 뱀이 깔려 죽은 시체가 굴러다니기도 했고, 개울가에서 수영을 할 때면 기다란 뱀이 잔물결을 가르며 꼬불꼬불 다가오기도 했다. 뱀을 본 날은 정말 수영할 맛이 안 났다. 어린 맘에는 공포의 대상이었고 심지어 죽을지도 모른다는 두려움에 떨었었다. 나중에 물뱀은 독이 없다는 걸 알았지만….

그리고 시골에는 '뱀딸기'라는 풀이 널려 있다. 그때는 뱀이 먹는 딸기인 줄 알고 그 근처는 피해 다니기도 했고 하루는 어떤 맛인지 궁금해 따먹어 보다가 맛이 없어서 그만 두었던 적도 있다.

겨울의 밤은 길어서 내 꿈은 상상의 날개를 펼친다. 아직도 뱀에 둘러싸여 뱀에게 희롱당하는 꿈을 꾸기도 한다. 그날은 정말 기분 잡치는 날이다. 어쩌다 영화를 보다가 뱀 떼가 주인공을 습격하는 장면이 나올라 치면 차마 눈뜨고는 못 본다. 눈을 질끈 감아버리는 게 속이 편하다. 안 그러면, 그날 꿈에서 나를 괴롭힐 게 분명하니까….

이야기 셋

"거리의 악사"

(김경영)

신중하게 길을 만들어 나가는 달팽이. 이것은 누구의 모습을 빗대어 표현한 것일까. 초록의 밤에 소망의 나무에서 부지런히 움직이며 밝은 길을 만들어 나간다는 것. 나는 이 시를 우리 사회에 빗대어 생각해 보았다. 아무리 인색하고 정 없는 사회가 되었다고는 해도 어느 곳에나 묵묵히 자신만이 아니라 누군가를 위해 좋은 일을 하는 사람들이 있다. 작가는 그런 사람들을 달팽이에 빗대어 표현한 것은 아닐까?

얼마 전에 종로 3가에서 지하철을 타려고 하다가 '거리의 악사'를 보았다. 백발에 주름이 가득한 얼굴이었지만 언제나 당당하게 어깨를 펴고 거수경례를 하면서 지나가는 할아버지. 언젠가 그 분은 악사 일을 하시며 불쌍한 이웃을 도와주는 고마운 분이라고 들은 적이 있다. 언제나 우리 사회 어느 한 곳에서 조용히 남을 위해 일하시는 그런 좋은 분들…. 그분들은 앞에 나서지 않는다. 정치를 하는 것도, 자신이 좋은 일을 한다고 떠벌리며 다니지도 않는다. 내가 그분들처럼 좋은 일을 하는 것은 아니지만, 아직 어리지만, 이것만큼은 분명하고 확실하게 알고 있다. 싸움만 해대며 앞에 나서는 정치인들보다는 그런 분들이 훨씬 더 훌륭하고 된 사람이라는 것을. 나도 그리 될 수 있을까?

생각하나

"인생"

(송형진)

　가끔 인생이라는 길을 걷다가 문득 생각한다. 여기는 어디쯤일까? 내가 앞으로 나아가고 있기는 하나? 내가 도착하려는 목적지는 있는데, 거길 가기 위해서 움직이는 것인데, 노력한 것에 비해 결과가 보이지 않을 때가 많다. 그리고 회의하고 지치고 포기한다. 이 길이 아니야, 난 안돼, 이런 식으로 자기합리화 하면서….

　달팽이가 움직이는 것을 실제로 본 적이 있는가? 내가 어렸을 때 살던 곳은 비온 다음 날이면 달팽이를 심심치 않게 구경할 수 있었다. 달팽이는 매우 느린 생물이다. 이들이 움직이는 것을 가만히 지켜보고 있다가 답답해서 종종 내가 그냥 잡아들어 내 마음대로 목적지로 추정되는 곳에 놓아주곤 했다. 그러나 큰 시간차를 두고 보면 그들의 움직임을 확실히 느낄 수 있다. 그 느려터진 것이, 아침에 학교 나갈 때는 평생 그 자리에 있을 것 같던 것이 오후에는 은빛 배설물만 남긴 채 어느새 어디론가 사라지고 없는 것을 보면 신기하지 않을 수가 없다.

　인생도 그런 것 같다. 당장은 변하는 것이 없는 것 같고 답답해도 달팽이처럼 그 느린 속도로라도 포기하지 않고 꾸준히 움직이다 보면 결과적으로 마지막에는 어느새 자기가 가고자 하는 목적지에 와 있는 자신을 볼 수 있을지도 모른다. 그러니 다음에 달팽이를 보면 느리다고 무시하거나 비웃지 말자. 우리 눈에는 안 보여도 그는 계속 움직이고 있는 것이다. 그는 쉴 줄은 알아도 오래 걸린다거나 멀다고 포기하거나 회의 할 줄은 모른다.

Voices of the Air

- Katherine Mansfield

But then there comes that moment rare
When, for no cause that I can find,
The little voices of the air
Sound above all the sea and wind.

The sea and wind do then obey
And sighing, sighing double notes
Of double basses, content to play
A droning chord for the little throats—

The little throats that sing and rise
Up into the light with lovely ease,
And a kind of magical sweet surprise
To hear and know themselves for these

For these little voices: the bee, the fly,
The leaf that taps, the pod that breaks,
The breeze on the grass-tops bending by,
The shrill quick sound that the insect makes.

공기의 소리들

- 캐서린 맨스필드

아주 희한한 순간이 찾아든다
그러면, 도무지 원인을 찾을 수 없지만,
공기의 작은 소리들이
우선 바다와 바람 소리로 들린다.

그러면 바다와 바람이 복종하고
한숨짓는다, 이중 저음 이중 곡조를
토해내면서, 만족스레 그 작은 목청을 위한
지속저음 심금(心琴)을 연주한다—

사랑스런 편안함으로 빛 속으로
노래하며 오르는 그 작은 목청들과,
저마다 이 소리를 듣고 알아보는 데서 오는
어떤 마술같이 달콤한 놀람

바로 이 작은 소리들이기에: 벌, 파리,
톡톡거리는 나뭇잎, 터지는 콩깍지,
풀끝을 구부리며 지나가는 산들바람,
곤충이 내는 날카롭고 잽싼 소리.

"달팽이의 세상 나들이"

(박동원)

태어나서
3일간의 거리와 3시간의 거리 그리고…. 3분의 거리가
세상 나들이라면

3분 밤낮으로 기어가는 거북이보다도
3시간 밤낮으로 움츠리는 애벌레보다도
3일 밤낮으로 미끄러지는 달팽이가 좋다

대지의 옅은 미소 볼 수 있고
하늘의 여러 표정 볼 수 있고
바람의 보드랍고 여린 목소리 들을 수 있고
해님의 따사로움 느낄 수 있는

달팽이의 세상 나들이가 좋다

이야기 하나

"지각대장"

(김주원)

숭실의 초여름은 뜨겁게 내리쬐는 태양처럼 강렬하고 활기차다. 이젠 제법 더워서 지하철을 빠져나와 수많은 계단을 올라 수업 들으러 갈 때면 어느새 몸은 땀에 흠뻑 젖어버린다. 그나마 지각이라도 하지 않으면 다행이지, 일찍 나온다고 생각해서 오면 항상 지각이다. 고등학교 시절엔 지각을 거의 하지 않던 나였는데 대학에 들어와서는 완전 지각대장이 된 것 같다. 더 심한 것은 지각하지 않으려고 아등바등 정시에 도착하는 날엔 꼭 출석을 하지 않거나 교수님이 늦게 들어오신다. 아! 정말 이게 뭐란 말인가! 진정한 여유는 자신이 원하는 것에 치열하고 난 후에야 오는 것인데, 그저 삶에 휘둘려 내가 지금 너무 맹목적으로 달리고 있기만 한 것은 아닐까? 항상 시간은 후회보다 먼저 가버린다. 오늘로서 영시과제도 마지막이다. 지난 몇 달 동안 과제의 압박에 못 이겨 억지로 해왔을 뿐, 정말 진정으로 가슴에 새길만한 시 하나를 가졌는지 모르겠다. 늘 쉬지 않고 달려온 것 같지만 그 길이 진정 치열하지는 못했던 것 같다. 앞으로의 시간들에서는 삶에 휘둘리지 않고 내가 바라는 것들 그 자체에 치열하고 싶다. 거의 불가능 하겠지만, 내일은 꼭 지각하지 않을 것이다.

Wind and Water and Stone

- Octavio Paz(trans. by Mark Strand)

The water hollowed the stone,
the wind dispersed the water,
the stone stopped the wind.
Water and wind and stone.

The wind sculpted the stone,
the stone is a cup of water,
the water runs off and is wind.
Stone and wind and water.

The wind sings in its turnings,
the water murmurs as it goes,
the motionless stone is quiet.
Wind and water and stone.

One is the other and is neither:
among their empty names
they pass and disappear,
water and stone and wind.

바람과 물과 돌

- 옥타비오 파즈

물은 돌을 파냈다,
바람은 물을 흩었다,
돌은 바람을 막았다.
물과 바람과 돌.

바람은 돌을 깎았다,
돌은 물 컵이다,
물은 녹아 바람이다.
돌과 바람과 물.

바람은 절로 돌며 노래한다,
물은 지나가며 졸졸댄다,
꿈쩍없는 돌은 조용하다.
바람과 물과 돌.

하나는 다른 하나이고 둘 다 아니다:
저마다 공허한 이름들 사이를
그들은 지나가고 사라진다,
물과 돌과 바람.

"우주와 나"

물과 바람과 돌

돌과 물과 바람

바람과 돌과 물

물과 돌과 바람

바람과 물과 돌

돌과 바람과 물

…

사람

세상

세상살이

나

우주

나와 우주

우주와 나

우리.

후기 둘

"교수님께?!" (?)

교수님께~!

 벌써 마지막이네요! 처음 시 감상을 쓸 때에는 '열다섯 줄 정도야?' 했다가 몇 주 동안은 매번 감상을 교수님께서 주문하신 대로 '경험과 상상력을 발휘해서' 쓰는 게 힘들게만 느껴졌던 때도 있었는데…. 아마도 그 동안 자신의 감정을 솔직히 드러내고 싶어도 감추고, 뭔가 있는 것처럼 그럴싸하게 포장해야만 하는 글쓰기 방식에 너무 익숙해진 나머지 내용보다는 포장에만 신경을 쓰려고 해서였겠지요. 제가 영문과 복수전공에, 교직까지 복수전공을 하는데 교직 필수과목에 〈영시개론〉이 포함되더라고요. 필수과목이 있다는 걸 3학년이 되어서야 알게 되었는데, 이미 2학년 과정에 개설되어 있는 〈영시개론〉을 못 듣고 지나간 상태인데다 시는 왠지 그냥 어려울 것 같아서 그때부터 계속 '들어야지, 들어야지' 생각만 하다가 4학년이 되어서야 이번 학기에 듣게 되었어요. 아무리 복수전공이라도 4학년이 되어서 2학년 수업을 듣는다는 게 마음에 조금 걸렸었는데 이번에 듣길 정말 잘 한 것 같아요. 진심으로요! 처음엔 제가 생각하기에도 자기반성의 약간은 상투적인 감상에 지나지 않았던 글들이 아직도 서툴긴 해도 점점 제 마음을 담은 글로 변화하는 과정을 보는 것이 개인적으로도 흥미로운 경험이었어요, 또 제 자신을 돌아보고, 그것을 자유롭게 표현할 수 있는 소중한 시간들이었고요. 가끔 매번 제출해야 하는 과제가 몇 번으로 끝나는 시험보다 부담스러웠을 때도 있긴 했지만요?;; 수업시간마다 종종 듣는 교수님의 '내 고향 완도' 이야기도 너무 재미있었어요. 그런 어린 시절이 없는 저로선 부럽기까지 했답니다?^^
 제가 이번 학기에 영시 한번 정말 제대로 배운 것 같습니다!
 따뜻한 겨울 보내시고요? 한 학기 동안 유익한 수업 감사했습니다!^^

김천봉 약력

1969년 전남 완도 출생.
소안고, 숭실대학교, 영어영문학과 동 대학원 졸업
2005년 고려대학교에서 영문학 박사학위를 받았다.
경력
인하대, 아주대, 인천대, 방송대에서 강의을 했고
현재는 고려대와 숭실대에 출강하고 있다.
작품 및 저서로는
셸리의 시 창작과정 연구와 셸리 시의 생태학적 전망이라는
논문으로 석·박사학위를 받았고,
2002년 「영미문화」(유토피아의 꿈 - 엘리엇의 초기 시)
2006년 「문학·선」 (함께 머물라 꽃을 배우라 가볍게
          가라 - 게리 스나이더).
2006년 「한국학술정보(주)」 (셸리 시의 생태학적 전망 -
          깊은 생태주의자로서 셸리)
발표예정인 번역서로는 (내년을 더 젊게 사는 연령혁명 -
          여성 편)과 (코난)이 있다.

학교 강의실 엿보기 **1**
시가 여는 마음의 풍경

2006년 11월 1일 발행
2006년 11월 10일 1쇄

지 은 이 / **김 천 봉**
펴 낸 이 / **윤 현 호**
펴 낸 곳 / **뿌리출판사**
주   소 / 서울시 성동구 성수 2가 3동 317-10 2층 우편번호/133-835
전   화 / (代)2247-1115, 466-4516, 팩 스 / 466-4517
출판등록 / 서울시 등록(카) 제 1-551호 1987.11.23
홈페이지 / **www.rootgo.com** / E-mail : rootgo@dreamwiz.com
                                E-mail : root1115@daum.net